U0097396

古典詩歌研究彙刊

第二輯

龔鵬程 主編

第9冊

曾鞏文學與北宋詩文革新運動

魏王妙櫻 著

國家圖書館出版品預行編目資料

曾鞏文學與北宋詩文革新運動／魏王妙櫻 著 — 初版 -- 台北縣永和市：花木蘭文化出版社，2007〔民96〕

序2+目2+242面；17×24公分
（古典詩歌研究彙刊 第二輯；第9冊）
ISBN-13：978-986-6831-24-9（全套：精裝）
ISBN-13：978-986-6831-33-1（精裝）
1.（宋）曾鞏 2.學術思想 3.傳記 4.文學評論 5.北宋文學
845.16 96016201

ISBN - 978-986-6831-33-1

古典詩歌研究彙刊
第二輯 第九冊 ISBN：978-986-6831-33-1

曾鞏文學與北宋詩文革新運動

作　者　魏王妙櫻
主　編　龔鵬程
出　版　花木蘭文化出版社
發行所　花木蘭文化出版社
發行人　高小娟
聯絡地址　台北縣永和市中正路五九五號七樓之三
電話：02-2923-1455／傳真：02-2923-1452
電子信箱　sut81518@ms59.hinet.net
初　版　2007年9月
定　價　第二輯20冊（精裝）新台幣28,000元

曾鞏文學與北宋詩文革新運動

魏王妙櫻 著

作者簡介

魏王妙櫻，東吳大學中國文學博士，現任德霖技術學院通識教育中心專任副教授。

提　　要

曾鞏為北宋古文家，且名列「唐宋八大家」中，其文學成就與地位，與歐陽脩、三蘇、王安石並駕，於中國文學史上，具有舉足輕重之地位。後人對曾鞏之評價，至明、清二代，有越來越高之趨勢。迨至近代，論析「唐宋八大家」者，頗不乏人；然而有關曾鞏之研究，較為人所忽視，此現象與其崇高之文學地位頗不相符。竊思以「曾鞏文學與北宋詩文革新運動」為題，冀能闡明曾鞏之文學造詣，及其對北宋詩文革新運動之貢獻；並藉此給曾鞏在文學成就上，一恰如其分之評價。

本論文之結構，書前首列曾鞏像、書影、自序，繼之以正文，文末殿以重要參考書目暨引用資料。正文計分七章：首章〈緒論〉，乃就本論文之研究動機與方法，研究範疇與價值，鄭重言之，並加以檢討前人之研究成果。二章、三章即以經歷為經、時代為緯，敘述曾鞏之生平、家學、師友、作品，及其所處之政治、社會、學術、文學背景。

第四章〈曾鞏之文學〉乃本論文重心所在，探析曾鞏之文學主張、散文特色與詩歌特色。其文學主張有三端：一為「文原《六經》，文道合一」，二為「畜德能文，先道後文」，三為「自壯其氣，無傷其氣」。其散文特色、詩歌特色，均就題材特色與寫作藝術特色二端論之。曾鞏散文之題材特色，較重要者，有「論學述道」、「議論政事」、「悲天憫人」、「辨章學術」四項。曾鞏散文之寫作藝術特色，就以下五點論述：「一、在寫作技巧方面，論重於記，正反對照。」「二、在布局結構方面，講究章法，法密而通。」「三、在文辭表達方面，紆徐百折，辭約旨豐。」「四、在文章風格方面，古雅平正，婉柔深細。」「五、在情感抒寫方面，情真意切，自然平易。」曾鞏詩歌之題材特色，較重要者，有「懷才不遇之情」、「反映民情」、「吟詠山水」、「贈答酬唱」四項。曾鞏詩歌之寫作藝術特色，就以下四點論述：「一、在主題內涵方面，溫柔敦厚，思想純正。」「二、在寫作手法方面，以文為詩，饒富哲理。」「三、在詩歌風格方面，古樸質實，清淡婉約。」「四、在抒情寫景方面，寫情真摯，刻畫入微。」因曾鞏之詞作微不足道，故僅略述於結語。

第五章探討曾鞏與北宋詩文革新運動之關係，就北宋詩文革新運動之背景、發展，暨曾鞏對北宋詩文革新運動之主張，作通盤之考量。北宋詩文革新運動之發展，分三階段敘述。曾鞏對北宋詩文革新運動之主張，有以下四點：「一、提出正統之儒家文學觀」「二、以聖人之道為評文之標準」「三、重經術而不排斥辭章」「四、道不可變而行文之法度可變」。

因曾鞏無論於散文方面或詩歌方面，咸有崇閎之成就，對當代詩文革新，亦有邃遠之影響，後人評價甚高，故有〈後世學者對曾鞏文學及其與北宋詩文革新之評價〉一章，就評論曾鞏其人其文者，加以分類敘述，冀能彰顯曾鞏之貢獻與地位。評論曾鞏其人者，有關於品德修養方面，有關於學術思想方面，有關於師承關係方面，有關於生活交遊方面。評論曾鞏文學者，有總評其著作者，有總評其散文者，有總評其詩歌者，有總評其對北宋詩文革新貢獻者，亦有分評各篇作品者。末章〈結論〉，一則針對前述作總結，一則略抒研究心得，並析論曾鞏對後世散文創作之啟迪也。

個人研究曾鞏之文學作品，其目的本冀望提高曾鞏在文學史上之地位，並引起學者廣泛重視曾鞏，用備學文者稽焉。而自己經由探析曾鞏作品之過程中，亦獲得寫作技巧上之啟發，對本論文之寫作，裨益良多；進而效法曾鞏為文之方，使自我得以「畜道德而能文章」，克服重重困難，心平氣和完成本論文，此誠乃個人最大之收穫也！

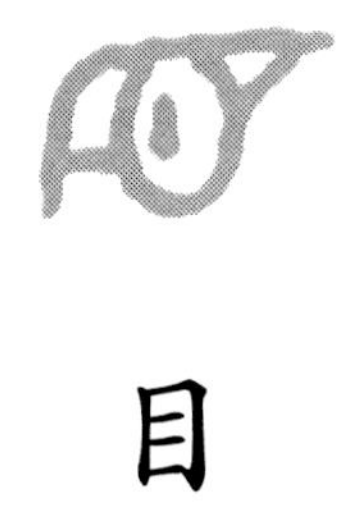

目錄

自　序

曾鞏爲北宋古文家，且名列「唐宋八大家」中，其文學成就與地位，與歐陽脩、三蘇、王安石並駕，於中國文學史上，具有舉足輕重之地位。觀近代有關曾鞏之專門論著，較「唐宋八大家」之其他諸家爲少，此現象與其地位頗不相稱。是以對此作全面性之研究。故本論文之撰寫，志在闡發曾鞏之文學成就，及其對北宋詩文革新運動之貢獻。

眾所週知，韓愈、柳宗元同爲唐代古文運動之中流砥柱，使散文取代駢文而躍居文壇主流。迨晚唐五代時，唯美駢儷之風復起，古文式微。宋初，所謂「西崑體」者，以晚唐李商隱爲宗，好用典故，雕章麗句，更迭唱和，風行天下。及歐陽脩出，高舉詩文革新運動旗幟，提出文體改革主張；其於主持考政時，拔識曾鞏、蘇軾、蘇轍，致斯文有傳、學者有師。曾鞏由是大放異彩。然曾鞏並非徒有虛名，其竭盡心力，奉獻眞才實學，對當代文壇作出具體貢獻；而其古文作品爲歷代文人所師法。

本論文之結構，書前首列曾鞏像、書影、自序，繼之以正文，文末殿以重要參考書目暨引用資料。正文計分七章：首章〈緒論〉，乃就本論文之研究動機、方法、範疇與價值，鄭重言之，並加以檢討前人之研究成果。二章、三章即以經歷爲經、時代爲緯，敘述曾鞏之生平、交遊，及其所處之時代背景。四、五、六章寔本論文重心所在，其中四章先述曾鞏之文學，探析其文學主張、散文特色與詩歌特色，五章探討曾鞏與北宋詩文革新運動之關係，就北宋詩文革新運動之背景、發展，暨曾鞏對北宋詩文革新運動之主張，作通盤之考量；章節之先後順序，係配合本論文之題目。因曾鞏無論於散文方面或詩歌方面，咸有崇閎之成就，對當代詩文革新，亦有邃遠之影響，後人評價甚高，故有〈後世學者對曾鞏文學及其與北宋詩文革新之評價〉一章，就評論曾鞏其人其文者，加以分類敘述，冀能彰顯曾鞏之貢獻與地位。末章〈結論〉，一則針對前述作總結，一則略抒研究心得，並析論曾鞏對後世散文創作之啓迪也。

本文之寫作體例，正文一律以曾鞏其人其文爲主，尤其在曾鞏之文學方面，多所著墨；至於相關且重要之詩文理論，則置於附註。文字則力求簡潔典雅，效法宋代古文家「簡而有法」之寫作原則。

本文原爲妙櫻於私立東吳大學中國文學研究所博士班攻讀博士學位之畢業論文，指導教授爲國立臺灣師範大學王更生先生。論文撰寫期間，無論內容思想、文體形式、結構布局、取材選用、鎔意裁辭等，咸經王師更生費心指導；諸位師長或賜予相關資料，或不吝教誨、時加鞭策，寸衷感激，曷可言宣！清人袁枚撰《隨園詩話》云：「才欲其大，志欲其小；才大則任事有餘，志小則願無不足。」我雖不才，卻始終不失攀登學術高峰之志。然而本論文體例之未備、取材之不周，信所難免，惟有俟諸異日刪汰繁瑣、裨補闕漏，並祈博雅學者，有以教之！

曾鞏像

見清代上官周編繪《晚笑堂畫傳》卷中，頁二十五。（北京中國書店出版）

書影一　影印金刻本《南豐曾子固先生集》（北京中華書局影印，原書度藏北京圖書館）

南豐曾子固先生集卷第一

詩

古詩

靖安縣幽谷亭

擽吹捨轅楫對馬見青山行盡車馬塵豁見水石寒地氣芳以絜崖

聲落潺潺誰為千家縣正在清華間風標凜人心世慮自可刪況無

訟訴喧得有觴詠閑常疑此中吏白首豈思還人情貴公卿煒煒

就王班光華雖一時憂悴或滿顏雞鳴已爭馳驊騮振鏘鑾豈如此

中吏日高未開關一不謹所守名聲別妖妍豈如此中吏一官老無

壞憎憎誤誤消汨汨氣象居豈如此中吏明心攝強頑況去此中居

一亭衆峯環崖聲夢猶聞谷秀坐可攀倚天幾巉巖粲青苔雲踏織

對之精神怯可謝世網艱人生慕虛榮斂收意常闕然思此亭愉目

應喜榛菅

晉舍宋

曾　詩一

書影二　景印元本《元豐類藁》（原書度藏國立故宮博物院）

元豐類藁卷第一

古詩

冬望

霜餘荊吴倚天山鐵色萬仞光鋩開麻姑最秀插東
極一峰挺立高嵬嵬我生智出豪俊下遠迹久此安
蒿萊譬如驊騮蹈天路六轡豈議收駑駘巖崖初冬
未冰雪蘚花入屐思莫裁長松夾樹蓋十里蒼顏毅
氣不可迴浮雲柳絮誰汝礙欲往自尼誠愚哉南窻
聖賢有遺文滿簡字字傾琪瑰旁搜遠探得户牖入
見奥作（作一作）何雄魁日令我意失枯槁水之灌養源

書影三　影印清乾隆刊本《元豐類稿》（江蘇廣陵古籍刻印社影印）

元豐類稿卷之一

梅峯公重梓

五言古詩

李氏素風堂

丞相事唐室獨馳三絕名家世在圖史詩書傳後生
郎位邈流澤出分僚聲藹歲暮營燕坐高居遺世情
翠竹帶書幌青山臨酒觥飛軒際寵遠況聞吟誦聲
自可化鄉里豈惟門戶榮果有過庭子穎然材思精
抱璞已三獻驚人當一鳴風義故常在茲堂非偶成

和章友直城東春日

元豐類稿　卷一　一

書影四　影印《國學基本叢書》四百種本《元豐類稿》（臺灣商務印書館發行）

元豐類稿卷一

古詩

冬望

宋　曾　鞏撰

霜餘荆吳倚天山。鐵色萬仞光鋩開。麻姑最秀插東極。一峯挺立高嵬嵬。我生智出豪俊下。遠跡久此安蒿萊。譬如驊騮踏天路。六轡豈識收駑駘。巔崖初冬未冰雪。蘚花入履思莫裁。長松夾樹蓋十里。蒼顏毅氣不可迴。浮雲柳絮誰汝礙。欲往自尼誠恐哉。南窗聖賢有遺文。滿簡字字傾琪瑰。旁搜遠探得戶牖。入見奧阼何雄魁。日令我意失枯槁。水之灌養源源來。千年大說沒荒穴。義路寸土誰能培。嗟予計眞不自料。欲挽白日之西頹。嘗聞古者禹稱智。過門不暇慈其孩。況今尫人冒壯任。力蹶豈更餘纖埃。龍疏瀑布入胸臆。歎息但謝宗與雷。著書豈即遽有補。天下自古無能才。

一鶚

北風萬里開蓬蒿。山木洶洶鳴波濤。嘗聞一鶚今始見。眼駛骨緊精神豪。天昏雪密飛轉疾。翅略東海朝臨洮。社中神狐倏閃內。腦尾分磔垂弓橐。巧兔狡雛失草木。勇鷙一下崩其毛。窟穴呦呦哭九子。帳前活送雙青猱。啁啾燕雀誰爾數。驅散亦自亡其曹。勢疑空山竭九澤。殺氣已應太白高。歸來磔嵬獻俎豆。快飲百甕行春醪。酒酣始聞壯士嘆。丈夫試用何時遭。

第一章　緒　論

第一節　研究動機與方法

「唐宋八大家」之古文理論與創作，爲後學寫作典範，其成就可謂承先啓後，繼往開來。曾鞏居於「唐宋八大家」行列中，其文學成就無論對當代或後世，咸產生深邃之影響；後人對曾鞏之評價，至明、清二代，有越來越高之趨勢。迨至近代，論析「唐宋八大家」者，頗不乏人；然而有關曾鞏之研究，較爲人所忽視。此現象與其崇高之文學地位頗不相符。竊思以「曾鞏文學與北宋詩文革新運動」爲題，闡明曾鞏之文學造詣，並藉此給曾鞏在文學成就上，一恰如其分之評價。

本論文之研究方法，首在聚材：先搜集、研讀曾鞏文學之全部著述，網羅關於曾鞏暨北宋詩文革新運動之資料，並探討前人之研究成果。次爲排比：將曾鞏之文學主張、散文、詩歌抽繹歸納，以見其文學藝術特色。至於曾鞏與北宋詩文革新運動之關係，乃就北宋詩文革新運動之背景與發展加以研究，闡述其對北宋詩文革新之影響與貢獻。再次爲比較：博採可與曾鞏文學相程之資料，用參綜互較之方法，明其變遷，辨其同異，評其得失，如此不僅有助材料之整理與解釋，亦可觀曾鞏承先啓後之跡。四爲分析：即於資料完備後，整紛理繁、剖判條別，鉤玄提要以標其綱、遠紹旁搜以覘其蘊，如此若網在綱、有條不紊。

關於曾鞏之家世與生平，以正史之說爲準。其作品以現存者爲主，凡僞作、亡佚或過度殘闕、易滋爭議者，皆所不取；而探討重點，在於各篇之旨趣與內容，以彰顯曾鞏之文學成就及其對北宋詩文革新運動之貢獻。因曾鞏爲「唐宋八大家」之一，一般對於曾鞏散文之評價，雖然褒揚程度不一，大抵採肯定態度。若將其詩歌作品與散文作品相比，或謂其詩不工，或謂其不能詩，眾說紛紜。今觀其詩作，爲數不少，不僅具有獨樹一幟之藝術特色，且對北宋詩歌之發展不無影響，故而本論文評析曾鞏之詩歌成就，給予肯定之評價。至若曾鞏之詞作，現存不多，在此略而不論。

唐宋古文運動已成文學史上之名詞，北宋除推行古文運動外，尚兼及詩歌之革新；而曾鞏對北宋詩文革新運動，貢獻卓著，值得闡揚。本論文所以命名爲《曾鞏文學與北宋詩文革新運動》，職是之故。

第二節　研究範疇與價值

曾鞏以文章受知於歐陽脩，成爲「醉翁」門下士後之曾鞏，復積極追隨歐陽脩，深得其傳，使北宋詩文革新之思想更加深化。方其時，詩文革新之活動過程，較其他時期更爲激烈，文人學士集中此一問題討論，形成風潮。

本文首先知人論世，了解曾鞏之生平、交遊，及其所處之時代背景。其次針對曾鞏之作品，探析其文學主張、散文特色與詩歌特色。繼而就北宋詩文革新運動之背景、發展，暨曾鞏對北宋詩文革新運動之主張，以及與詩文革新運動之關係加以研討。最後藉當代與後世之評價，肯定曾鞏之文學成就及其對北宋詩文革新運動之貢獻。至於曾鞏之文學作品，以詩文作品爲主，或擇其流傳久遠之名篇，加以剖析，或選其影響北宋詩文革新運動較深之作，加以闡述。民國七十三年（西元 1984 年）十一月，北京中華書局出版點校本《曾鞏集》，本論文援引曾鞏詩文時，即依據此點校本。

曾鞏之文學成就主要在散文方面。其散文以「古雅」、「平正」見稱，且講究章法與布局，無論敘事或議論皆委曲周詳，具有獨特之風格，故能名列「唐宋八大家」之一。除散文作品外，曾鞏之詩作數量亦頗多，現存於《曾鞏集》中之詩作即有四百四十三首；其詩不僅流露眞摯深沉之情感，於思想、內涵、藝術特色各方面，均獲甚高之成就。曾鞏於當代詩文革新運動中，表現極傑出，貢獻極具體，影響亦極其深遠，是故其於生前得享盛名，身後亦永垂不朽。

第三節　研究成果之檢討

就「唐宋八大家」而言，前人對於曾鞏之研究，顯然不及其他七家；雖然如此，研究曾鞏之軌轍，亦可窺測也。

曾鞏卒於宋神宗元豐六年（西元 1083 年），其逝世九百周年（西元 1983 年）時，大陸學者專家舉行隆重紀念活動。〔註 1〕民國七十三年（西元 1984 年）十一月，北京中華書局出版點校本《曾鞏集》上下冊。民國七十五年（西元 1986 年）十二月，江西省文學藝術研究所編《曾鞏研究論文集》，對曾鞏與宋代文學研究確實取得可喜之初步成績。〔註 2〕。民國七十六年（西元 1987 年）四月，江西省社聯、

〔註 1〕活動內容包括召開紀念大會、舉行學術講座、召開曾鞏研究會、編印學術論文、編輯曾鞏詩文選譯、編寫曾鞏故事集，編繪曾鞏故事連環畫，編演反映曾鞏事跡之歷史劇、舉辦曾鞏生平事跡展覽、修復曾鞏讀書岩與墓塚，向全國各地徵集有關研究曾鞏之文稿與書畫。見《曾鞏紀念集》編者撰，〈活動情況——關於紀念曾鞏逝世九百周年活動的幾點意見〉（《曾鞏紀念集》，江西省社聯、江西省文學藝術研究所、撫州地區社聯、撫州地區文聯、南豐縣紀念曾鞏辦公室合編，西元 1987 年 4 月，頁 1）。

〔註 2〕《曾鞏研究論文集》以江西省紀念曾鞏逝世九百周年學術討論會所收之論文編選而成，收集二十篇以曾鞏爲主題之論文。王水照教授爲之撰〈序言〉，見《曾鞏研究論文集》（江西省文藝術研究所編，江西人民出版社出版，西元 1986 年 12 月第一版第一次印刷），頁 1～頁 5。

江西省文學藝術研究所、撫州地區社聯、撫州地區文聯、南豐縣紀念曾鞏辦公室合編《曾鞏紀念集》，內容包含學術報告、戲劇、展覽、報導、詩文等，書末附錄王亞菲輯之〈曾鞏研究論文索引〉。民國七十九年（西元 1990 年）一月，王琦珍著《曾鞏評傳》一書，由江西高校出版社出版，書後附錄〈曾鞏年譜〉與〈方志所輯曾氏族人詩文〉。民國八十二年（西元 1993 年）四月，夏漢寧著《曾鞏》一書，由北京中華書局出版；對曾鞏之生平及文學成就，有透闢之見解。民國八十六年（西元 1997 年）十二月，李震著《曾鞏年譜》，由蘇州大學出版社出版；此年譜詳實考次曾鞏行事、仕歷、交遊及創作等情況，足爲知人論世之據。關於曾鞏詩文方面，民國七十九年（西元 1990 年）六月，四川大學古籍整理研究所祝尙書譯注《曾鞏詩文選譯》，由巴蜀書社出版；民國八十一年（西元 1992 年）十一月，臺北錦繡出版社與四川巴蜀書社，在臺出版正體字版。

至於臺灣學界出版有關研究曾鞏之著作，民國八十一年十一月，有呂晴飛主編《散文唐宋八大家欣賞》中之第九冊《曾鞏》一書，由臺北地球出版社出版。民國八十二年四月，賴芳伶撰《曾鞏》一書，由臺灣省政府教育廳兒童讀物出版部編輯發行。民國九十五年六月，筆者之指導教授王更生先生，編著《曾鞏散文研讀》一書，由臺北文史哲出版社出版。學位論文方面，民國七十五年五月，東海大學中國文學研究所研究生廖素卿，撰碩士論文《曾鞏散文研究》。民國八十五年六月，國立中山大學中國文學研究所研究生丁慧娟，撰碩士論文《曾鞏詩研究——以「破體爲詩」爲例》。以上所述，係分別探討曾鞏散文及其詩歌之重要學術論著。〔註 3〕

綜觀前人論著，雖詳略不一，瑕瑜互見，然由此亦可略知曾鞏研究之成果。竊念曾鞏生前隨從歐陽脩，爲宋代古文運動之成功，作出

〔註 3〕此僅介紹以曾鞏爲主題，較常見之重要專著，難免有遺珠之憾；其他譯注之書、單篇論文，或討論唐宋八大家之作，在在皆是，恕不列舉。

重要之貢獻；其詩歌創作之內容與風格，亦能繼承社會寫實詩人之傳統，表現宋代詩歌之特色。然而在「唐宋八大家」中，近代學人研究曾鞏作品者，顯然不及其他七家之多。竊謂若能就曾鞏文學之全面加以研究，而有別出心裁之創獲，定具有學術價值。因撰本文，冀能對曾鞏文學作品之研究，稍盡棉薄。

第二章　曾鞏之生平及其交遊

第一節　前　言

曾鞏，字子固，北宋建昌軍南豐縣（今江西省南豐縣）人，後人遂以「南豐先生」稱之。生於宋眞宗天禧三年（西元 1019 年），卒於宋神宗元豐六年（西元 1083 年），享年六十五歲。宋仁宗嘉祐二年（西元 1057 年），曾鞏三十九歲，登進士第。授官太平州（今安徽省當塗縣）司法參軍。仁宗嘉祐五年（西元 1060 年），召編校史館書籍，歷館閣校勘、集賢校理、英宗實錄檢討官。神宗熙寧二年（西元 1069 年）通判越州（今浙江省紹興），後歷知齊（今山東濟南）、襄（今湖北襄陽）、洪（今江西南昌）、福（今福建福州）、明（今浙江寧波）、亳（今安徽亳縣）諸州，在地方爲官凡十二年。神宗元豐三年（西元 1080 年）歸京師，留判三班院，遷史館修撰。神宗元豐五年（西元 1082 年）拜中書舍人，旋丁母憂去職。神宗元豐六年（西元 1083 年）四月，病逝於江寧，享年六十五歲。南宋理宗寶祐年間，追謚文定，後世遂尊爲「曾文定公」。

第二節　曾鞏之生平事略

曾鞏一生行蹟，見於〈曾鞏行狀〉〈曾鞏墓誌〉，以及《宋史》曾鞏本傳。曾鞏卒後，幼弟曾肇爲之撰〈行狀〉有云：「公生而警敏，不類童子，讀書數百千言，一覽輒誦。年十有二，日試《六論》，援筆而成，辭甚偉。未冠，名聞四方。是時宋興八十餘年，海內無事，異材間出。歐陽文忠公赫然特起，爲學者宗師。公稍後出，遂與文忠公齊名。」〔註1〕林希〈曾鞏墓誌〉亦云：「公生而警敏，讀書過目輒誦。十二歲能文，語已驚人，日草數千言。始冠遊太學，歐陽公一見其文而奇之。」〔註2〕《宋史》曾鞏本傳亦載：「曾鞏字子固，建昌南豐人。生而警敏，讀書數百言，脫口輒誦。年十二，試作《六論》，援筆而成，辭甚偉。甫冠，名聞四方。歐陽脩見其文，奇之。」〔註3〕是知公自幼聰明機敏，十二歲時，已有文名。其後潛心向學，窺《六經》之言，並常著文與其父曾易占比較，細心揣摩爲文之道。仁宗寶元元年（西元 1038 年），曾鞏居臨川，得歐陽脩文章，口誦心惟。仁宗慶曆元年（西元 1041 年），曾鞏二十三歲，入太學，謁歐陽脩，撰〈上歐陽學士第一書〉，並獻雜文時務策兩編，其云：

> 天下學士，有志於聖人者，莫不攘袂引領，願受指教，聽誨諭，宜矣。竊計將明聖人之心于百世之下者，亦不以語言退託而拒學者也。
>
> ……今者，乃敢因簡墨布腹心於執事，苟得望執事之門而入，則聖人之堂奧室家，鞏自知亦可以少分萬一於其間也。〔註4〕

〔註 1〕曾肇爲曾鞏撰〈行狀〉，見《曾鞏集》（宋・曾鞏撰，陳杏珍、晁繼周點校，北京：中華書局，西元 1984 年 11 月第一版第一次印刷）下冊《附錄》《一　傳記資料》，頁 790～頁 796。以下所引〈曾鞏行狀〉，皆見於此。

〔註 2〕林希撰〈曾鞏墓誌〉，見《曾鞏集》（同註 1）下冊《附錄》《一　傳記資料》，頁 797～頁 801。以下所引〈曾鞏墓誌〉，皆見於此。

〔註 3〕元・脫脫等撰，《新校本宋史并附編三種》第十三冊（楊家駱主編，《中國學術類編》，臺北：鼎文書局，民國 67 年 9 月初版）卷三百一十九〈列傳〉第七十八曾鞏本傳，頁 10390～頁 10392。以下所引《宋史》曾鞏本傳，皆見於此。

〔註 4〕曾鞏撰，〈上歐陽學士第一書〉，見《曾鞏集》（同註 1）上冊，卷第此爲曾鞏首度上歐陽脩之書信，信中謂自韓退之卒後，欲觀聖人之道者，固在歐陽脩之門矣。以此表明自己求入其門之動機，乃慕觀聖人之道；遂使歐陽脩奇其文，壯其志。

仁宗慶曆二年（西元1042年），曾鞏二十四歲，禮部應試落第，是年春歸撫州之後，再度上書歐陽脩，其云：

> 某之獲幸於左右，非有一日之素，賓客之談，率然自進於門下，而執事不以眾人待之。……
>
> 然恨資性短缺，學出己意，無有師法。覬南方之行李，時枉筆墨，特賜教誨，不惟增疏賤之光明，抑實得以刻心思，銘肌骨，而佩服矜式焉。想惟循誘之方，無所不至，曲借恩力，使終成人才。……〔註5〕

其一方面感激歐陽脩知遇賞識之恩，另一方面表達自己尊崇效法歐陽脩之心志，以期有朝一日，得能曲借恩力，終成人才，而獲進用。可惜曾鞏參加科舉考試，屢試不第。

迨仁宗嘉祐二年（西元1057年），歐陽脩知禮部貢舉，曾鞏年三十九，赴京應試，方中進士。次年春，調太平州（今安徽省當塗縣）司法參軍，自江西赴任，曾鞏時年四十。由於其爲人惇大直方，取舍必度於禮義，絕不矯僞姑息以阿世媚俗，雖勢官大人亦不爲之屈，世俗多忌嫉之。初爲太平州司法參軍時，遇在勢者橫逆，又議法數不合，自是不免被人構陷。其材雖不大施，然論決重輕，能盡法意，所治常出人上。

曾鞏爲太平州司法參軍歷時二年後，即仁宗嘉祐五年（西元1060年），因歐陽脩之推薦，召編校書籍，時年四十二歲。仁宗嘉祐七年（西元1062年），曾鞏仍居京師，編校史館書籍，任館閣校勘。神宗熙寧元年（西元1068年），曾鞏年五十，仍居京師，遷集賢校理，兼判官告院；同年正月，詔修《英宗實錄》，充檢討官。

十五《書十首》，頁231～頁233。

〔註5〕曾鞏撰，〈上歐陽學士第二書〉，見《曾鞏集》（同註1）上冊，卷第十五《書十首》，頁233～頁234。

熙寧二年（西元 1069 年），曾鞏年五十一，出通判越州（今浙江省紹興）。州舊有陋規，鞏訪得其狀，立罷之。歲飢，度不足以賑給，遂諭告屬縣，召富人，視常平價稍增以予民，民得從便受粟，不出田里，而食有餘，民賴以全活。又貸之種糧，使隨秋賦以償，農事賴以不乏。熙寧四年（西元 1071 年），年五十三，改知齊州（今山東濟南）軍州事。其治以疾姦急盜爲本，盜賊聞之，多出自首，自是外戶不閉。河北發民濬河，曾鞏爲橋以濟往來；其且徙傳舍，自長清抵博州，以達于魏，凡省六驛，人皆以爲利。後歷知襄州（今湖北襄陽）、洪州（今江西南昌）。會江西大疫，曾鞏命縣鎮亭傳，悉儲藥待求，軍民不能自養者，至官舍食息。此後曾鞏加直龍圖閣、知福州（今福建福州），曾以計羅致盜賊，繼自歸者二百輩。

其爲政也，絕不與民爭利。後復徙明州（今浙江寧波）、亳州（今安徽亳縣）。曾鞏自求補外，在地方爲官凡十二年，政事巨細畢舉，去民疾苦而寬貧弱，至於澄清風俗、綱紀具修，所至皆然。曾鞏負才名，外徙久，世頗謂偃蹇不偶；一時後生輩鋒出，鞏視之泊如也。

神宗元豐三年（西元 1080 年）九月，年六十二。九月移知滄州，道由京師，受神宗召見，勞問甚寵，遂不行。十月歸京師，留判三班院，曾上疏議經費，以節用爲理財之要，深受神宗讚賞。帝以《三朝》、《兩朝國史》各自爲書，將合而爲一，加曾鞏爲史館修撰、管勾編修院，兼判太常寺，奉敕充史館修撰，專典史事。元豐五年（西元 1082 年）四月，會官制行，擢試中書舍人，賜服金紫。甫數月，旋丁母憂去職。元豐六年（西元 1083 年）四月，病逝於江寧府，享年六十有五。

曾鞏剛毅直方，不與人苟合，無論於地方爲小官，或在朝任職，咸遠離權貴，挺立無所附，由是愛公者尠矣！公之才學見稱士類，爲眾所忌；遇時得君之時，未及有爲卻不幸以沒。就仕宦歷程而言，其志可謂不大施用於世！

第三節　曾鞏之家學淵源

曾氏爲世代官宦之書香門第，先人不僅知識學問淵博精湛，更具有正直清廉之品格。鞏自幼聰敏，生長於文化素養之家族中，接受良好之家庭教育；加以先天之稟賦暨後天之努力，甫冠，其文即受歐陽脩之賞識，後來自然而然成爲著名之文學家。

曾氏爲姒姓之國，遠祖原於山東境內，幾經遷徙，方移至豫章郡，即今江西省南昌市。其五世祖曾洪立，字展成，仕唐爲南豐令，可謂曾氏遷徙南豐之始祖。四世祖曾延鐸，字振之，爲洪立之三子，正式籍於南豐。曾祖父曾仁旺（字伯興），祖父曾致堯（字正臣），以及父親曾易占（字不疑）三人，咸仕宦於宋朝，祖父曾致堯與父親曾易占，均登進士第。曾鞏撰〈先大夫集後序〉，敘述其祖父之政績有云：

> 公所爲書，號《僊鳧羽翼》者三十卷，《西垂要紀》者十卷，《清邊前要》五十卷，《廣中台志》八十卷，《爲臣要紀》三卷，《四聲韻》五卷，總一百七十八卷，皆刊行於世。今類次詩賦書奏一百二十三篇，又自爲十卷，藏於家。方五代之際，儒學既擯焉，後生小子，治術業於閭巷，文多淺近。是時公雖少，所學以皆知治亂得失興壞之理，其爲文閎深雋美，而長於諷諭，今類次樂府已下是也。
>
> 宋既平天下，公始出仕。當此之時，太祖、太宗已綱紀大法矣，公於是勇言當世之得失。其在朝廷，疾當事者不忠，故凡言天下之要，必本天子憂憐百姓、勞心萬事之意，而推大臣從官執事之人，觀望懷奸，不稱天子屬任之心，故治久未洽，至其難言，則人有所不敢言者。雖屢不合而出，其所言益切，不以利害禍福動其意也。〔註6〕

曾鞏爲祖父曾致堯之文集作序，強調曾致堯著作等身，凡有《僊鳧羽翼》三十卷，《西垂要紀》十卷，《清邊前要》五十卷，《廣中台志》八十卷，《爲臣要紀》三卷，《四聲韻》五卷，總一百七十八卷，皆刊

〔註6〕曾鞏撰，〈先大夫集後序〉，見《曾鞏集》（同註1）上冊，卷第十二《序九首》，頁194～頁196。

行於世；復類次詩賦書奏一百二十三篇，又自爲十卷，藏於家。文章閎深雋美，長於諷諭，不同凡俗；而其能知治亂所由興之治學態度，暨勇言得失之個性，爲後代子孫樹立儒者之典型。曾鞏無論於學識文章，或待人處世各方面，咸受其祖父之影響。

曾鞏之父親曾易占官階雖不高，卻極具政治眼光，其任知縣時，治理縣政，井井有條；然因其生性剛直，批評時政，終遭誣含冤，退居故里。曾鞏於轉徙數州期間，對任所賑災救飢、懲惡揚善之治理，頗有先人之遺風；其耿介坦誠、敢於直言之氣質，即受先人之遺傳。而曾易占能詩善文，非特以文章聞名於時，作詩亦抒情眞摯、通俗平易；其賦閒在家時，曾作《時議》十卷，闡述政治主張。曾鞏於仁宗景祐二年（西元 1035 年），十七歲時，隨父在任所；其後常細心揣摩其父之文，並著文與之比較。此外，曾鞏之伯父曾易簡，博古通今，學術造詣頗佳，曾以神童召試，曾鞏自幼即崇拜效法之。

由於家學淵源，曾鞏自幼勤奮好學，與其同父異母之兄長曾曄刻苦讀書。曾鞏歷道其少長出處，與夫好慕之心，以爲〈學舍記〉云：

> 予幼則從先生受書，然是時，方樂與家人童子嬉戲上下，未知好也。十六七時，窺《六經》之言與古今文章，有過人者，知好之，則於是銳意與之并。〔註 7〕

曾鞏自幼熟讀經書暨古今文章，年少時與其兄弟諸人，攻讀於南豐縣城南門、盱水河畔半山腰上之巨岩，後人遂稱此岩爲「讀書岩」；岩下側有一小池，因曾鞏常洗筆於此，後人稱之爲「洗墨池」。仁宗嘉祐二年（西元 1057 年），鞏及弟曾牟、曾布、從弟曾阜，俱中進士第。「讀書岩」與「洗墨池」曾因而名噪一時。

曾鞏之弟曾布與曾肇，與其手足情深。曾肇，字子開，舉進士，天資仁厚而容貌端嚴。自少力學，博覽經傳，爲文溫潤有法。更十一州，類多善政。紹興初，謚曰文昭。仁宗慶曆七年（西元 1047 年），

〔註 7〕曾鞏撰，〈學舍記〉，見《曾鞏集》（同註 1）上冊，卷第十七《記十二首》，頁 284～頁 285。

曾鞏二十九歲，曾肇才出生。英宗治平四年（西元 1067 年），曾肇二十一歲，與黃庭堅同榜中進士第。曾鞏卒後，曾肇曾爲亡兄撰〈行狀〉。

曾鞏雖生長於世代書香仕宦之家，然因其凡事嚴謹，對於顯赫之家世，極少向外人道。其學而優則仕，仕而優則學，可以仕則仕，可以隱則隱，誠如〈學舍記〉云：

> 今天子至和之初，予之侵擾多事故益甚，予之力無以爲，乃休於家，而即其旁之草舍以學。或疾其卑，或議其隘者，予顧而笑曰：「是予之宜也。予之勞心困形，以役於事者，有以爲之矣。予之卑巷窮廬，冗衣礱飯，芑莧之羹，隱約而安者，固予之所以遂其志而有待也。予之疾則有之，可以進於道者，學之有不至。至於文章，平生所好慕，爲之有不暇也。若夫土堅木好高大之觀，固世之聰明豪雋挾長而有恃者所得爲，若予之拙，豈能易而志彼哉？」〔註 8〕

此爲曾鞏歷道其安貧樂道、好慕文章之心志。其平日得其閒暇，即挾書以學，專力盡思，雕琢文章，以載私心難見之情，而追古今之作者爲並，以足其之所好慕；而家學淵源乃爲其奠定日後成爲古文家之基礎。此一家庭環境條件，亦使其關心歷史教訓，心繫社稷存亡，成爲憂國憂民、悲天憫人之儒者。

第四節　曾鞏之師友關係

曾鞏交遊廣闊，欲詳述其師友，當首推歐陽脩。〔註 9〕其次爲王安石；此外，由其書信或贈序文，亦可知其平素較常往來之對象，係范仲淹、蔡襄、杜衍、孫侔、三蘇父子、王安國諸人。

〔註 8〕同註 7。

〔註 9〕歐陽脩，字永叔，依名與字之關係，俗作歐陽修。于大成先生撰〈古物與詩學〉一文，從紙上材料與古物材料論斷，謂當作歐陽脩（見于大成著，《理選樓論學稿》，臺灣學生書局，民國 68 年 6 月初版，頁五八九）。雖言之鑿鑿，仍莫衷一是。今爲配合《宋史》歐陽脩本傳，茲篇從于先生之說。

一、曾鞏與歐陽脩之關係

歐陽脩之生平，見於《宋史》歐陽脩本傳。歐陽脩，字永叔，號醉翁，晚更號六一居士，廬陵人。生四歲而孤，母鄭氏守節自誓，以長以教，親誨之學。孩童孤艱，至以荻畫地學書；自幼聰敏過人，多誦古人篇章。年少時，即得唐韓愈遺稿於廢書簏中，見其言深厚雄博、浩然無涯，讀而心慕焉；苦志探賾，至廢寢忘食，必欲追而與之並。及冠，頗有聲名。仁宗天聖七年（西元 1029 年），脩二十三歲，於開封試國子監獲第一，補廣文館生；同年秋季，赴國學解試，亦獲榜首。次年正月，赴禮部試，仍居冠；三月，御試崇政殿，擢甲科；繼而調西京推官。始從尹洙游，爲古文，迭相師友；亦與梅堯臣善，以詩歌相唱和，遂以文章名天下。

當范仲淹之貶饒州也，宋代朋黨之論起，並目仲淹與脩爲黨人。脩認爲欲陷害良善，莫過於指爲朋黨，然去一善人，而眾善人尚在；乃爲〈朋黨論〉以進。其謂朋黨之說，自古有之，惟幸人君辨君子、小人而已。大凡君子以道爲朋，小人以利爲朋；此自然之理也。然小人無朋，惟君子有之。蓋小人所好者祿利，所貪者財貨。當其同利之時，暫相黨引以爲朋；及其見利而爭先，或利盡而交疏，則反相賊害，雖其兄弟親戚不能相保。故小人無朋，其暫爲朋者，僞朋也。君子則不然，所守者道義，所行者忠信，所惜者名節；以之修身，則同道而相益，以之事國，則同心而共濟，始終如一，此君子之朋，方是眞朋也。故爲人君當遠小人之僞朋，親君子之眞朋，俾使天下得能大治。〔註 10〕此文令仁宗有所感悟。脩論事切直，人視之如仇。曾爲龍圖閣直學士、河北都轉運使，遷翰林學士。知嘉祐二年貢舉，時士子尚爲險怪奇澀之文，號「太學體」，脩痛排抑之，凡如是者輒黜，場屋之習，由是遂變；是科蘇軾、蘇轍、曾鞏等人皆舉進士，號爲得人；其

〔註 10〕宋・歐陽脩撰，〈朋黨論〉，見《歐陽脩全集》（臺北：世界書局，民國 80 年 10 月五版）上冊，《居士集》卷第十七《論》，頁 124～頁 125。

獎引後進，如恐不及。加龍圖閣學士，知開封府，簡易循理，京師大治。脩在翰林八年，知無不言，以風節自持，既數被汙衊，年六十時，即連上表乞謝事，帝輒優詔弗許。及守青州，又以請止發青苗錢，爲朝廷所責，故求退愈切。神宗熙寧四年，以太子少師致仕。五年，病逝，贈太子太師，謚曰文忠。

脩好古嗜學，爲文天才自然，豐約中度，天下翕然師尊之，遂成爲北宋政壇暨文壇之領袖，其對於經史子集四部咸所用心，然而論其學術成就，仍以文學成就爲最大，經學成就次之。〔註11〕歐陽脩之文簡而有法、溫純雅正，形成「六一風神」。其文學理論與文章風格，開創有宋一代文風，直接影響曾鞏、王安石、三蘇之創作方法，其中以曾鞏受歐公影響最深。曾鞏文風，委婉平和，雍容醇雅，可謂學自歐文。

《宋史》曾鞏本傳云：

甫冠，名聞四方。歐陽脩見其文，奇之。

仁宗寶元元年（西元1038年），曾鞏二十歲，其後數年間，常研讀歐陽脩之文，而曾鞏早年亦受歐陽脩之賞識。論及歐陽脩與曾鞏之關係，蓋始於仁宗慶曆元年（西元1041年），時曾鞏二十三歲，入太學，謁歐陽脩，撰〈上歐陽學士第一書〉云：

觀其根極理要，撥正邪僻，掎挈當世，張皇大中，其深純溫厚，與孟子、韓吏部之書爲相唱和，無半言片辭踳駁於其間，眞六經之羽翼，道義之師祖也。……

執事將推仁義之道，橫天地，冠古今，則宜取奇偉閎

〔註11〕就經學方面言之，歐陽脩撰〈廖氏文集序〉謂《六經》非一世之書，將與天地無終極而存也。其於〈答李詡第二書〉謂其少好學，知學之難，凡所謂《六經》之所載，七十二子之所問者，學之終身，有不能達者矣！於其所達，行之終身，有不能至者矣，遂汲汲於此而不暇乎其他。可知《六經》乃歐公畢生所學者。其撰〈論尹師魯墓誌〉亦謂「簡而有法」一句，在孔子《六經》，惟《春秋》可當之。其他經，非孔子自作文章，故雖有法而不簡也。歐陽脩復將心得撰成〈六經簡要說〉。

通之士，使趨理不避榮辱利害，以共爭先王之教於衰滅之中。……鞏少垂意而圖之，謹獻雜文時務策兩編，其傳繕不謹，其簡帙大小不均齊，鞏貧故也，觀其內而略其外可也。……〔註12〕

曾鞏於文中，自謂童時即聞歐陽脩之名，及長，復得歐陽脩之文章，口誦而心記之；其乃以歐公擬孟子、韓愈，推崇歐公爲「眞六經之羽翼，道義之師祖也。」文末並強調謹獻雜文時務策兩編，一方面向歐公請益，一方面亦自明其願爲門下士。是知曾鞏見歐陽脩，當在仁宗慶曆元年（西元1041年），入太學之時。

仁宗慶曆二年（西元1042年），曾鞏二十四歲，應試居然落選，準備於是年春歸江西。歐陽脩遂作〈送曾鞏秀才序〉以贈之，表達對曾鞏之勉勵。由〈送曾鞏秀才序〉，亦可知曾鞏布衣屛處，未爲人知時，脩即游其聲譽，謂必顯於世。如云：

廣文曾生來自南豐，入太學，與其諸生群進於有司。有司斂群材，操尺度，概以一法，考其不中者而棄之。雖有魁壘拔出之材，其一累黍不中尺度，則棄不敢取。幸而得良有司，不過反同眾人，嘆嗟愛惜，若取舍非己事者。諉曰：「有司有法，奈不中何！」有司固不自任其責，而天下之人亦不以責有司，皆曰：「其不中，法也」。不幸有司尺度一失手，則往往失多而得少。嗚呼！有司所操，果良法邪？何其久而不思革也？〔註13〕

此段說明曾鞏之身分、籍貫，是歐陽脩對曾鞏知之甚詳也！科舉求仕，使布衣可以爲卿相，此乃古代士子求取功名之捷徑，然曾鞏參加科舉考試極不順利。仁宗慶曆二年（西元1042年），曾鞏參加科舉考試二度落榜，遂投於歐公門下。而歐公對北宋考試制度之流弊，十分不滿，對於有司之棄曾鞏，更大惑不解。同文亦肯定曾鞏之才學與操

〔註12〕同註4。

〔註13〕歐陽脩撰，〈送曾鞏秀才序〉，見《歐陽脩全集》（同註10）上冊，《居士集》卷第四十二《序》，頁291。

守，如云：

> 況若曾生之業，其大者固已魁壘；其於小者亦可以中尺度，而有司棄之，可怪也。然曾生不非同進，不罪有司，告予以歸，思廣其學而堅其守。予初駭其文，又壯其志。夫農夫不咎歲而菑播是勤，其水旱則已。使一有穫，則豈不多邪？
>
> 曾生橐其文數十萬言來京師，京師之人無求曾生者，然也。〔註 14〕

歐陽脩認為曾鞏之被黜落，完全囿於制度；對曾鞏而言，此次應試不幸落選，可謂懷才不遇。當時曾鞏虛心向歐陽脩求教，歐陽脩亦賞識曾鞏之眞才實學，而有司之失曾鞏，益顯歐陽脩獨具慧眼。〈送曾鞏秀才序〉文末所謂「使知生者可以弔有司之失，而賀余之獨得也。」自此，曾鞏遂以文名天下。是年，曾鞏歸撫州，撰〈上歐陽學士第二書〉，其云：

> 某之獲幸於左右，……坐而與之言，未嘗不以前古聖人之至德要道，可行於當今之世者，使鞏薰蒸漸漬，忽不自知其益，而及於中庸之門户，受賜甚大，且感且喜。……
>
> 所深念者，執事每曰：「過吾門者百千人，獨於得生爲喜。」及行之日，又贈序引，不以規而賞識其愚，又嘆嗟其去。此鞏得之於眾人，尚宜感知己之深，懇惻不忘，況大賢者，海內所師表，其言一出，四方以卜其人之輕重。某乃得是，是宜感戴欣幸，倍萬於尋常可知也。〔註 15〕

此書乃曾鞏答謝歐陽脩之愛幸，以及對歐公之文章、才智及知人之明，極其推崇，認為歐陽脩好賢樂善，孜孜於道德，以輔時及物為事，方今海內未有倫比；其文章智謀、材力之雄偉挺特，信韓文公以來一人而已。仁宗慶曆三年（西元 1043 年），曾鞏二十五歲，歐陽脩撰〈送楊闢秀才〉云：「吾奇曾生者，始得之太學。初謂獨軒然，百鳥而一

〔註 14〕同註 13。
〔註 15〕同註 5。

鶚。」〔註16〕稱譽曾鞏之才學，使曾鞏於精神上獲得莫大鼓舞。

仁宗慶曆四年（西元1044年），曾鞏年二十六，再撰〈上歐陽舍人書〉云：

> 當世之急有三：一曰急聽賢之爲事，二曰急裕民之爲事，三曰急力行之爲事。……
>
> 況鞏於先生，師仰已久，不宜有間，是以忘其賤而言也。願賜之采擇，以其意而少施焉。……
>
> 故附所作通論雜文一編、先祖述文一卷以獻。先祖困以歿，其行事非先生傳之不顯，願假辭刻之神道碑，敢自撫州傭僕夫往伺於門下。伏惟不罪其愚而許之，以永賚其子孫，……。〔註17〕

曾鞏多次上書歐陽脩，而此書闡述其政治主張，先言聽賢、裕民、力行爲當世之急，可見其對北宋當時政治形勢之關切；再言附所作通論雜文一編、先祖述文一卷以獻，並請歐公爲先祖父曾致堯撰神道碑文。歐公與曾鞏師生之交情，由此可得印證。仁宗慶曆五年（西元1045年），曾鞏年二十七，歐陽脩撰〈與曾鞏論氏族書〉云：

> 貶所僻遠，不與人通，辱遣專人惠書，甚勤，豈勝媿也！示及見託撰次碑文事，脩與人事多故，不近文字久矣，大懼不能稱世述世德之萬一，以滿足下之意。然近世士大夫於氏族，尤不明其遷徙，世次多失其序。……蓋世次久遠而難詳如此。〔註18〕

此書可謂〈上歐陽舍人書〉之復文，歐陽脩首先對曾鞏請撰先祖父神道碑文一事加以回復，其次方與曾鞏論氏族。仁宗慶曆六年（西元1046年），曾鞏年二十八，撰〈再與歐陽舍人書〉云：

〔註16〕歐陽脩撰，〈送楊闢秀才〉，見《歐陽脩全集》（同註10）上冊，《居士集》卷第二《古詩二十首》，頁9。

〔註17〕曾鞏撰，〈上歐陽舍人書〉，見《曾鞏集》（同註1）上冊，卷第十五《書十首》，頁235～頁238。

〔註18〕歐陽脩撰，〈與曾鞏論氏族書〉，見《歐陽脩全集》（同註10）上冊，《居士集》卷第四十七《書》，頁323～頁324。

復思若鞏之淺狹滯拙，而先生遇之甚厚。懼己之不稱，則欲得天下之才，盡出於先生之門，以爲報之端耳。〔註 19〕

同年，曾鞏因病未能參加科舉考試，歐陽脩致書表達關切之意云：

某啓：雖久不相見，而屢辱書及示新文，甚慰瞻企。今歲科場，偶滯遐舉，畜德養志，愈期遠到，此鄙劣之望也。〔註 20〕

歐陽脩對曾鞏未能參加科考，頗感失望。仁宗慶曆七年（西元 1047 年），曾鞏年二十九，撰〈寄歐陽舍人書〉云：

去秋人還，蒙賜書及所撰先大父墓碑銘。反覆觀誦，感與慚并。

……其追睎祖德而思所以傳之之繇，則知先生推一賜於鞏而及其三世。其感與報，宜若何而圖之？

抑又思若鞏之淺薄滯拙，而先生進之。〔註 21〕

歐陽脩爲曾鞏祖父曾致堯撰墓碑銘，曾鞏遂爲此書以致謝，信中亦言及歐陽脩對自己栽培之情。同年八月十五日，曾鞏撰〈醒心亭記〉云：

雖然，公之樂，吾能言之。……若公之賢，韓子歿數百年，而始有之。今同遊之賓客，尚未知公之難遇也。〔註 22〕

歐陽脩於滁州西南，建豐樂亭與醒心亭，自爲〈豐樂亭記〉，使曾鞏爲〈醒心亭記〉，此文由記景而題名，由題名而論人，層層展開，眞正發明歐陽脩心中之深意，進而欲醒世人之心，使人灑然而醒，此其撰文之旨也。而曾鞏得以文詞託名於歐陽脩文之次，其不禁喜且幸歟！

直至仁宗嘉祐二年（西元 1057 年），翰林學士歐陽脩知禮部貢

〔註 19〕曾鞏撰，〈再與歐陽舍人書〉，見《曾鞏集》（同註 1）上冊，卷第十五《書十首》，頁 248～頁 249。

〔註 20〕歐陽脩撰，〈與曾舍人〉，見《歐陽脩全集》（同註 10）下冊，《書簡》卷第七《書》，頁 1292。

〔註 21〕曾鞏撰，〈寄歐陽舍人書〉，見《曾鞏集》（同註 1）上冊，卷第十六《書十八首》，頁 253～頁 254。

〔註 22〕曾鞏撰，〈醒心亭記〉，見《曾鞏集》（同註 1）上冊，卷第十七《記十二首》，頁 276～頁 277。

舉，時曾鞏年三十九，與二位弟弟曾牟、曾布、從弟曾阜，以及二位妹婿王無咎、王彥深，一門六人赴京應試，咸中進士，與蘇軾、蘇轍兄弟同科同榜，此後曾鞏無論在政治上或文學上，咸盡全力支持歐公。仁宗嘉祐五年（西元 1060 年），歐陽脩撰〈舉章望之曾鞏王回等充館職狀〉有云：

> 太平州司法參軍曾鞏，自爲進士，已有時名，其所爲文章，流布遠邇，志節高爽，自守不回。〔註 23〕

因歐陽脩之推薦，曾鞏於是年冬被召編校史館書籍，時年四十二歲。是年，歐陽脩〈送吳生南歸〉云：「自我得曾子，於茲二十年。……我始見曾子，文章初亦然。昆侖傾黃河，渺漫盈百川。決疏以道之，漸斂收橫瀾。東溟知所歸，識路到不難。」〔註 24〕是知曾鞏因歐陽脩之誘導，文章逐漸趨於精粹，形成雅正之風格。由於曾鞏之文學主張暨作品風格率皆繼承歐陽脩，時人遂以「歐曾」並稱。神宗熙寧五年（西元 1072 年）八月，歐陽脩卒時，曾鞏爲之撰祭文云：

> 惟公學爲儒宗，才不世出。文章逸發，醇深炳蔚。體備韓馬，思兼莊屈。垂光簡編，焯若星日。……公在廟堂，尊明道術。清靜簡易，仁民愛物。斂不煩苛，令無迫猝。棲置木索，里安戶逸。櫝斂兵革，天清地謐。日進昌言，從容密勿。開建國本，情忠力悉。……公在廟堂，總持紀律。一用公直，兩忘猜昵。不挾朋比，不虞訕嫉。獨立不回，其剛仡仡。愛養人材，獎成誘掖。……
>
> 維公平生，愷悌忠實。內外洞徹，初終如一。……
>
> 維公犖犖，德義撰述。爲後世法，終天不沒。託辭敘心，曷究彷彿。〔註 25〕

〔註 23〕歐陽脩撰，〈舉章望之曾鞏王回等充館職狀〉，見《歐陽脩全集》（同註 10）下冊，《奏議集》卷第十六《翰苑》，頁 886。

〔註 24〕歐陽脩撰，〈送吳生南歸〉，見《歐陽脩全集》（同註 10）上冊，《居士集》卷第七《古詩》，頁 46。

〔註 25〕曾鞏撰，〈祭歐陽少師文〉，見《曾鞏集》（同註 1）下冊，卷第三十八《祭文》，頁 526～頁 527。

此祭文對歐陽脩於文學與政治上之成就，咸加以推崇；歐陽脩享年六十有六，其時曾鞏年五十有四。以上顯示曾鞏與歐陽脩間，具有一生一世之師生關係，而曾鞏亦十分感念歐陽脩之指導與栽培，歐陽脩乃影響曾鞏最深遠之當代人物。歐陽脩主張爲文當自然平淡，而自然平易亦成爲曾鞏古文之重要特色。如曾鞏〈醒心亭記〉與歐陽脩〈豐樂亭記〉、〈醉翁亭記〉，有異曲同工之妙，由此益見歐陽脩與曾鞏在古文上之師承關係。

二、曾鞏與王安石之關係

王安石之生平，見於《宋史》卷三百二十七〈列傳〉第八十六。安石少字少卿，後易介甫，晚號半山，撫州臨川（今江西省臨川縣）人。生於宋眞宗天禧五年（西元 1021 年），自幼即好學，讀書過目不忘，屬文動筆如飛，見其文者，皆服其精妙。仁宗慶曆二年（西元 1042 年），年二十二，擢進士上第，旋簽書淮南判官。曾調知鄞縣，通判舒州。後經歐陽脩薦爲諫官，以祖母年高辭；脩以其須祿養復言於朝，用爲群牧判官。繼而請知常州，移提點江東刑獄，入爲度支判官，奉命同修起居注，辭之累日乃許。遂知制誥，糾察在京刑獄，以母憂去，終英宗之世，皆以病辭，召不赴。安石議論高奇，果於自用，慨然有矯世變俗之志。士大夫恨不識其面，朝廷每欲畀以重任，惟患其不就也。神宗熙寧元年（西元 1068 年）四月，始至京師。入對，以擇術爲先、取法堯、舜，答帝所問。神宗大悅，以爲得人，命其籌畫新法。二年二月，拜參知政事。設制置三司條例司，議行新法。此後即其變法時期，農田水利、青苗、均輸、保甲、免役、市易、保馬、方田諸役相繼並興，號爲「熙寧新法」，頒行天下。新法既行，舊黨韓琦、司馬光、歐陽脩等人反對之。後因天下久旱，饑民流離，帝欲盡罷新法之不善者，慈聖、宣仁二太后，亦以爲安石亂天下。安石乞去位，帝遂命安石知江寧府。熙寧八年（西元 1075 年）復拜相，加尚書左僕射，兼門下侍郎。元豐三年（西元 1080 年），復拜左僕射，兼門下侍郎，改封「荊國公」。哲宗立，加司空。元祐元年（西元 1086 年），安石卒，享年六十六，贈太傅。

宋人治經，對漢人所傳經說加以懷疑，且以訓義解經、好發議論；而敢變漢唐舊義，不守舊疏、自出新義，影響最大，於時最早者，莫過於王安石。安石通曉經術，世謂其學爲「臨川學」，又稱「新學」；其嘗勸帝法堯、舜之道，且致力推行新法。《宋史》王安石本傳，云：

> 初，安石訓釋《詩》、《書》、《周禮》，既成，頒之學官，天下號曰「新義」。晚居金陵，又作《字說》，多穿鑿傅會。其流入於佛、老。一時學者，無敢不傳習，主司純用以取士，士莫得自名一說，先儒傳註。一切廢不用。黜《春秋》之書，不使列於學官，至戲目爲「斷爛朝報」。〔註 26〕

王氏父子訓釋《詩》、《書》、《周禮》，天下號曰「新義」。王安石雖以古文聞名，然其文亦取材百氏，附翼《六經》；其經學著作亦不尠，若《易解》、《左氏解》、《孝經解》、《論語解》、《孟子解》、《字說》等皆是，可惜諸書大多久佚，今唯《三經新義》〔註 27〕因後人輯考以存。

《宋史》曾鞏本傳記載曾鞏稱讚荊公：「安石文學行義，不減揚雄。」同篇論曰：「曾鞏立言於歐陽脩、王安石間」，可謂知言。曾鞏與王安石二人，常以文會友。仁宗慶曆元年（西元 1041 年），王安石

〔註 26〕元・脫脫等撰，《新校本宋史并附編三種》第十三冊（同註 3）卷三百二十七〈列傳〉第八十六王安石本傳，頁 10541～頁 10551。以下所引《宋史》王安石本傳，皆見於此。

〔註 27〕安石父子等奉宋神宗敕所修經義，本名《書義》、《詩義》、《周禮義》，總稱《三經義》，係爲科舉而作，成於神宗熙寧八年（西元 1075 年），上亦頒于學官、行于場屋，俾學術得以一統。蓋此誠王氏一家之學，故文獻多逕題作者爲王安石。慶曆以後，步入宋朝新經學時代，回歸原典研究經書。宋朝歐陽脩首開疑古惑經之風；至王安石，不憑註疏，欲修聖人之經，由尋章摘句變爲辨別義理，逐漸形成獨樹一幟之「宋學」，是安石撰書之功也。中國歷來經學演變大勢，誠如《四庫全書總目提要》〈經部總敘〉所云：「要其歸旨，則不過漢、宋學兩家，互爲勝負。」是知安石於經學史上之地位矣！安石全面性從事經學研究，欲將經書與政治相配合。於經世致用方面，王安石與曾鞏之觀念相近，同爲儒學政教派之領導者。

年二十一，入京應禮部試，時曾鞏年二十三，入太學，與安石相識於京師。曾鞏〈寄王介卿〉詩云：

> 憶昨走京塵，衡門始相識。疏簾挂秋日，客庖留共食。紛紛說古今，洞不置藩域。……初冬憩海昏，夜作探書策。始得讀君文，大匠謝刀尺。〔註28〕

此指二人於京師定交之事，而曾鞏認為安石之文，已臻「大匠謝刀尺」之境。仁宗慶曆二年（西元1042年），安石年二十二，中進士後，赴任新職；曾鞏落第還鄉，與安石仍有書信往來，互相勉勵。次年，曾鞏撰〈懷友一首寄介卿〉一文云：

> 聖人之於道，非思得之，而勉及之，其間於賢大遠矣。然聖人者不專己以自蔽也，或師焉，或友焉，參相求以廣其道而輔其成。……
>
> 予少而學，不得師友，焦思焉而不中，勉勉焉而不及，抑其望聖人之中庸而未能至者也。……
>
> 自得介卿，然後始有周旋儌懇摘予之過而接之以道者，使予幡然其勉者有中，釋然其思者有得矣，望中庸之域其可以策而及也，使得久相從居與游，知勉于悔矣。〔註29〕

曾鞏於文中，自言其嚮往聖人之道，並以此與安石互勉，冀能並臻中庸之域。方其時，安石官于揚，曾鞏窮居極南，二人相聚之日少而離別之日多；而曾鞏於此書中，仍嘉其能行古道。安石亦撰〈同學一首別子固〉一文以復，如云：

> 江之南有賢人焉，字子固，非今所謂賢人者，予慕而友之。淮之南有賢人矣，字正之，非今所謂賢人者，予慕而友之。二賢人者，足未嘗相過也，口未嘗相語也，辭幣未嘗相接也。其師若友，豈盡同哉？予考其言行，其不相

〔註28〕曾鞏撰，〈寄王介卿〉，見《曾鞏集》（同註1）上冊，卷第二《古詩三十三首》，頁18～頁19。

〔註29〕曾鞏撰，〈懷友一首寄介卿〉，見《曾鞏集》（同註1）下冊，卷第五十二《南豐先生集外文卷下》，輯自《能改齋漫錄》，頁721～頁722。

> 似者何其少也！曰：學聖人而已矣。學聖人，則其師若友，必學聖人者。聖人之言行，豈有二哉？其相似也適然。
>
> 予在淮南，爲正之道子固，正之不予疑也。還江南，爲子固道正之，子固亦以爲然。予又知所謂賢人者，既相似又相信不疑也。
>
> 子固作〈懷友〉一首遺予，其大略欲相扳以至乎中庸而後已。……〔註 30〕

安石嘗於淮南與另一友人孫正之論子固之道德學問。安石謂子固師法聖人，乃不同凡俗之賢人，且曾以中庸之道與之共勉。仁宗慶曆四年（西元 1044 年），曾鞏年二十六，撰〈上歐陽舍人書〉，向歐公薦王安石，云：

> 鞏之友王安石，文甚古，行甚稱文，雖已得科名，居今知安石者尚少也。彼誠自重，不願知於人，嘗與鞏言：「非先生無足知我也。」知此人古今不常有。如今時所急，雖無常人千萬不害也，顧如安石不可失也。先生儻言焉，進之於朝廷，其有補於天下。亦書其所爲文一編，進左右，幸觀之，庶知鞏之非妄也。〔註 31〕

曾鞏與安石既是江西同鄉，本爲摯友，亦有姻親關係，交情甚好。曾鞏遂向歐公推薦王安石，後來歐公爲之延譽，薦安石爲諫官，即肇因於此。安石能受歐公之器重，得與曾鞏、三蘇並列於「唐宋八大家」，實應感激曾鞏。而王安石之散文鍛鍊精粹、文質兼備、層次分明、波瀾起伏，有其獨樹一幟之「本色」，允爲文家之巨擘，後人論述及此，咸給予極高之評價。

曾鞏之祖母黃氏，於慶曆四年（西元 1044 年）卒於撫州，次年葬於南豐，安石爲之撰墓誌銘。其後曾鞏撰〈之南豐道上寄介甫〉一詩以贈，如云：

〔註 30〕王安石撰，〈同學一首別子固〉，見《王安石詩文選注》（高克勤選注，臺北：建宏出版社，西元 1996 年 1 月初版一刷），頁 188～頁 192。

〔註 31〕同註 17。

應逮冒煩暑，驅馳山水間。泥泉沃渴肺，沙風吹汗顏。……

相期木蘭楫，蕩漾窮州灣。〔註32〕

曾鞏於跋涉疲憊之時，仍遠夢憶故人，不忘與安石聯繫，並冀望後會有期。一帆風順之安石，正於淮南為官，亦不時以詩文鼓勵曾鞏，其撰〈答子固南豐道中所寄〉以答，詩云：

吾子命世豪，術學窮無間。直意慕聖人，不問閔與顏。……

愛子所守卓，憂予不能攀。永矢從子游，合如扉上鐶。願

言借餘力，迎浦疏潺潺。亦有衣上塵，可攀禪太山。……

相期東北游，致館淮之灣。……〔註33〕

安石於科舉考試及仕途方面，皆比曾鞏順利，然其對曾鞏學術之仰慕，絲毫不減；其尚且憂心自己不及曾鞏之道德學問。「永矢從子游，合如扉上鐶。」二句，亦證曾、王二人於結交之始，十分契合。

慶曆六年（西元1046年），曾鞏撰〈再與歐陽舍人書〉云：

鞏之友有王安石者，文甚古，行稱其文。雖已得科名，然居今知安石者尚少也。彼誠自重，不願知於人。然如此人，古今不常有。如今時所急，雖無常人千萬不害也，顧如安石，此不可失也。書既達，而先生使河北，不復得報，然心未嘗忘也。

……鞏與安石友，相信甚至，自謂無愧負於古之人。〔註34〕

曾鞏頃嘗以王安石之文進歐陽脩，而以書論之。而此書再度向歐陽脩讚譽王安石之文章古樸，品行與文章相稱，且能自重自愛，為古今罕見之人才，切不可失之；文中尚表達其對安石頗為信任，心中未嘗忘之。仁宗慶曆七年（西元1047年），曾鞏年二十九，撰〈與王介甫第

〔註32〕曾鞏撰，〈之南豐道上寄介甫〉，見《曾鞏集》（同註1）上冊，卷第二《古詩三十三首》，頁21～頁22。

〔註33〕王安石撰，〈答子固南豐道中所寄〉，見《王荊文公詩李壁注》（宋·王安石撰，宋·李壁注，上海古籍出版社，西元1993年12月第一版第一次印刷）上冊，卷第二十《古詩》，頁968～頁970。

〔註34〕同註19。

一書〉云：

> 歐公悉見足下之文，愛歎誦寫，不勝其勤。間以王回、王向文示之，亦以書來，言此人文字可驚，世所無有。蓋古之學者有或氣力不足動人，使如此文字，不光耀於世，吾徒可恥也。其重之如此。……
>
> 鞏此行至春，方應得至京師。時乞寓書慰區區，疾病尚如黃九見時，未知竟何如也。心中有與足下論者，想雖未相見，足下之心潛有同者矣。歐公更欲足下少開廓其文，勿用造語及摸擬前人，請相度示及。歐云：孟韓文雖高，不必似之也，取其自然耳。〔註 35〕

曾鞏至金陵，自宣化渡江至滁上，見歐陽脩，往且二十日，曾與歐陽脩論及王安石之文。曾鞏復致書王安石，書中表達歐陽脩及自己對安石文章之肯定，並轉述歐公對安石文章之意見，證明曾鞏實爲歐公與安石間溝通之橋樑。同年，曾鞏父親曾易占卒，安石亦爲撰墓誌銘及祭文。慶曆八年（西元 1048 年），安石亦請曾鞏爲父王益撰墓誌銘，曾鞏遂撰〈尚書都官員外郎王公墓誌銘〉，其中有云：

> 而吾又與安石友，故得知公事最詳。其將葬也，使者以安石之述與書來請銘，遂爲之銘其尤可哀者也。銘曰：公堂有母，老不覺衰。公庭有子，仁孝而才。世所可喜，公兩棄之。莫不皆死，公有餘悲。〔註 36〕

由此可以想見曾鞏與王安石之交情，非比尋常，故能詳知王益之生平。安石撰〈寄曾子固〉詩云：

> 吾少莫與合，愛我君爲最。……摇摇西南心，夢想與君會。思君挾奇璞，願售無良儈。……嗟今無常勢，趨舍唯利害。而君信斯道，不問身窮泰。棄捐人間樂，濯耳受天籟。……

〔註 35〕曾鞏撰，〈與王介甫第一書〉，見《曾鞏集》（同註 1）上冊，卷第十六《書十八首》，頁 254～頁 255。

〔註 36〕曾鞏撰，〈尚書都官員外郎王公墓誌銘〉，見《曾鞏集》（同註 1）下冊，卷第四十四《誌銘十一首》，頁 598～頁 600。

〔註 37〕

曾鞏對王安石愛重有加，安石銘篆於心；而安石對曾鞏抱璞守玉，文可爲法，行可爲師，古道是守，卻不合於市，頗感惋惜。

曾鞏終於在仁宗嘉祐二年（西元 1057 年）中進士，方是時，安石提出政治改革主張，朝野謗議紛紛，遂爲書與曾鞏討論政治。針對此事，曾鞏撰〈與王介甫第二書〉云：

> 己之用力也愈煩，而人之違己也愈甚。況今之士非有素厲之行，而爲吏者又非素擇之材也。一日卒然除去，遂欲齊之以法，豈非左右者之誤而不爲無害也哉？則謗怒之來，誠有以召之。故曰足下無怪其如此也。
>
> 雖然，致此者豈有他哉？思之不審而已矣。顧吾之職而急於奉法，則志在於去惡，務於達人言而廣視聽，以謂爲治者當如此。故事至於已察，曾不思夫志於去惡者，俟之之道已盡矣，則爲惡者不得不去也。務於達人言而廣視聽者，己之治亂得失，則吾將於此而觀之，人之短長之私，則吾無所任意於此也。故曰思之不審而已矣。
>
> 足下於今最能取於人以爲善，而比聞有相曉者，足下皆不受之，必其理未有以奪足下之見也。〔註 38〕

曾鞏不反對改革政治，但認爲應法古人之治，先之以教化，不宜操之過急，若欲於短時間去除舊法，謗議怨怒自是接踵而至；必須開闊視聽，採納善言，方能避免招致謗怒，此誠忠告甚篤之文。時曾鞏與安石相離甚遠，故曾鞏爲書以告；可惜安石變法已成竹在胸，不大接受別人之意見；所以曾鞏此書似乎未起重大作用。

曾鞏與王安石之關係，自宋代以來，即有始合終暌之說。《宋史》曾鞏本傳，亦謂曾鞏少與王安石游，導之於歐陽脩，及安石得志，遂與之異。而曾鞏病逝時，或謂安石未有哀輓之辭；或謂安石應有哀輓

〔註 37〕王安石撰，〈寄曾子固〉，見《王荊文公詩李壁注》（同註 33）上冊，卷第十七《古詩》，頁 900～頁 906。

〔註 38〕曾鞏撰，〈與王介甫第二書〉，見《曾鞏集》（同註 1）上冊，卷第十六《書十八首》，頁 255～頁 256。

之辭，只是未傳世爾！第以宋神宗熙寧年間，爲安石變法時期，推行新政、施行新法，由於安石固執己見、剛愎自用，使其與歐陽脩、曾鞏等舊黨人物，於政治理念上南轅北轍。《宋史》王安石本傳云：

> 歐陽脩乞致仕，馮京請留之，安石曰：「脩附麗韓琦，以琦爲社稷臣。如此人，在一郡則壞一郡，在朝廷則壞朝廷，留之安用？」乃聽之。

歐陽脩爲曾鞏之恩師，無論政治或文學，二人之觀點與立場始終相同；對於安石變法所造成之新舊黨爭，以及舊黨領袖歐陽脩被貶謫之遭遇，曾鞏自是對安石不滿。況曾鞏轉徙數州期間，與京師諸師友稍有分離，加上個人氣質、政治觀念不同，曾、王二人於政治立場上漸行漸遠，誠然始合終暌。然由文獻資料可知，宋神宗元豐六年（西元1083年），曾鞏持母喪過金陵，王安石登舟吊之，同年曾鞏病於江寧，王安石日造其臥內。〔註39〕是知曾、王二人之個人交往，仍持續不懈，直至曾鞏晚年。

三、曾鞏與其他友人之關係

除歐陽脩與王安石外，曾鞏尚與許多長輩及知心好友交際往來，由其唱和酬酢之詩文，即可知其人際關係。

在長輩方面，首先是范仲淹，范仲淹對曾鞏頗爲賞識。慶曆年間，范仲淹於羈旅中與曾鞏相會，欲收其爲門生。爾後曾鞏撰〈上范資政書〉云：

> 夫學者之於道，非處其大要之難也。至其晦明消長、弛張用捨之際，而事之有委曲幾微，欲其取之於心而無疑，發之於行而無擇，推而通之，則萬變而不窮。合而言之，則一致而已。是難也，難如是。故古人有斷其志，雖各合於義，極其分，以謂備聖人之道，則未可者。自伊尹、伯夷、展禽之徒所不免如此。而孔子之稱其門人，曰德行、

〔註39〕見李震著《曾鞏年譜》（蘇州大學出版社，西元1997年12月第一版第一次印刷）卷四，頁441。

文學、政事、言語，亦各殊科，彼其材與天下之選，可謂盛矣。然獨至於顏氏父子，乃曰：「用之則行，舍之則藏，唯我與爾有是夫。」是所謂難者久矣。

……若鞏之鄙，有志於學，常懼乎其明之不遠，其力之不強，而事之有不得者。既自求之，又欲交天下之賢以輔而進，繇其磨礲灌溉以持其志、養其氣者有矣。其臨事而忘、其自反而餒者，豈得已哉？則又懼乎陷溺其心，以至於老而無所庶幾也。嘗聞而論天下之士，豪傑不世出之材，數百年之間未有盛於斯時也。而造於道，尤可謂宏且深，更天下之事，尤可謂詳且博者，未有過閣下也。故閣下嘗履天下之任矣。事之有天下非之，君子非之，而閣下獨曰是者；天下是之，君子是之，而閣下獨曰非者。及其既也，君子皆自以爲不及，天下亦曰范公之守是也。則閣下之於道何如哉？當其至於事之幾微，而講之以《易》之變化，其豈有未盡者邪？夫賢乎天下者，天下之所慕也，況若鞏者哉？故願聞議論之詳，而觀所以應於萬事者之無窮，庶幾自寤以得其所難得者，此鞏之心也。然閣下之位可謂貴矣，士之願附者可謂眾矣，使鞏也不自別於其間，豈獨非鞏之志哉？亦閣下之所賤也。故鞏不敢爲之。不意閣下欲收之而教焉，而辱召之。鞏雖自守，豈敢固於一邪？敢進於門下，而因敘其所願與所志，以獻左右，伏惟賜省察焉。〔註40〕

范仲淹，字希文，爲北宋著名政治家、軍事家與文學家，其推行「慶曆新政」，影響深遠；曾撰〈岳陽樓記〉，流露「先天下之憂而憂，後天下之樂而樂」之襟期。長曾鞏三十歲，時爲資政殿學士，聲望極高，而曾鞏尚未得功名，對此一後生晚輩，仲淹慧眼獨具，願加以指導，曾鞏遂以《周易》求教。文中所述，乃強調學者欲習得聖人之道並不難，首在掌握大體，於晦明消長、弛張用捨之際，更宜用之則行，舍

〔註40〕曾鞏撰，〈上范資政書〉，見《曾鞏集》（同註1）上冊，卷第十五《書十首》，頁243～頁244。

之則藏；以此說明自己之處境與心志，誠符合仲淹〈岳陽樓記〉所謂：「不以物喜，不以己悲。居廟堂之高，則憂其民；處江湖之遠，則憂其君。」文末亦感謝仲淹欲收之而教焉，以進於其門下是幸。是後仲淹不時勉勵曾鞏，鞏遂於次年撰〈答范資政書〉以謝，如云：

> 鞏啓：王侍丞至，蒙賜手書及絹等。伏以閣下賢德之盛，而所施爲在於天下。鞏雖不熟於門，然於閣下之事，或可以知。
>
> 若鞏之鄙，竊伏草茅，閣下於羈旅之中，一見而已。令鞏有所自得者，尚未可以致閣下之知。況鞏學不足以明先聖之意，識古今之變，材不足以任中人之事，行不足以無愧悔於心。而流落寄寓，無田疇屋廬匹夫之業，有奉養嫁送百事之役，非可以責思慮之精，詔道德之進也。是皆無以致閣下之知者。而拜別期年之間，相去數千里之遠，不意閣下猶記其人，而不爲年輩爵德之間，有以存之。此蓋閣下樂得天下之英材，異於世俗之常見。而如鞏者，亦不欲棄之，故以及此，幸甚幸甚。
>
> 夫古之人，以王公之勢而下貧賤之士者，蓋惟其常。而今之布衣之交，及其窮達毫髮之殊，然相棄者有之。則士之愚且賤，無積素之義，而爲當世有大賢德、大名位君子先之以禮，是豈不於衰薄之中，爲有激於天下哉？則其感服，固宜如何？仰望門下，不任區區之至。〔註41〕

仲淹胸襟寬廣，器度宏偉，不僅有識人之明，且任人各以其材；其培育人才之思想，及大力興學之教育觀念，對當代之教化有顯著之貢獻。曾鞏乃仲淹所欲栽培者，對於此點，曾鞏於書中表達感謝之意，蓋僅憑羈旅中一面之緣，而使年輩爵德、位高望重之仲淹，如此關切培育，此舉與世俗下貧賤士之作風，大相逕庭。

其次是蔡襄。慶曆初年，仁宗先後除歐陽脩、蔡襄等人爲諫官，而眾人風采傾天下。曾鞏上書以賀蔡襄，其云：

〔註41〕曾鞏撰，〈答范資政書〉，見《曾鞏集》（同註1）上冊，卷第十六《書十八首》，頁251。

慶曆四年五月日，南豐曾鞏謹再拜上書諫院學士執事。

朝廷自更兩府諫官來，言事者皆爲天下賀得人而已。賀之誠當也，顧不賀則不可乎？……

……至於諫官，出入言動相綴接，蚤暮相親，未聞其當退也。如此，則事之得失，蚤思之不待暮而以言可也，暮思之不待越宿而以言可也，不諭而極辨之可也。屢進而陳之，宜莫若此之詳且實也，雖有邪人、庸人，不得而閒焉。故曰：成此美者，其不在於諫官乎？

……鞏生於遠，厄於無衣食以事親，今又將集於鄉學，當聖賢之時，不得抵京師而一言，故敢布於執事，并書所作通論雜文一編以獻。伏維執事，莊士也，不拒人之言者也，願賜觀覽，以其意少施焉。

鞏之友王安石者，文甚古，行稱其文，雖已得科名，然居今知安石者尚少也。彼誠自重，不願知於人。然如此人，古今不常有。如今時所急，雖無常人千萬不害也，顧如安石，此不可失也。執事儻進於朝廷，其有補於天下。亦書其所爲文一編進左右，庶知鞏之非妄也。〔註42〕

書中表面賀蔡襄，實則提出自己之政治意見。認爲賢人之舉用，誠屬可喜；然最重要者，乃使邪人、庸人不得而間，眞正讓皇帝與賢人日夜相親，如此方能使皇帝採納忠言。曾鞏於文末不但毛遂自薦、獻上己作，亦向蔡襄推薦王安石。慶曆五年（西元1045年），歐陽脩、蔡襄等人先後被謗去職，曾鞏復撰〈上歐蔡書〉云：

昨者天子赫然獨見於萬世之表，既更兩府，復引二公爲諫官。見所條下及四方人所傳道，知二公在上左右，爲上論治亂得失，群臣忠邪，小大無所隱，不爲錙銖計惜，以避怨忌毀罵讒構之患。竊又奮起，以謂從古以來，有言責者自任其事，未知有如此周詳悃至，議論未知有如此之多者否？雖鄭公、王珪又能過是耶？今事雖不合，亦足暴

〔註42〕曾鞏撰，〈上蔡學士書〉，見《曾鞏集》（同註1）上冊，卷第十五《書十首》，頁238～頁240。

之萬世，而使邪者懼，懦者有所樹矣，況乎合否，未可必也。不知所謂數百千年已矣，不可復有者，今幸遇而見之，其心歡喜震動，不可比說。日夜庶幾，雖有邪人、庸人如封、李者，上必斥而遠之，惟二公之聽，致今日之治，居貞觀之上，令鞏小者得歌頌推說，以飽足其心；大者得出於其間，吐片言片辭，以託名於千萬世。是所望於古者不負，且令後世聞今之盛，疑唐舜、三代不及遠甚，與今之疑唐太宗時無異。

雖然，亦未嘗不憂一日有於冥冥之中、議論之際而行謗者，使二公之道未盡用，故前以書獻二公，先舉是爲言。已而果然，二公相次出，兩府亦更改。而怨忌毀罵讒構之患，一日俱發，翕翕萬狀。至於乘女子之隙，造非常之謗，而欲加之天下大賢，不顧四方人之議論，不畏天地鬼神之臨己，公然欺誣，駭天下之耳目，令人感憤痛切，廢食與寢，不知所爲。噫！二公之不幸，實疾首蹙頞之民之不幸也！

雖然君子之於道也，既得諸內，汲汲焉而務施之於外。汲汲焉務施之於外，在我者也；務施之於外而有可有不可，在彼者也。在我者，姑肆力焉至於其極而後已也；在彼者，則不可必得吾志焉。然君子不以必得之難而廢其肆力者，故孔子之所說而聘者七十國，而孟子亦區區於梁、齊、滕、邾之間。爲孔子者，聘六十九國尚未已。而孟子亦之梁、之齊二大國，不可，則猶俯而與邾、滕之君謀。其去齊也，遲遲而後出晝，其言曰：「王庶幾改之，則必召予。如用予，則豈惟齊民安，天下之民舉安。」觀其心若是，豈以一不合而止哉？誠不若是，亦無以爲孔孟。今二公固一不合者也，其心豈不曰「天子庶幾召我而用之」，如孟子之所云乎？肆力焉於其所在我者，而任其所在彼者，不必以得之難而已，莫大於斯時矣。況今天子仁恕聰明，求治之心未嘗怠，天下一歸，四方諸侯承號令奔走之不暇，二公之言，如朝得於上，則夕被於四海，夕得於上，則不越宿而被於四海，

> 豈與聘七十國、遊梁、齊、邾、滕之區區難艱比耶？姑有待而已矣。此非獨鞏之望，乃天下之望，而二公所宜自任者也。豈不謂然乎！〔註 43〕

歐陽脩與蔡襄同爲曾鞏所尊重之政治人物，文中彰顯歐陽脩與蔡襄任官時，使當時政治居唐太宗貞觀之上；如今遭怨忌讒構，實二公之不幸，亦國君與百姓之損失。曾鞏感憤不已，謹成此篇，並附寄〈憶昨詩〉一篇、雜說三篇，粗道其意。其以孔孟爲例，冀歐蔡相忍爲國，盡其在我，切莫氣餒。由此不僅可知其交遊，亦可獲悉其對於學術與政治之觀念。〔註 44〕

又曾鞏與杜衍亦曾交往，如〈上杜相公書〉云：

> 鞏聞夫宰相者，以己之材爲天下用，則用天下而不足；以天下之材爲天下用，則用天下而有餘。古之稱良宰相者，無異焉，如此而已矣。
>
> ……唐以降，天下未嘗無宰相也。稱良相者，不過有一二大節可道語而已。能以天下之材爲天下用，眞知宰相體者，其誰哉？
>
> 數歲之前，閣下爲宰相。當是時，人主方急於致天下治，而當世之士，豪傑魁壘者，相繼而進，雜遝於朝。雖然，邪者惡之，庸者忌之，亦甚矣。獨閣下奮然自信，樂海內之善人用於世，爭出其力，以唱而助之，惟恐失其所自立，使豪傑者皆若素繇門下以出。於是與之佐人主，立

〔註 43〕曾鞏撰，〈上歐蔡書〉，見《曾鞏集》（同註 1）下冊，卷第五十二《南豐先生集外文卷下》，頁 706～頁 710。

〔註 44〕書信爲日常應用最普遍之實用文，梁・蕭統《昭明文選》第四十一卷至四十三卷選錄「書」體多篇，如李陵〈答蘇武書〉、司馬遷〈報任少卿書〉、楊惲〈報孫會宗書〉、孔融〈論盛孝章書〉、曹丕〈與吳質書〉、曹植〈與楊德祖書〉等篇，咸爲千古傳誦之佳作。「唐宋八大家」亦常以書信，論文述道、議論政治，甚至抒發抑鬱，一瀉無遺；如韓愈〈答李翊書〉、柳宗元〈答韋中立論師道書〉、歐陽脩〈答吳充秀才書〉、蘇洵〈上歐陽內翰第一書〉、蘇軾〈答李端叔書〉、蘇轍〈上樞密韓太尉書〉、王安石〈答司馬諫議書〉等篇皆是也。由本節所述，可見曾鞏書信體之作品，亦相當可觀。

州縣學，爲累日之格以勵學者；課農桑，以損益之數爲吏升黜之法；重名教，以矯衰弊之俗；變苟且，以起百官眾職之墜。革任子之濫，明賞罰之信，一切欲整齊法度，以立天下之本，而庶幾三代之事。雖然，紛而疑且排其議者亦眾矣。閣下復毅然堅金石之斷，周旋上下，扶持樹植，欲使其有成也。及不合矣，則引身而退，與之俱否。嗚呼！能以天下之材爲天下用，針知宰相體者，非閣下其誰哉！使充其所樹立，功德可勝道哉！雖不充其志，豈愧於二帝、三代、漢唐之爲宰相者哉？

……

噫！賢閣下之心，非繫於見否也，而復汲汲如是者，蓋其忻慕之志而已耳。〔註 45〕

杜相公即杜衍，字世昌，越州（今浙江紹興）人，《宋史》有傳。慶曆三年（西元 1043 年），杜衍任樞密使，隔年爲宰相，支持慶曆新政，慶曆七年（西元 1047 年），以太子少師致仕。歐陽脩始終以門生自居。曾鞏經由歐陽脩而知杜衍，曾三上書以致仰慕之忱。上文撰於慶曆七年（西元 1047 年）九月，曾鞏第一次上書，推崇杜衍爲宰相時，勵學興校，知人善任，俾使人才濟濟，允有良相之風，繼而表達求見之意。其時杜衍已去宰相之位，曾鞏專論其能以天下之材爲天下用，以致慕望之誠，並自明欲進見之因。文中鞏謂自己誠鄙且賤，然常專注於古書，而得聞古聖賢之道。每觀今賢傑之士，角立並出，與三代、漢唐相侔，未嘗不嘆其盛也。復見杜衍反復議論、更張庶事之心，以救當世萬事之弊，未嘗不愛其明也。曾鞏恨聖賢之道難行，慕而欲見杜衍；況同其時，過其門牆，又當杜衍釋袞冕而歸，非干名蹈利者所趨走之日，故敢上書以道，且撰雜文一編，以爲進拜之資，冀蒙賜之一見，則於願足矣。是知曾鞏求見杜衍，並非求名求利。同年，曾鞏撰詩多首，以頌揚杜衍，如〈上杜相公〉云：

〔註 45〕曾鞏撰，〈上杜相公書〉，見《曾鞏集》（同註 1）上冊，卷第十五《書十首》，頁 240～頁 243。

水爲舟楫旱爲霖，社稷生民注意深。豈謂便辭黃閣議，翻然求就紫芝吟。始終好古儒林士，進退憂時國老心。只有聲名隨日遠，不令功被管絃音。〔註 46〕

〈上杜相三首〉亦云：

天扶昌代得忠良，坐以材謀鎮廟堂。萬里聲名開學校，四方根本勸農桑。從容賢路通江海，慷慨公心貫雪霜。謙讓黑頭歸太早，空令終古愛餘芳。

翊戴唐虞旦暮中，忽將符節撫山東。憶歸慷慨無私計，抗疏頻頻有古風。世路一人知進退，士林當日計窮通。壽觴須祝年年喜，舊德華夷望更隆。

轉覺憂餘好尚孤，較量唯合老葭蒲。聖賢可是隨時拙，正直由來濟世迂。生事有親甘釣築，客情無力買山湖。天邊愁絕傷離苦，台象空看照宋都。〔註 47〕

以上諸詩就杜衍之政績，直抒其事，敘述其爲宰相之典範，平實而詳盡。杜衍任官時十分廉潔，不殖私產，故其生活平淡樸實，使曾鞏心生讚嘆。未幾，曾鞏之父曾易占病重而卒，杜衍贊助醫藥喪葬費用；大恩大德，益令曾鞏銘記在心，遂於仁宗皇祐二年（西元 1050 年），撰〈謝杜相公書〉云：

伏念昔者，方鞏之得禍罰於河濱，去其家四千里之遠。……而以孤獨之身，抱不測之疾，煢煢路隅，無攀緣之親、一見之舊，以爲之託。又無至行，上之可以感人利勢，下之可以動俗。惟先人之醫藥，與凡喪之所急，不知所以爲賴，而旅櫬之重大，懼無以歸者。明公獨於此時，閔閔勤勤，營救護視，親屈車騎，臨於河上。使其方先人之病，得一意於左右，而醫藥之有與謀。至其既孤，無外事之奪其哀，而毫髮之私，無有不如其欲；莫大之喪，得以卒致而南。其爲存全之恩，過越之義如此。

〔註 46〕曾鞏撰，〈上杜相公〉，見《曾鞏集》（同註 1）上冊，卷第六《律詩七十一首》，頁 86。

〔註 47〕曾鞏撰，〈上杜相三首〉，見《曾鞏集》（同註 1）下冊，《輯佚　詩三十三首　詞一首　文七十八篇》，輯自《曾子固集》卷三，頁 724。

竊惟明公相天下之道，吟頌推說者窮萬世，非如曲士汲汲一節之善。而位之極，年之高，天子不敢煩以政，豈鄉閭新學危苦之情、叢細之事，宜以徹於視聽而蒙省察？然明公存先人之故，而所以盡於鞏之德如此。蓋明公雖不可起而寄天下之政，而愛育天下之人材，不忍一夫失其所之道，出於自然，推而行之，不以進退。而鞏獨幸遭明公於此時也。〔註 48〕

杜衍爲曾鞏之前輩，其不僅禮遇曾鞏，尙樂善好施，出資爲曾易占治病及辦後事，曾鞏感激不已。在喪之日，鞏不敢越禮進謝。喪除，又惟大恩之不可名，空言之不足陳，故而徘徊且一書未進。慚生於心，遂爲此書以謝。夫杜衍存天下之義，無有所私，則鞏之所以能報答於公者，亦唯天下之義而已。誓心所然，乃以天下之義爲依歸。全文雖以「謝」爲題，內容卻不專言「謝」，乃立意於儒家之仁義道德。一方面敘述杜衍公忠體國，愛養賢士，有腹能容，使天下人才，如百川歸海；一方面描寫杜衍對當時尙無功名、默默無聞之青年伸出援手，更加凸顯其慈悲爲懷。全篇情義盎然，與一般應酬文字迥然不同。仁宗至和二年（西元 1055 年），曾鞏三十七歲，復撰〈與杜相公書〉云：

閣下以舊相之重，元老之尊，而猥自抑損，加禮於草茅之中，孤煢之際。然去門下以來，九歲於此，初不敢爲書以進，比至近歲，歲不過得以一書之問薦於左右，以伺侍御者之作止。又輒拜教之辱，是以滋不敢有意以干省察，以煩貺施，而自以得不韙之誅，顧未嘗一日而忘拜賜也。

伏以閣下朴厚清明讜直之行，樂善好義遠大之心，施於朝廷而博見於天下，銳於強力而不懈於耄期。當今內自京師，外至巖野，宿師碩士，傑立相望，必將憊精疲思，寫之冊書，磊磊明明，宣布萬世，固非淺陋小生所能道說而有益毫髮也。〔註 49〕

〔註 48〕曾鞏撰，〈謝杜相公書〉，見《曾鞏集》（同註 1）上冊，卷第十六《書十八首》，頁 252。

〔註 49〕曾鞏撰，〈與杜相公書〉，見《曾鞏集》（同註 1）上冊，卷第十六《書此從杜衍屈尊禮遇曾鞏寫起，繼而推崇杜衍爲治世能臣，具有光明磊落之人格；文末以自己能安貧樂道作結，不但與杜衍之高尙情操相陪襯，且顯現杜衍有知人之明，而己身亦爲値得賞識之人才。本文曾鞏自言雖年齒益長，血氣日衰，然始終用心於典籍之文，以求古人之微言餘旨，自樂於環堵之內，而不亂於貧賤之中。以此區區之心，雖不及杜衍盛德之萬一，亦庶幾不負其意。

曾鞏除政界之交遊外，學界亦有許多志同道合之友人，如孫侔與三蘇父子皆是也。鞏撰〈寄孫正之二首〉，其第一首云：

> 兩人懷抱喜相投，初得青山一日遊。已聽高文吟太古，更開昏眼洗清流。共尋素壁題皆遍，欲去紅橋釣始休。回首至今嘉興在，夢魂猶擬奉觥籌。〔註 50〕

孫正之即孫侔，字少述，吳興人；好古文，所作奇古，名聞江淮。慶曆、皇祐年間，曾鞏、王安石與孫侔交遊，由於孫侔個性孤峻，學行俱佳，與曾鞏頗相投契；鞏遂於三十一歲時，即仁宗皇祐元年（西元1049 年），作此詩以寄，詩中非特流露眞摯之友情，亦道出孫侔文章古樸清淡之特色。由〈寄孫正之二首〉第二首有謂：「志留世外雖遺俗，文落人間或過江。峻節但期終老學，健詩猶愧一時降。」〔註 51〕可知曾鞏對於孫侔之志節與詩文，始終讚不絕口。

與曾鞏同榜登科，同列「唐宋八大家」之三蘇父子，亦與曾鞏交情甚篤。英宗治平三年（西元 1066 年），曾鞏四十八歲，撰〈蘇明允哀辭〉云：

> 明允姓蘇氏，諱洵，眉州眉山人也。始舉進士，又舉茂材異等，皆不中。歸，焚其所爲文，閉户讀書，居五、六年，所有既富矣，乃始復爲文。蓋少或百字，多或千言，

十八首》，頁 250。

〔註 50〕曾鞏撰，〈寄孫正之二首〉第一首，見《曾鞏集》（同註 1）下冊，《輯佚　詩三十三首　詞一首　文七十八篇》，輯自《曾子固集》卷三，頁七二六。

〔註 51〕曾鞏撰，〈寄孫正之二首〉第二首，同註 50。

> 其指事析理，引物託喻，侈能盡之約，遠能見之近，大能使之微，小能使之著，煩能不亂，肆能不流。其雄壯俊偉，若決江河而下也；其輝光明白，若引星辰而上也。……
>
> 嘉祐初，始與其二子軾、轍復去蜀，遊京師。今參知政事歐陽公修爲翰林學士，得其文而異之，以獻於上，既而歐陽公爲禮部，又得其二子之文，擢之高等。於是三人之文章盛傳於世，得而讀之者皆爲之驚，或嘆不可及，或慕而效之，……。於是三人者尤見於當時，而其名益重於天下。
>
> 治平三年春，明允上其禮書，未報。四月戊申以疾卒，享年五十有八。自天子輔臣至閭巷之士，皆聞而哀之。
>
> 明允所爲文，有集二十卷行於世，……。讀其書者，則其人之所存可知也。明允爲人聰明辨智，遇人氣和而色溫，而好爲策謀，務一出己見，……慨然有志於功名者也。
>
> 二子，軾爲殿中丞直史館，轍爲大名府推官。其年，以明允之喪歸葬於蜀也，既請歐陽公爲其銘，又請予爲辭以哀之，曰：銘將納之於壙中，而辭將刻之於冢上也。余辭不得已，乃爲其文。曰：
>
> 嗟明允兮邦之良，氣甚夷兮志則強。閱今古兮辨興亡，驚一世兮擅文章。……維自著兮暐煌煌，在後人兮慶彌長，嗟明允兮庸何傷！〔註 52〕

蘇洵，字明允，號老泉，後人因而稱之爲「老蘇」，眉州眉山（今四川眉山縣）人，有《嘉祐集》傳世。其乃蘇軾、蘇轍之父，年二十七，始發奮讀書，下筆迅速，頃刻數千言，尤擅長議論文，若〈管仲論〉、〈辨姦論〉，即其議論文中之佳作。蘇洵每於其窮達得喪，憂嘆哀樂，念有所屬，必發之於文；於古今治亂興壞，是非可否之際，意有所擇，亦必發之於文；其不幸於治平三年（西元 1066 年）四月，因病卒於京師，享年五十有八。同年曾鞏應其二子之要求，爲此哀

〔註 52〕曾鞏撰，〈蘇明允哀辭〉，見《曾鞏集》（同註 1）下冊，卷第四十一《祭文十六首　疏一首　哀辭三首》，頁 560～頁 561。

辭。〔註 53〕此篇記蘇洵之生平、文風、著作及爲人，皆歷歷可觀；若乃論及三蘇父子之文，雖未加溢美之辭，而其人文名自見。曾鞏強調三蘇於文壇上得領天下風騷，並說明死者爲文用心之創作態度，寔能道三蘇古文成就者也。另在〈贈黎安二生序〉一文中，亦可見曾鞏與蘇軾之友情，如云：

> 趙郡蘇軾，余之同年友也，自蜀以書至京師遺余，稱蜀之士曰黎生、安生者。既而黎生攜其文數十萬言，安生攜其文亦數千言，辱以顧余。讀其文，誠閎壯雋偉，善反復馳騁，窮盡事理，而其才力之放縱，若不可極者也……。
>
> 頃之，黎生補江陵府司法參軍，將行，請予言以爲贈。余曰：「余之知生，既得之於心矣，乃將以言相求於外邪？」黎生曰：「生與安生之學於斯文，里之人皆笑以爲迂闊，今求子之言，蓋將解惑於里人。」余聞之，自顧而笑。夫世之迂闊，孰有甚於予乎？知信乎古而不知合乎世，知志乎道而不知同乎俗，此余所以困於今而不自知也。世之迂闊，孰有甚於予乎？
>
> 今生之迂，特以文不近俗，迂之小者耳，患爲笑於里之人。若余之迂大矣，使生持吾言而歸，且重得罪，庸詎止於笑乎？然則若余之於生，將何言哉？謂余之迂爲善，則其患若此；謂爲不善，則有以合乎世，必違乎古，有以同乎俗，必離乎道矣。生其無急於解里人之惑，則於是焉，必能擇而取之。遂書以贈二生，并示蘇君，以爲何如也。〔註 54〕

此序雖是應黎生之請而作，然因蘇軾曾致書曾鞏，稱讚黎生與安生，故曾鞏於文首先點明其與蘇軾之關係。〔註 55〕文中藉黎生之語，說出志於古道古文者不合於世之事實，因當時志於古者必遺乎今，不僅不

〔註 53〕哀辭爲哀悼死者之文體，或有序或無序；曾鞏撰〈蘇明允哀辭〉，則爲有序之哀辭。

〔註 54〕曾鞏撰，〈贈黎安二生序〉，見《曾鞏集》（同註 1）上冊，卷第十三《序九首》，頁 217～頁 218。

〔註 55〕蘇軾乃曾鞏之「同年友」也，易言之，即科舉同年考中之友人；而曾鞏亦肯定蘇軾善於識別人才。

爲世俗所容，亦常被人譏刺爲迂腐、不切實際。曾鞏遂以己身處於窘態爲例，安慰、鼓舞黎生，鍥而不捨，努力學習古文；進而揭示自己之文道觀，蓋若迎世隨俗，定違古聖人之道，故不必急於解鄉里人之惑，應該篤守斯道、篤學斯文。文末尚請示蘇軾之看法，足見其對蘇軾之重視。蘇軾，字子瞻，號東坡居士，爲北宋文學家，擅長散文、詩、詞、賦及書畫，其才華可謂並世無雙，允爲不世之材；與歐陽脩、曾鞏等人，共同致力於北宋詩文革新運動。歐陽脩卒後，蘇軾乃承繼歐陽脩，成爲文壇之領導者，並使當代詩文革新，邁向新階段。故而曾鞏十分尊重蘇軾，且願與之切磋琢磨，以交換寫作古文之心得。由此文亦可知黎生與安生好爲古文，乃常與曾鞏討論古道、古文者也。黎、安二生可謂魁奇特起之士，而蘇軾可謂善知人者也，三人與曾鞏交情非淺。

此外，王安國亦曾鞏之知己，其卒時，曾鞏爲之作祭文，如云：

> 嗚呼平甫！決江河不足以爲子之高談雄辯，呑雲夢不足以爲子之博聞強記。至若操紙爲文，落筆千字，徜徉恣肆，如不可窮，秘怪恍惚，亦莫之繫，皆足以高視古今，傑出倫類。而況好學不倦，垂老愈專，自信獨立，在約彌厲。而志屈於不申，材窮於不試。人皆待子以將昌，神胡速子於長逝！
>
> 嗚呼平甫！念昔相逢，我壯子稚，間託婚姻，相期道義。每心服於超軼，亦情親於樂易。何堂堂而山立，忽泯泯而飆馳。訃皎皎而猶疑，淚汍汍而莫制。聊寓薦於一觴，纂斯言而見意。〔註56〕

此文作於宋神宗熙寧十年（西元1077年），時曾鞏知福州。王平甫即王安國，乃王安石之弟，爲文思若決河，其文閎富典重，其詩博而深矣。曾鞏雖比王安國長十一歲，然二人志趣相同，才華相似，遂成知交。王平甫既歿，其家屬收集其遺文凡一百卷，囑曾鞏爲之序。序文

〔註56〕曾鞏撰，〈祭王平甫文　熙寧十年十月二十一日〉，見《曾鞏集》（同註1）下冊，卷第三十八《祭文十八首》，頁528。

中有一段言及文學興衰史，其謂自周室衰亡，上古賢王之遺文即散失，歷數代後，宋文始能與漢、唐二代比肩。曾鞏以爲文章昌盛之朝代，唯漢、唐、宋三代爾！而此三代中，具有文才者亦鮮少矣！而詩文兼擅者，猶如麟鳳龜龍，可遇而不可求。是知曾鞏對詩文出眾者，十分崇敬。是故其頗重視王安國之作品，曾鞏有云：「古今作者，或能文不必工於詩，或長於詩不必有文。平甫獨兼得之，其於詩尤自喜，其憂喜、哀樂、感激、怨懟之情，一於詩見之，故詩尤多也。平甫居家孝友，爲人質直簡易，遇人豁然推腹心，不爲毫髮疑礙，與人交，於恩意尤篤也。其死之日，天下識與不識，皆聞而哀之。」〔註57〕可謂知言。

由上可知，曾鞏與當代政壇、文壇人士，經常以文章往來酬酢，而其交遊最密切之諸人，咸爲志同道合之正人君子，以及篤好古道古文之儒者。

第五節　曾鞏之作品考述

曾鞏之著述包括經、史、子、集，無所不有。亡佚之作品姑且不論。在經部方面，曾鞏現存〈洪範傳〉一篇。史部方面，余嘉錫《四庫提要辨證》卷五《史部三》考辨曾鞏存有《隆平集》二十卷；《宋史・藝文志二》著錄曾鞏存有《宋朝政要策》一卷。子部方面，《宋史・藝文志五》著錄曾鞏存有〈雜識〉一卷。曾鞏在集部方面作品多於其他三部，因其爲唐宋古文八大家之一，散文作品最多，詩歌創作次之；至於其他體類，作品數量微不足道。曾肇爲其亡兄撰〈行狀〉，述及其兄之著述時有云：

> 平生無所玩好，頗喜藏書，至二萬卷，仕四方，常與之俱，手自讎對，至老不倦。又集古今篆刻，爲《金石錄》五百卷。公未嘗著書，其所論述，皆因事而發，既歿，集其稿

〔註57〕曾鞏撰，〈王平甫文集序〉，見《曾鞏集》（同註1）上冊，卷第十二《序九首》，頁201～202。

> 爲《元豐類稿》五十卷、《續元豐類稿》四十卷、《外集》十卷。後之學者因公之所嘗言，於公之所不言，可推而知也。〔註 58〕

是知曾鞏之詩文諸集，有《元豐類稿》五十卷、《續元豐類稿》四十卷、《外集》十卷；其中《續元豐類稿》、《外集》於南宋初已散佚不傳，加之以元季兵燹，只有《元豐類稿》五十卷流傳於世。故目前所見之曾鞏詩文作品，主要存於《元豐類稿》中。

《元豐類稿》之善本，在臺有現藏於國立故宮博物院之《元豐類藁》〔註 59〕，民國七十七年六月，由國立故宮博物院印行出版。此本係元大德八年東平丁思敬刻本。是刻紙質細潤、版式寬大、字畫精整、校勘精審，實元刻中之上乘，明、清諸本，多由此出；此帙之存，較能反映曾鞏著作之原貌。明、清兩代，《元豐類稿》之刊本漸多。其中以清康熙五十六年，長洲顧崧齡刻本校刊最精、流通最廣，影響亦遠過於其他各本；是刻使全書體制成爲五十三卷，包括本集五十卷，集外文二卷，續附一卷，乃保存曾文最多之版本。此外，在大陸方面，西元一九八八年十二月，江蘇廣陵古籍刻印社影印清乾隆刊本《元豐類稿》，是《元豐類稿》中之又一善本，頗有異文。

西元一九八五年，北京中華書局已影印出版《古逸叢書》三編之十《南豐曾子固先生集》，此係影印金代平陽刻本。陳杏珍撰〈影印金刻本《南豐曾子固先生集》說明〉云：

> 《南豐曾子固先生集》三十四卷，宋曾鞏撰。此金刻本，……。
>
> 此書現藏北京圖書館。書中沒有名人的批校題跋，查宋以來的公私書目，很少著錄，可見八百年來知道此書的人很少。……版刻時間，大約在金代中葉。
>
> 此書的紙墨刀法、版式，與宋本很難區別，……書中保留了北宋的避諱字，遇到「宋」、「天子」、「皇帝」等字

〔註 58〕同註 1。

〔註 59〕此爲景印元大德刊本之善本叢書，足以光大曾鞏之粹學。

> 樣還上空一格。……可以推想，此書源出北宋舊槧，翻刻時，避諱字未作更改。
>
> ……
>
> 《南豐曾子固先生集》不見翻刻本傳世，眞乃世無二帙的絕品。所以，它在文物領域的地位和在版刻上的價值自是無庸置言的。
>
> 從本書內容看，這是一部二百多年來深藏清官，外間連鈔本也未見流傳的曾鞏別集，含有很多爲他書所無的佚文，是當今研究曾鞏不可或缺的資料。
>
> ……此書收錄的詩文，有的已見於《元豐類稿》，但《元豐類稿》的不同版本，文字存在著差異。……說明早在宋金時，曾集就有較多的異文，甚至有一題二文並存的現象。這既爲校勘、整理和研究工作提供了寶貴資料，也顯示了這部《南豐曾子固先生集》在文學史上的地位和科研工作中的價值。
>
> 不過，《南豐曾子固先生集》只能看成是曾鞏集的一個選本。書中的一些作品收錄不完整，……。
>
> 儘管如此，瑕不掩瑜，作爲深藏多年，不爲學術界所知的、保存了世上絕無僅有的佚文的孤本秘籍，《南豐曾子固先生集》的影印出版，必將在宋代文化典籍的整理研究工作中放出其固有的光彩。〔註 60〕

是知此爲現今可見年代較早之版本。此本半葉十五行，行二十五字，左右雙編，版框高約一五・二厘米，廣一○・五厘米，六冊一函。自內容視之，應爲深藏清官之孤本秘籍，其中保存許多他本所無之佚文，諸佚文可能是《續元豐類稿》與《外集》中之作品，故此本有助於吾人推測《續元豐類稿》與《外集》之面貌，爲當今研究曾鞏作品之重要善本。然而此一刻本，仍有金刻本之普遍缺點；學者早已指出，金刻本有任意節略舊籍、變亂卷次之毛病，此對於《南豐曾子固先生

〔註 60〕陳杏珍撰，〈影印金刻本《南豐曾子固先生集》說明〉（西元 1984 年 9 月），附於《南豐曾子固先生集》中。

集》而言，乃一大缺憾。此外，此書仍有脫誤，殘破、蠹蝕、漫漶之處，加之以作品之收錄亦不夠完整，故此本只能視爲曾鞏集較佳選本之一。

在點校本方面，西元一九八四年十一月，北京中華書局出版《曾鞏集》上下冊，由陳杏珍、晁繼周點校。此本以清康熙五十六年長洲顧崧齡刻本爲底本，以元大德八年東平丁思敬刻本爲最主要校本，其他主要校本多達十種，部分篇章還參校四種版本。從事校勘時，亦參考總集、類書、筆記、專著等；不僅輯錄許多散佚詩文，亦補改脫、衍、訛誤之處，若干異體字亦予以保留，可謂當今整理、校勘曾鞏作品，最爲縝密之點校本。全集凡五十二卷：書首有點校者之〈前言〉，卷第一至卷第五爲《古詩》，卷第六至卷第八爲《律詩》，卷第九爲《論議》，卷第十爲《傳序》，卷第十一至卷第十四爲《序》，卷第十五至卷第十六爲《書》，卷第十七至卷第十九爲《記》，卷第二十至卷第二十二爲《制誥》，卷第二十三至卷第二十五爲《制誥擬詞》，卷第二十六爲《制誥擬詞　詔策》，卷第二十七至卷第二十八爲《表》，卷第二十九爲《疏　劄子》，卷第三十至卷第三十二爲《劄子》，卷第三十三至卷第三十五爲《奏狀》，卷第三十六爲《啓》，卷第三十七爲《啓　狀》，卷第三十八至卷第四十爲《祭文》，卷第四十一爲《祭文　疏　哀辭》，卷第四十二至卷第四十五爲《誌銘》，卷第四十六爲《誌銘　墓表》，卷第四十七爲《碑銘　行狀》，卷第四十八爲《傳》，卷第四十九爲《本朝政要策》，卷第五十爲《金石錄跋尾》，卷第五十一至卷第五十二爲《南豐先生集外文》，書末尚有《輯佚》與《附錄》。

綜觀其書之架構，可知是書內容宏富，包括各種體類，堪稱完備也！再者，近人李震著《曾鞏年譜》，非特爲曾鞏編撰年譜，亦爲曾鞏詩文作品進行繫年，爲後人之研究，大開方便之門。學者若以北京中華書局出版之《曾鞏集》點校本爲底本，再參看李震著《曾鞏年譜》之單篇作品繫年，曾鞏之文學創作歷程與成果，則一目瞭然矣！

第六節　結　語

曾鞏以文名天下久矣！今觀其生平與交遊，知其自幼機警，博聞強識，援筆成文。然則曾鞏之一生，無論於參加科舉考試方面，或於政治仕途方面，過程皆十分艱辛坎坷。幸而其始終虛心好學，步入仕途前，文名已顯；登科之後，歷知數州，在地方爲官，克盡職守，造福人民，政績卓著，所至之處，無不爲人所稱頌。加以其曾被朝廷召爲編校史館書籍，歷館閣校勘，集賢校理，兼判官告院，對於歷代書籍之整理，例如編校《陳書》與《梁書》時，付出極大心力。其校勘史館書籍時，即廣泛收集有關資料，詳細辨證、一一校讎，經其校定之古籍，約有十數種，其每校一書，必撰寫一篇序文。是故曾鞏於目錄學方面，亦有辨章學術、考鏡源流之功。其所以能成爲北宋著名文學家，家學淵源正是重要因素之一，祖父與父親之循循善誘，功不可沒。而曾鞏交遊亦廣，除前來求教之後生晚輩外，曾鞏與歐陽脩、王安石、范仲淹、蔡襄、杜衍、孫侔、蘇洵、蘇軾、蘇轍、王安國等人，均有深厚之師友情誼，諸人往來之書信及相互贈答之作，咸爲研究曾鞏交遊之重要資料。曾鞏著作等身，今披其詩文而想見其爲人，益明南豐縣有曾鞏，則南豐之名噪；曾鞏有集流傳，則其文名益重。

第三章　曾鞏所處之時代背景

第一節　前　言

劉勰《文心雕龍・時序》云：「文變染乎世情，興廢繫乎時序，原始以要終，雖百世可知也。」文學作品與時代背景之關係十分密切，作品風格之變化，乃受社會風氣之感染，至於文學之盛衰，卻與時代之遞嬗息息相關。而文學乃準據該時代之文化與思想，作家無不與其時代有密切關係。宋朝統一五代十國後，將歷史推向一個新階段。宋王朝自西元九六〇年至一二七九年，前後經歷三百二十年。其中北宋九帝一百六十七年。而曾鞏生於宋真宗天禧三年（西元 1019 年），卒於宋神宗元豐六年（西元 1083 年），歷經宋真宗、仁宗、英宗、神宗四帝，正是北宋維持表面太平盛世之時，在政治、社會、學術、文學各方面，咸有歷史性之變革，直接影響曾鞏之仕宦歷程與文學創作活動。

第二節　政治背景

西元九五九年，後周世宗病逝，年僅七歲之小皇子成為皇帝，朝廷一片混亂，賜予掌握軍權之趙匡胤大好良機。後周顯德七年，即北宋建隆元年（西元 960 年），趙匡胤因陳橋驛兵變、黃袍加身，建立宋王朝。宋太祖趙匡胤開國於五代兵革之後，乃日夜思考如何鞏固帝位，遂利用一次酒宴之機會，迫使大臣交出手中兵權，此即史書上有名之「杯酒釋兵權」故事。日後亦盡力削弱地方勢力，採取兵將分離之分化政策，並嚴防重臣擁有實權。

宋太祖一統天下，總攬威柄，其欲爲國家長久之計，以及消滅篡弒惡俗，遂厚待亡國，獎忠抑叛，樹立仁風，遴選人才。太祖出身於行伍，本對文人十分輕視，然自大一統以來，一方面爲避免分裂，一方面爲籠絡人心，逐漸明白儒生文臣之優點與重要，遂大興文治，重用儒臣，以達「文德致治」之目標。至太宗、眞宗時，更是全面右文抑武。對於宗室與外戚，建立厚養而不用之之嚴格管理制度，因此較無內亂。養而不用之原則，使宗室近屬與外戚物質生活優厚，卻不許出任外官，其一舉一動咸受嚴密管束與監視；如此一來，宗室外戚無執政爲相之機會，使恃勢干政、發動叛亂或圖謀篡位之情事大爲減少。

此外，宋初最高統治者，有鑑於五代之際武人跋扈，致地方割據之史實，爲防範各種分裂割據因素，遂實施中央集權政策，強幹弱枝，極端專制；凡分朋結黨之舉，咸被嚴令禁止。然眾多防範措施，僅於表面維護宋朝君主之權威；實質上，揭露並攻擊朋黨，反而成爲排除異己、迎合在上者之手段。慶曆年間，宋仁宗起用范仲淹、歐陽脩等人改革與整頓內政，是爲「慶曆新政」，亦曾受腐朽勢力之攻擊。歐陽脩爲消除仁宗之疑慮，遂撰〈朋黨論〉一文，重在解釋朋黨之義，且強調禁、殺君子之朋，終將亡國，是故必須分辨且信用君子之朋。蓋朋黨之說，自古有之，歐陽脩盼人君辨別君子與小人之黨，冀仁宗能重用君子之眞朋，黜退小人之僞朋；可知北宋時小人有黨，君子亦有黨。朋黨傾軋綿延不息，致北宋政治動蕩。

由於同時代之遼、西夏、金三朝武功強盛，加以宋室復缺乏勇悍之精兵，中原地區飽受天災人禍，是故北宋自立國之始，即處於積弱不振之情勢中‧內憂外患使宋朝日益衰弱。朝廷中有志之士，對艱難之國勢、窘困之處境，早已產生自覺，遂有改革朝政之決心；可惜政府官吏分黨分派，意見分歧，而最高統治者仍一心一意採取抑制武臣政策，此乃北宋恆處於衰亂之重要原因。

宋神宗熙寧初，王安石主張變法圖治，令反變法之范仲淹、歐陽脩、司馬光等保守派人物，離開京城，此即眾所皆知之「新舊黨爭」。屬於舊黨之曾鞏，對於安石之態度與作法，頗不以爲然。誠如第二章所述，曾鞏並不反對改革政治，然其認爲應遵先王之道，以循序漸進方式爲之，千萬不可操切，以免使人民有所怨懟。曾鞏曾致書忠告王安石，然安石並不接受，故而產生二人始合終暌之說，其原因泰半出自二人對變法有不同意見。而曾鞏曾撰〈過介甫歸偶成〉一詩云：

> 結交謂無嫌，忠告期有補。直道詎非難，盡言竟多迕。知者尚復然，悠悠誰可語？〔註1〕

由「忠告期有補」一語，可知曾鞏對安石竭盡忠告之言，冀能對好友有所助益；然安石並未接受，令曾鞏爲之悵然。據曾肇爲曾鞏撰〈行狀〉云：

> 在齊，會朝廷變法，遣使四出，公推行有方，民用不擾。使者或希望私欲有所爲，公亦不聽也。〔註2〕

林希撰〈曾鞏墓誌〉亦云：

> 徙知齊州。……會朝廷初變法，公推法意施行之，有次第，民便安之。後使者至，或希望私欲有所爲，公不聽也。〔註3〕

曾鞏知齊州（今山東濟南）正值王安石變法之高潮時期，大部分新法內容已頒行。曾鞏於齊州實行新法過程中，採取穩妥方式進行，堅持利民原則。其並不全面反對新法，只是反對小人利用新法而圖謀私利。

〔註1〕曾鞏撰，〈過介甫歸偶成〉，見《曾鞏集》（宋・曾鞏撰，陳杏珍、晁繼周點校，北京：中華書局，西元1984年11月第一版第一次印刷）上冊，卷第四《古詩四十三首》，頁63。

〔註2〕曾肇爲曾鞏撰〈行狀〉，見《曾鞏集》（同註1）下冊，《附錄》《一 傳記資料》，頁790～頁796。以下所引〈曾鞏行狀〉，皆見於此。

〔註3〕林希撰，〈曾鞏墓誌〉，見《曾鞏集》（同註1）下冊，《附錄》《一 傳記資料》，頁797～頁801。以下所引〈曾鞏墓誌〉，皆見於此。

至於選拔人才方面，宋太祖沿襲前代舊規，建立宋代考選制度，以科舉獲得常才，以制舉獲得非常之才。科舉考試方面，宋代最強調公平性，因而制度亦較唐代嚴密，不僅科目繁多，各科考試內容亦不同，使出身貧寒之學子，得以通過科舉步上仕途；除州試、省試以外，尚增加殿試，考生一律視爲「天子門生」，以強化君權，此乃宋代科舉異於唐代者也！再者，唐代科舉最重視進士科，進士科主要考詩賦。而宋代科考，自慶曆變法以來，即主「先策論，後詩賦」；科舉得中者，率皆直接授官，名列前茅者，按例授予高官，待遇亦優於唐代。至於制舉，亦稱制科，所以待天下之才傑，天子每親策之。北宋制舉曾三設三罷，太祖始置賢良方正能直言極諫、經學優深可爲師法、詳閒吏理達於教化三科，是後制舉歷經三次罷除，且復設期間並無常科，因而科舉制度仍是天子取士之主要方式。其中，以進士科之出路最佳，致此科考者日益增多，考場關防日趨嚴密。科舉出身之士人，逐漸步入政治舞臺，成爲統治階層；此對北宋政治產生極大影響。

第三節　社會背景

宋初天下甫定，百廢待舉；迨政治安定，社會生產力提高，經濟開始產生變化。銅、鐵、鉛、錫年產量增多，農業、手工業、冶金、紡織、造紙、印刷業規模擴大。統治者放鬆對商業之抑制，允許軍隊於一定範圍內經營工商，朝廷不再把商業活動束縛於官方設置之市場進行，城市之每條主要街道上，泰半有經營商業之店鋪，商業在時間與空間上皆獲得開放，逐漸提高商人之地位。而社會對商品之需求量增加，形形色色之商業活動與組織，紛紛出現，因商業而繁榮之都市一一崛起。此外，藝術品漸受富人重視，若干商人亦轉向販賣工藝品。政府爲因應社會經濟快速變遷，遂鑄造銅幣、鐵幣，並廣泛應用紙幣，使當時之經濟蓬勃發展，都市更加繁榮。加上錢之計量制度，以及度量衡之計算，均較前朝奇特，更使經濟活動複雜化。至若紙幣幣值不穩，亦造成經濟混亂。大抵兩宋社會經濟之發展，宋太祖、太宗、眞宗時維持繁華太平，至宋仁宗時期臻於穩定興盛；北宋可謂中國社會經濟高度發展時期之一。

宋代財稅制度乃繼承晚唐及後周，唐德宗楊炎所創行之「兩稅法」，由五代至兩宋皆沿襲不改，是故宋代人民賦役繁重，且稅役不均、貧富懸殊。此時土地可自由買賣，確立土地私有制度，誠爲土地制度重新調整之時代；農業亦朝精耕細作之技術求新求變，使糧食生產更加充沛。然而因宋代實行厚祿養廉政策，冗官冗兵、用兵賠款，無不增加政府財政負擔；一歲所用，養兵之費常居十分之六七，不得不取之於民。蓋北宋初期受契丹欺侮，中期受西夏侵擾，最後金兵長驅直入，北宋終於亡國。這段時期，經濟雖不斷成長，然統治者於外交上始終屈辱忍恥、納幣求和，朝廷爲籌措軍費，不得不增加田賦，百姓貧困，人心多叛，莫不思亂，局部地區農民暴動，自宋朝開國至滅亡，幾乎從未停止。政治制度與社會制度之變化，造成宋代社會流動劇烈，貧富貴賤交互變化，人們之社會地位亦變幻無常。加以宋代軍費主要部分並非用於軍事裝備，乃用於上百萬士兵及其家屬之生計，致北宋已有民貧國弱之勢。

宋仁宗時，主持「慶曆新政」之范仲淹，曾撰〈上時相議制舉書〉，呼籲朝廷勸天下之學，育天下之材，因善國者必先育材，育材必先勸學。乃將教育自京師、貴族中解放出來，使平民皆能享受教育之權利。朝廷重臣一致接受其建議，辦學詔書頒行後，全國各地乃興起辦學風氣，凡興學校、勵教育者，旋被視爲德政善行，普遍受到肯定與支持。書院亦因而得到發展，成爲聚眾講學之所，使北宋社會文風鼎盛。「萬般皆下品，唯有讀書高」，「書中自有黃金屋，書中自有千鍾粟」，已成士紳階層勉勵子女之名言；而傳統之門第觀念與特權階級，於宋代社會已漸漸消聲匿跡。

第四節　學術背景

在學術風氣方面，宋仁宗時，名臣范仲淹爲學好明經術，主張通經致用，其欲振作士氣與復興道統，遂倡導復古勸學，數言興學校，行科舉新法；其意在以學養志，育取實才，以資國家之用。此後學術因之發展，道統因之發皇，天下之學始克大立。慶曆四年（西元 1044 年），詔天下崇學校、立師資，行科舉新法。然爲革除隋唐時科名爲勢家所取之弊，遂擴大科舉考試，完善考選程式，俾使造士之選，成爲眞正網羅人才之制度。學校所試與國家所試，一以時代爲標準，以達到學用一致、考用一致之目標。而宋代科舉考試內容中，儒學所佔比重不斷增加，直接促使學子學習儒家經典，且使書院受到重視。

在舉士方面，曾鞏處於學術日興之時代，對於當時選士之法，亦有己見，如其撰〈請令州縣特舉士箚子〉有云：

> 臣聞三代之道，鄉里有學。士之秀者，自鄉升諸司徒，自司徒升諸學。大樂正論其秀者，升諸司馬。司馬論其賢者，以告于王。論定然後官之，任官然後爵之，位定然後錄之。論定然後官之者，鄭康成云：謂使試守。任官然後爵之者，蓋試守而能任其官，然後命之以位也。其取士詳如此。……此三代之事也。……
>
> 今陛下隆至德，昭大道，參天地，本人倫，興學崇化，以風天下，唐虞用心，何以加此？然患今之學校，非先王教養之法；今之科舉，非先王選。士之制。聖意卓然，自三代以後，當塗之君，未有能及此者也。臣以謂三代學校勸教之具，漢氏郡國太常察舉之目，揆今之宜，理可參用。今州郡京師有學，同於三代，而教養選舉非先王之法者，豈不以其遺素勵之實行，課無用之空文，非陛下隆世教育人材之本意歟！誠令州縣有好文學、厲名節、孝悌謹順、出入無悖者所聞，令佐升諸州學，州謹察其可者上太學。以州大小爲歲及人數之差，太學一歲，謹察其可者上禮部，禮部謹察其可者籍奏。自州學至禮部，皆取課試，通一藝以上，御試與否，取自聖裁。今既正三省諸寺之任，其都

事主事掌故之屬，舊品不卑，宜清其選，更用士人，以應古義。遂取禮部所選之士，中第或高第者，以次使試守，滿再歲或三歲，選擇以爲州屬及縣令丞。即有秀才異等，皆以名聞，不拘此制。如此者謂之特舉。其課試不用糊名謄錄之法，使之通一藝以上者，非獨采用漢制而已。

此篇蓋於宋神宗元豐三年十一月二十一日垂拱殿進呈，時曾鞏六十二歲。文中敘述自己對於州縣舉士之意見，其目的在改革選拔人才之方法。因當時科舉制度，實行已久，但課無用之空文，使士子徒爲科名之累，並非天子陛下隆世教育人材之本意，且與三代選士之道漸行漸遠。故曾鞏建議凡州縣有好文學、厲名節、孝悌謹順、出入無悖者，甚至可舉至禮部；通一藝以上者可御試；三省諸寺之任，更用士人。易言之，曾鞏認爲可以特舉人才方式，補救科舉舊制之所不及，以免有司失其才；此乃漸變科舉之法，亦可移風易俗，爲相當睿智之意見。其主信賞罰以厲之，以收得人舉士之效，益見曾鞏於教養選用人才方面，實有獨特之己見。

在經學方面，中唐以前之經學，屬於傳注之學，一般人讀經書，重在傳注。其實欲恢復經學，應從經書原典入手，方能眞正了解聖人之道。宋人乃對漢人所傳之經產生懷疑，主張廢棄傳注而提倡經義。其中，歐陽脩之疑古精神，大開回歸原典之風氣；其欲維護經書原貌，曾撰《易童子問》、《詩本義》等著作。至於曾鞏，並無經學專著，然其常以文章強調文章與經書之關係。如〈洪範傳〉一文，可謂其僅存之單篇經學論著，是傳依《尙書．周書》〈洪範〉之原文，逐段疏解，並就天人之際加以申論。如云：

「九，五福：一曰壽，二曰富，三曰康寧，四曰攸好德，五曰考終命。六極：一曰凶短折，二曰疾，三曰憂，四曰貧，五曰惡，六曰弱。」何也？民能保極，則不爲外物戕其生理，故壽。食貨足，故富。無疾憂，故康寧。于汝極，故攸好德。無不得其死者，故考終命。人君之道失，則有不得其死者，有戕其生理者，故凶短折。不康，故疾。不

寧，故憂。食貨不足，故貧。不能使之于汝極，則剛者至於暴，故惡；柔者不能立，故弱。此人君所以考己之得失於民者也。〔註4〕

曾鞏就「五福」、「六極」加以解說〔註5〕，其論精妙，自出新義；不僅可闡明《尚書》《周書》〈洪範〉之精微，亦可使人君修其性於己，考其得失於民，以適天下之變。

宋代學術思想最大特色爲經學之變古。〔註6〕因北宋長期處於戰爭中，對於國家分裂所造成之災禍，最高統治者頗爲恐懼，遂實行中央集權政策，以避免前朝長期分裂之局面。基於政治需要，使儒學漸漸復興。北宋爲中國古代士人之黃金時代，亦爲儒學之繁榮時代。當代儒者透過對經書之解釋，以宣揚儒家大一統思想，及仁義禮樂之王道觀念，此爲北宋儒者通經致用之治學方法，故而儒家傳統文化得以居於主導地位，儒學之傳承於政治活動中起重要作用。研究經書，闡明聖人微言大義，成爲當代知識分子之重責大任。如前所述，歐陽脩之經學思想十分縝密，對於各經所提出之見解，均爲曾鞏所未提及者。而歐陽脩始終以古道引導曾鞏，俾使曾鞏繼承中國古代散文「重道」之傳統。曾鞏強調「非畜道德而能文章者無以爲也。」〔註7〕其〈南軒〉詩云：「木端青崖軒，慘淡寒日暮。鳴鳩已安巢，飛鵲尚求樹。物情限與奪，茲理奚以據。諒知巧者勞，豈得違所賦。久無胸中憂，頗識書上趣。聖賢雖山丘，相望心或庶。」〔註8〕此詩表達曾鞏

〔註4〕曾鞏撰，〈洪範傳〉，見《曾鞏集》（同註1）卷第十《傳序二首》，上冊，頁155～頁169。

〔註5〕上述曾鞏〈洪範傳〉「　」部分，係《尚書・周書》〈洪範〉之原文末段；「何也？」以下方爲曾鞏之解說，是知曾鞏生平亦致力於《尚書》。

〔註6〕皮錫瑞謂自唐以至宋初，爲「經學變古時代」。見皮錫瑞撰，《經學歷史》（臺北：藝文印書館，民國76年10月二版），頁237。

〔註7〕曾鞏撰〈寄歐陽舍人書〉，見《曾鞏集》（同註1）上冊，卷第十六，《書十八首》，頁253～頁254。

〔註8〕曾鞏撰，〈南軒〉，見《曾鞏集》（同註1）上冊，卷第一，《古詩三十六首》，頁4。

尊崇聖賢、見賢思齊之心志。其〈豪傑〉詩云：「老哺薇蕨西山翁，樂傾瓢水陋巷士，不顧無復問周公，可歸乃獨知孔子。自期動即重丘山，所去何啻輕糠秕？取合悠悠富貴兒，豈知豪傑心之恥。」〔註 9〕是知曾鞏不汲汲於富貴，唯孔子之道存乎其心。

曾鞏〈雪詠〉詩亦云：「永懷衡門士，辛苦守《六經》。」〔註 10〕曾鞏有志於聖人之道，且重視經書，強調文章與儒家仁義道德之關係，頗充滿儒學氣息。大體而論，歐陽脩之學術思想頗具創造性，而曾鞏之學術思想，則是繼承性多於創造性。

在史學方面：著作漸增，如歐陽脩與宋祁同纂《新唐書》，成爲官修之正史。而歐陽脩復效法孔子作《春秋》之褒善貶惡精神，自撰《新五代史》。此後史學研究蔚爲奇觀。曾鞏曾被召編校史館書籍，詔修英宗實錄，奉敕充史館修撰，專典史事長達十餘年；其於史學上，除有《隆平集》二十卷〔註 11〕及《宋朝政要策》一卷傳世外，最大之貢獻，莫過於校勘古籍與史書。如《新序》、《梁書》、《列女傳》、《禮閣新儀》、《戰國策》、《陳書》、《南齊書》、《唐令》、《說苑》，以及徐幹《中論》等書，均經曾鞏編校並爲之序；由其序文可知其史學觀與史學造詣。其撰〈《梁書》目錄序〉云：

> 《書》曰思曰睿，睿作聖，蓋思者所以致其知也。……既聖矣，則無思也，其至者循理而已，無爲也，其動者應物而已。是以覆露乎萬物，鼓舞乎群眾，而未有能測之者也，可謂神矣乎！神也者，至妙而不息者也。此聖人之內也。……夫學史者將以明一代之得失也，臣等故因梁之事，

〔註 9〕曾鞏撰，〈豪傑〉，見《曾鞏集》（同註 1）上冊，卷第一，《古詩三十六首》，頁 6。

〔註 10〕曾鞏撰，〈雪詠〉，見《曾鞏集》（同註 1）上冊，卷第二，《古詩三十三首》，頁 24。

〔註 11〕《隆平集》二十卷，前人有疑非曾鞏書者，亦有考證此書爲曾鞏所撰者。今從余嘉錫《四庫提要辨證》之說，肯定此書爲曾鞏史部著作。《隆平集》今最常見之版本爲《四庫全書》本，其內容乃記宋太祖、太宗、眞宗、仁宗、英宗五朝史事。

> 而爲著聖人之所以得及佛之所以失以傳之者，使知君子之所以距佛者，非外而有志於內者，庶不以此易彼也。〔註 12〕

是知曾鞏之史觀乃以儒家思想爲指導原則，蓋史者所以明夫治天下之道也，其乃以儒家思想明先王之道，明一代之得失，明治亂之所由興，使後世知殷鑑不遠。其史觀與政治觀、道德觀，甚至文學觀，咸以儒家思想爲中心。

在理學方面，北宋五子：周敦頤、邵雍、張載、程顥、程頤一脈相承，強調即物窮理，使理學更加發展。在理學居於優勢之學術環境中，不僅形成宋詩好議論、以哲理入詩之特色，更加速北宋古文運動之成功。蓋古文運動誠乃文化運動，與學術背景息息相關。此種學術背景，使曾鞏之詩文皆有好談哲理之傾向。如〈聖賢〉詩云：「聖賢性分良難並，好惡情懷豈得同？荀子書猶非孟子，召公心未悅周公。況令樹立追高遠，而使裁量屬闇蒙。舉世不知何足怪，力行無顧是豪雄。」〔註 13〕此乃以議論爲詩，詩歌散文化之特色十分明顯。又如其撰〈策問一十道〉云：

> 問：《中庸》曰：「君子尊德性而道問學，致廣大而盡精微，極高明而道中庸。」子學禮，能言六者之所謂，其著於篇。……
>
> 問：《六經》之書，太極以來至於天地人神事物之變、遠近小大微顯之際、異同之旨無不備者，而其要則在於使學者知順性命之理、正心修身、治國家天下、盡天地鬼神之宜、遂萬物之性而已。然其言不一，其意難知。今欲聞太極以來至於天地鬼神之際與學者之所以順性命之理，而正心修身者其要安在，至於國家天下本末先後如何，盡天地鬼神之宜、遂萬物之性者何方而可，此學者之務也，其勿務於虛詞，而據經之言，以其遠近大小微顯之義、異同

〔註 12〕曾鞏撰，〈《梁書》目錄序〉，見《曾鞏集》（同註 1）上冊，卷第十一，《序十一首》，頁 177～頁 178。

〔註 13〕曾鞏撰，〈聖賢〉，見《曾鞏集》（同註 1）下冊，《輯佚　詩三十三首　詞一首　文七十八首》，頁 725。

之說以對。〔註 14〕

宋儒重視義理；曾鞏從事文學創作時，或多或少受到理學之影響，故此文充滿理學氣息。

第五節　文學背景

論及宋初之文學背景，首先必須溯及中唐之古文運動，暨晚唐、五代以來之文風。

唐代古文運動，雖非肇始於韓愈、柳宗元二人，然至中唐之際，經韓、柳大力提倡，方有明確實際之古文理論，以及造成文壇盛況之優秀作品，俾古文運動水到渠成；其後「古文」成爲主要文體，實文體發展之必然趨勢。然於韓、柳之後，李翱與皇甫湜爲古文興廢之關鍵人物。李翱主平易，論文偏於道；而皇甫湜言語敘次著力鋪排，得韓愈之奇崛。晚唐時人效法皇甫湜，趨奇走怪，比皇甫湜有過之而無不及，古文之發展，遂走入歧途。加上晚唐、五代以來，唯美文學興盛，專求華美之駢文漸漸復興，遂令古文一蹶不振。

在文學風尚方面，古文、詩、詞咸出現一批優秀作家與作品，文學批評亦頗有成就，致宋代成爲中國文學發展高峰期之一。宋初操筆之士，率以藻麗爲勝。歐陽脩於其《六一詩話》中有云：「蓋自楊、劉唱和，《西崑集》行，後進學者爭效之，風雅一變，謂之崑體，繇是唐賢諸詩集，幾廢而不行。」「楊大年與錢、劉數公唱和，自西崑集出，時人爭效之，詩體一變。」〔註 15〕宋詩之始也，楊億、劉筠、錢惟演以館閣地位，成爲文壇盟主，大倡「西崑體」詩，楊、劉風采，聳動天下。而「西崑體」詩之特色在雕章麗句，重對偶、用典故，專

〔註 14〕曾鞏撰，〈策問一十道〉，見《曾鞏集》（同註 1）下冊，《輯佚　詩三十三首　詞一首　文七十八首》，輯自《曾子固集》卷十三，頁 765～頁 768。《曾鞏集》〈策問一十道〉註 1 云：「本文題作『一十道』，實只九道，疑有誤」。

〔註 15〕歐陽脩撰，《六一詩話》，《歐陽脩全集》（臺北：世界書局，民國 80 年 10 月五版）下冊《詩話》，頁 1035～頁 1041。

尙形式主義，大致宗法李商隱；此種華豔詩風，使學者刻辭鏤意，結果自是雕琢太過、語僻難曉。影響所及，文章亦步入駢體之途。

北宋初期之散文，仍襲晚唐、五代浮豔柔弱、淫濫浮靡之文風，一味追求華麗之詞藻，以及諧美之聲律，內容淺薄空泛，自不在話下。而士子亦以時文爲法，習尙險怪奇澀、輕浮澆薄之「太學體」古文，文格卑弱。歐陽脩於其〈記舊本韓文後〉云：

> 是時天下學者，楊、劉之作，號爲時文，能者取科第，擅名聲，以誇榮當世，未嘗有道韓文者。〔註16〕

北宋初期，楊億、劉筠亦喜作駢文，窮妍極態，更迭唱和，駢文遂盛行於宋初文壇。四六駢儷，專以雕鏤文字、講求對偶爲工；擅長此種時文者，可以中科第、得名聲。唐代韓愈提倡之古文，簡直乏人問津。

在歐陽脩之前，雖已有人不滿此種固陋守舊、論卑氣弱、浮華不實、繁縟雕琢之文風，且提出復古之主張；如柳開、王禹偁、穆修、尹洙等人，不逐時輩，力爲古文。然直至宋仁宗嘉祐二年（西元1057年），翰林學士歐陽脩知禮部貢舉，方以通經學古、救時行道爲己任，長育成就學古文之士，遂改變場屋之習，振起一代文風，號稱多士，歐陽脩之功實多。時曾鞏與弟曾牟、曾布、從弟曾阜，及妹婿王無咎、王彥深，咸中進士，與蘇軾、蘇轍兄弟同科同榜。此後文體漸歸於正，重新確立「古文」之地位。

第六節　結　語

曾鞏所處之時代背景，在政治與社會方面，宋太祖針對唐、五代「亂由兵起」之禍根，實行高度中央集權之體制。曾鞏正當北宋中期，仍爲鞏固封建政權之時代，雖統治者明令禁止朋黨，然朋黨之爭卻綿延不絕。宋代社會因市場開放，商業比前代有較大之發展，經濟持續

〔註16〕歐陽脩撰，〈記舊本韓文後〉，《歐陽脩全集》（臺北：世界書局，民國80年10月五版）上冊《居士外集》卷第二十三《雜題跋》，頁536～頁537。

成長。然社會經濟活動受政府活動之影響極大，由於邊境戰事驟起，養兵之費，在天下十居七八，朝廷財政收支始終吃緊。執政之理財家只知開源、不知節流，爲增加政府稅收，自是取之於民，故而貪官污吏殘民以自逞者，所在多有，百姓賦役繁重，貧富更加懸殊。朝廷之憂不在邊陲，乃在冗兵與窮民也！因布衣可以爲卿相之士大夫階層，普遍受人尊敬，居於重要地位，教育文化事業興盛；私人書院之興建，使學生在校人數增多。而印刷術之發達，造紙業亦支撐印刷業，更加速書籍之大規模印刷。

在學術與文學方面，有宋一代講求文治，宋仁宗之世，范仲淹與歐陽脩諸賢出，合文統、道統於治統，寓學術、道德於政治，卓然樹立風範，學風始有轉變，而曾鞏亦十分重視教化。宋代爲經學變古時期，回歸原典之風氣，大爲盛行。曾鞏透過拔擢人才之樞紐——科舉制度，踏上仕途；其學直接繼承歐學，遠紹韓愈；其文原本經術、宣揚儒學。曾鞏跟隨歐陽脩，致力於改革詩文，棄「西崑體」詩而倡古詩、棄駢文而倡古文；不僅盡去五代舊習，尚且掀起文學創作之新風潮，使宋代詩文在中國文學史上處於巔峰地位。歐陽脩繼承唐代韓愈之文統與道統，而曾鞏可謂繼承歐陽脩之文統與道統者也。

基於以上時代背景，文學方得以展開革故鼎新之活動，北宋詩文革新運動正是此一時代背景下之產物，具有歷史性之意義；而此一運動之推行與成功，更加奠定曾鞏於文統上之特殊地位。

第四章　曾鞏之文學

第一節　前　言

宋仁宗初年以來，知識分子泰半以通經學古爲高，以救時行道爲賢，在文學中，其道德性、現實性與思想性之特色大爲增強。曾鞏之爲人、處世、行事皆以務實之態度表現於詩文中，即形成先道後文、明道適用之文學觀。其散文與詩歌作品，在形式暨內容方面，亦各有其特色。至於其詞，作品甚少，在文學創作上並無特色，故僅於本章第五節〈結語〉中略述之。

第二節　曾鞏之文學主張

曾鞏之文學主張，近似歐陽脩，甚至精於其師，後世皆謂其乃歐陽脩文論之發揚者。

一、文原《六經》，文道合一

北宋古文運動伴隨當時之儒學復興運動；而曾鞏具有正統之儒家思想，益加重視文章與經書之關係。其撰〈學舍記〉有云：

> 十六七時，窺《六經》之言與古今文章，有過人者，知好之，則于是銳意與之并。〔註 1〕

〔註 1〕曾鞏撰，〈學舍記〉，見《曾鞏集》（宋・曾鞏撰，陳杏珍、晁繼周點

《宋史》曾鞏傳云：

爲文章，上下馳騁，愈出而愈工，本原《六經》，斟酌於司馬遷、韓愈，一時工作文詞者，鮮能過也。〔註2〕

曾鞏創作之中心思想，即「本原六經」，其一再強調《六經》之重要性，以及文章與經書之關係；是故其散文作品之旨趣，往往推尊儒學，深具復古色彩，皆與此一中心思想相符。由此可見，曾鞏亦以復興儒學爲己任。

論及文章與經書之關係，南朝梁・劉勰《文心雕龍》中有〈宗經〉一篇，已開文必宗經說之先河，有云：

三極彝訓，其書曰經。經也者，恆久之至道，不刊之鴻教也。故象天地，效鬼神，參物序，制人紀，洞性靈之奧區，極文章之骨髓者也。〔註3〕

劉勰首述經書之定義，繼論爲文與宗經之關係。蓋《五經》與文學之關係密切，後世文體備於《五經》，雖百家騰躍，終入環內。同篇又云：

若稟《經》以製式，酌雅以富言，是即山而煮銅，煮海而爲鹽也。故文能宗經，體有六義：一則情深而不詭，二則風清而不雜，三則事信而不誕，四則義貞而不回，五則體約而不蕪，六則文麗而不淫，揚子比雕玉以作器，謂《五經》之含文也。〔註4〕

此言經典中含有豐富之文學成分，後世學者若能稟承經典，制定文章

校，北京：中華書局，西元1984年11月第一版第一次印刷）上冊，卷第十七《記十二首》，頁284～頁285。

〔註2〕元・脫脫等撰，《新校本宋史并附編三種》第十三冊（楊家駱主編，《中國學術類編》，臺北：鼎文書局，民國67年9月初版）卷三百一十九〈列傳〉第七十八曾鞏本傳，頁10390～頁10392。以下所引《宋史》曾鞏本傳，皆見於此。

〔註3〕南朝梁・劉勰著，《文心雕龍》〈宗經第三〉，見《文心雕龍讀本》（王師更生注譯，臺北：文史哲出版社，民國74年3月初版）上篇，卷一，頁31～頁47。

〔註4〕同註3。

之體式，採《五經》之雅言，以豐富作品之文辭，則取之不盡、用之不竭。經典對文學創作十分有助益，文章若能祖述經典，其作品具有六大優點：一爲用情深刻而不詭異，二爲旨趣清新而不複雜，三爲取材眞實而不荒誕，四爲持理正大而不枉曲，五爲體製簡約而不雜亂，六爲文辭華麗而不淫濫。是知經典對文學之影響極大，欲建言修辭者，莫不宗經也！

迨唐代儒家思想衰頹，佛、老盛行，能亟亟於仁義，遑遑於聖道者，首推韓愈。韓愈居「唐宋八大家」之首，蘇軾譽以「匹夫而爲百世師，一言而爲天下法」、「文起八代之衰，而道濟天下之溺」〔註5〕。韓愈之事蹟，見於《舊唐書》與《新唐書》。

《舊唐書》韓愈傳云：

> 韓愈，字退之，昌黎人。父仲卿，無名位。愈生三歲而孤，養於從父兄。愈自以孤子，幼刻苦學儒，不俟獎勵。大曆、貞元之間，文字多尚古學，效揚雄、董仲舒之述作，而獨孤及、梁肅最稱淵奧，儒林推重。愈從其徒遊，銳意鑽仰，欲自振於一代。洎舉進士，投文於公卿間，故相鄭餘慶頗爲之延譽，由是知名於時。
>
> 尋登進士第。……愈發言眞率，無所畏避，操行堅正，拙於世務。調授四門博士，轉監察御史。……
>
> 愈性弘通，與人交，榮悴不易。少時與洛陽人孟郊、東郡人張籍友善。二人名位未振，愈不避寒暑，稱薦於公卿間，而籍終成科第，榮於祿仕。後雖通貴，每退公之隙，則相與談讌，論文賦詩，如平昔焉。而觀諸權門豪士，如僕隸焉，瞪然不顧。而頗能誘厲後進，館之者十六七，雖晨炊不給，怡然不介意。大抵以興起名教、弘獎仁義爲事。凡嫁內外及友朋孤女僅十人。
>
> 常以爲自魏、晉已還，爲文者多拘偶對，而經誥之指

〔註5〕蘇軾撰，〈潮州韓文公廟碑〉，附於《韓昌黎文集校注》（唐・韓愈撰，清・馬其昶（通伯）校注，臺北：華正書局，民國71年2月初版）頁446～頁448。

歸，遷、雄之氣格，不復振起矣。故愈所爲文，務反近體，抒意立言，自成一家新語。後學之士，取爲師法。當時作者甚眾，無以過之，故世稱「韓文」焉。……時謂愈有史筆，……。有《文集》四十卷，李漢爲之序。……

贊曰：「天地經綸，無出斯文。愈、翱揮翰，語切典墳。……」。〔註6〕

《新唐書》韓愈傳〔註7〕所載，與《舊唐書》相若。韓愈，字退之，鄧州南陽人，生於唐代宗大曆三年，卒於唐穆宗長慶四年十二月，年五十七，贈禮部尚書，謚曰文。子昶，亦登進士第。愈自幼命運多舛，生三歲而孤，隨伯兄會貶官嶺表。愈自幼日記數千百言，比長，盡能通《六經》、百家之學，故能擢進士第。其操行堅正，鯁言無所忌。每言文章自視司馬遷、揚雄，至班固以下不論也。故深探本源，卓然樹立，成一家言。當其所得，粹然一出於正。其論文必本於道，以《六經》之文爲諸儒倡，嘗言：「所志於古者，不惟其辭之好，好其道焉爾！」〔註8〕「愈之志在古道，又甚好其言辭。」〔註9〕「君子居其位，則思死其官；未得位，則思修辭以明道。我將以明道也！」〔註10〕其文道觀詳見於〈原道〉〔註11〕一文。韓愈造端置辭，要爲不襲

〔註6〕後晉・劉昫等撰，《舊唐書》（同註2）卷一百六十〈列傳〉卷第一百一韓愈本傳，頁4195～頁4216。

〔註7〕宋・歐陽修、宋祁等撰，《新唐書》（同註2）卷一百七十六〈列傳〉卷第一百一韓愈本傳，頁5255～頁5269。愈性明銳，不詭隨；與人交，始終不少變。曾上疏觸怒德宗而貶，故早年仕途坎坷。然因其有愛在民，民生子多以其姓字之。晚年回京師任國子祭酒後，即受生徒歡迎而名滿天下。

〔註8〕唐・韓愈撰，〈答李秀才書〉，見《韓昌黎文集校注》（同註5）第三卷《書》，頁102。

〔註9〕唐・韓愈撰，〈答陳生書〉，見《韓昌黎文集校注》（同註5）第三卷《書》，頁103。

〔註10〕唐・韓愈撰，〈爭臣論〉，見《韓昌黎文集校注》（同註5）第二卷，頁62～頁65。

〔註11〕韓愈所謂之道，乃指儒家思想之仁義道德，且以繼承道統爲己任。故而其婿李漢撰〈昌黎先生集序〉云：「文者，貫道之器也！」一語道出韓愈之中心思想。

蹈前人；曾撰〈原性〉、〈師說〉等數十篇，皆奧衍閎深，刊落陳言，橫鶩別驅，汪洋大肆，深厚雄博，要之無牴觸於聖人。與孟軻、揚雄相表裏且佐佑《六經》。其於文主張復古，有摧陷廓清之功。從愈游者，若孟郊、張籍，亦皆聞名於時。後進經韓愈指授，往往知名，皆稱「韓門弟子」。

迨至北宋，歐陽脩爲開一代風氣之文學家，其古文思想，以尊韓爲主。歐陽脩於書信及贈序中，經常暢述文論。例如其撰〈答祖擇之書〉，論爲文須繼承優良傳統，強調「世無師矣！學者當師經。師經，必先求其意；意得，則心定；心定，則道純。道純，則充於中者實；中充實，則發爲文者輝光，施於世者果致。」〔註 12〕此外，歐陽脩尚撰〈答吳充秀才書〉，文中闡述文學主張，如云：

> 夫學者未始不爲道，而至者鮮；爲非道之於人遠也，學者有所溺焉爾。蓋文之爲言，難工而可喜，易悅而自足，世之學者往往溺之，一有工焉，則曰：「吾學足矣。」甚者，至棄百事不關於心，曰：「吾文士也，職於文而已。」此其所以至之鮮也。
>
> 昔孔子老而歸魯，《六經》之作，數年之頃爾。然讀《易》者如無《春秋》，讀《書》者如無《詩》，何其用功少而至於至也！聖人之文雖不可及，然大抵道勝者，文不難而自至也。故孟子皇皇不暇著書，荀卿蓋亦晚而有作，若子雲、仲淹方勉焉以模言語，此道未足而彊言者也。後之惑者，徒見前世之文傳，以爲學者文而已，故愈力愈勤而愈不至。此足下所謂「終日不出於軒序，不能縱橫高下皆如意」者，道未足也。若道之充焉，雖行乎天地，入於淵泉，無不之也。〔註 13〕

〔註 12〕宋・歐陽脩撰，〈答祖擇之書〉，見《歐陽脩全集》（臺北：世界書局，民國 80 年 10 月五版）上冊，《居士外集》卷第十八《書》，頁 498～頁 499。

〔註 13〕宋・歐陽脩撰，〈答吳充秀才書〉，見《歐陽脩全集》（同註 12）上冊，《居士集》卷第四十七《書》，頁 321～頁 322。

此書信謂關心百事，「道」即存於其中，實將文學與現實合而為一；文中亦反對時人視文章為獲得功名之工具，充分顯示歐陽脩求新求變之思想。而「道勝者，文不難而自至也。」「若道之充焉，雖行乎天地，入於淵泉，無不之也。」詳闡其文道觀為文道合一之理，故蘇軾撰〈六一居士集序〉曾云：「歐陽子，今之韓愈也！」、「歐陽子論大道似韓愈。」曾鞏撰〈上歐陽學士第一書〉亦推崇歐陽脩云：「眞六經之羽翼，道義之師祖也。既有志於學，於時事，萬亦識其一焉。則又聞執事之行事，不顧流俗之態，卓然以體道扶教為己務。往者推吐赤心，數建大論，不與高明，獨援摧縮，俾蹈正者有所稟法，懷疑者有所問執，義益堅而德益高，出乎外者合乎內，推於人者誠於己，信所謂能言之，能行之，既有德而且有言也。」〔註14〕曾鞏對老師讚美之言，信非溢美也。「能言之，能行之，既有德而且有言」，乃曾鞏對作家之要求，與古所謂「三不朽」意義相近。

論文本於道，亦肇始於劉勰《文心雕龍》，彥和以〈原道〉名篇。其後昌黎揚其波，嘗撰〈原道〉篇，首先自云其道係儒家傳統之道，繼而標舉儒家道統乃自堯至孟軻，復以繼承道統為己任，「道統」觀念于是形成；可知韓愈純以儒家為宗，力主復古明道，以古文為工具，復興儒學，反對佛老，故其強調文道統一。同為唐代古文運動中流砥柱之柳宗元，撰〈答韋中立論師道書〉云：「始吾幼且少，為文章，以辭為工。及長，乃知文者以明道。是固不苟為炳炳烺烺、務采色、夸聲音而以為能也。」提出文章乃用來闡明聖人之道，故為文必須及道、適道，道方能假辭而明；此一體悟，與韓愈英雄所見相同，使「文」與「道」之關係更密不可分。唐宋兩代之古文運動，為一脈相承之文學運動。北宋文壇領袖歐陽脩推崇韓愈之文，其文學觀與韓愈同工異曲，其認為學者應自經書學習聖人之道，思想、內涵業已充實，方能

〔註14〕蘇軾撰〈六一居士集序〉，附於《歐陽脩全集》《居士集》卷首。曾鞏撰〈上歐陽學士第一書〉，見《曾鞏集》（同註1）上冊，頁231～頁233。

充於中而發於外，俾使文章光輝閃爍。蘇軾曾爲歐陽脩撰寫二篇祭文，其中〈祭文　知潁州日〉記歐陽脩語云：「公曰：子來，實獲我心。我所謂文，必與道俱。見利而遷，則非我徒。」「文與道俱」允爲歐陽脩文論核心，換言之，亦即主張文道統一。曾鞏繼承唐代韓愈、宋代歐陽脩之主張，將儒家之仁義道德與文學創作相結合，認爲文、道兼勝者方爲佳篇，故文與道必須合而爲一。其古詩〈讀書　亦云「辛卯歲讀書」〉有云：

百家異旨趣，六經富文章。其言既卓闊，其義固荒茫。古人至白首，搜窮敗肝腸。〔註 15〕

其〈雜詩五首〉亦云：「三季已千載，古道久荒榛。紛紛東漢士，飛鳴不當辰。」「所就正如斯，與古豈同術？」「心笑古時士，樹立勢苦難。」〔註 16〕可知曾鞏志乎古道，對古道之荒廢有所感嘆。同詩亦云：「韓公綴文辭，筆力乃天授。並驅《六經》中，獨立千載後。謂爲學可及，不覺驚縮手。如天有日月，厥耀無與偶。」「《詩》《書》可自喜，施設諒漫漫。」〔註 17〕曾鞏推崇韓愈之文章，謂韓文並驅於《六經》之中；而其平日亦喜好研讀《詩》《書》。是知曾鞏主張文原《六經》及文道合一，其來有自。

二、畜德能文，先道後文

唐宋八大家推行古文運動之文學主張，不外以「道」與「辭」爲二大重心，曾鞏對此二端亦極力發表高見。

曾鞏於〈寄歐陽舍人書〉有云：

猶之用人，非畜道德者，惡能辨之不惑，議之不徇？不惑不徇，則公且是矣。而其辭之不工，則世猶不傳。於是又在其文章兼勝焉。故曰非畜道德而能文章者，無以爲

〔註 15〕曾鞏撰，〈讀書　亦云「辛卯歲讀書」〉，見《曾鞏集》（同註 1）上冊，卷第四《古詩四十三首》，頁 54。

〔註 16〕曾鞏撰，〈雜詩五首〉，同註 15，頁 55～頁 56。

〔註 17〕同註 16。

> 也。豈非然哉？
>
> 然畜道德而能文章者，雖或並世而有，亦或數十年或一二百年而有之。其傳之難如此，其遇之難又如此。若先生之道德文章，固所謂數百年而有者也。〔註18〕

宋仁宗慶曆六年（西元 1046 年）夏，曾鞏爲文請歐陽脩爲其先祖父曾致堯撰寫墓志銘，是秋，曾鞏獲歐陽脩之書信與墓志銘。翌年，撰〈寄歐陽舍人書〉向歐陽脩致謝。文中提出寫作文章，猶如用人，必須具備「公」與「是」之道德標準，繼而正式提出「畜道德而能文章」之文學觀。「能文章」者，係指「文章兼勝」，即文采至美之意，此乃文章得以流傳之重要條件。〔註19〕是知曾鞏於文學方面，主張作者需先具備道德修養，自然而然能創作出有內涵之佳篇。其一方面重視作者之道德修養，另一方面亦不忽視文辭素養；道德與文辭兼善，方可成爲全面性之作家。劉勰《文心雕龍・情采》不亦云乎：「夫鉛黛所以飾容，而盼倩生於淑姿；文采所以飾言，而辯麗本乎情性。」美女之所以能巧笑倩兮、美目盼兮，係源於天生麗質；文章之所以能義理博辯、筆致綺麗，實根於內容情性。「情采並重」固然爲創作時之最高標準，但內容之良窳，往往決定形式之優劣，若能先確定內在之情理，因情立體，即體成勢，外在之文辭自然煥發光采。是故曾鞏主張「畜道德而能文章」，與劉勰主張「爲情造文」之道理一致。

再者，曾鞏繼承中國古代散文「重道」之傳統，建立「先道後文」之文道觀，形成獨特之正統文論思想。其於〈答李沿書〉云：

> 足下自稱有憫時病俗之心，信如是，是足下之有志乎道而予之所愛且畏者也。末曰「其發憤而爲詞章，則自謂淺俗而不明，不若其始思之銳也」，乃欲以是質於予。夫足

〔註18〕曾鞏撰，〈寄歐陽舍人書〉，見《曾鞏集》（同註 1）上冊，卷第十六《書十八首》，頁 253～頁 254。

〔註19〕曾鞏一方面主張作者必先有道德，正是尊道德也。然則曾鞏並不薄文辭；其於重道之同時，復因孔子所謂「言之無文，行之不遠」，故而亦重視文采。易言之，曾鞏既重道德，且重文章。

下之書，始所云者欲至乎道也，而所質者則辭也，無乃務其淺，忘其深，當急者反徐之歟！

夫道之大歸非他，欲其得諸心，充諸身，擴而被之國家天下而已，非汲汲乎辭也。其所以不已乎辭者，非得已也。孟子曰：「予豈好辨哉？予不得已也。」此其所以爲孟子也。今足下其自謂已得諸心、充諸身歟？不然，何遽急於辭也？孔子曰：「古之學者爲己，今之學者爲人。」〔註20〕

曾鞏畢生致力於道，故其對李沿有志乎道，予以嘉勉；因此道正是曾鞏所深愛且不疑者也。繼而曾鞏重申「先道德而後辭章」之理〔註21〕，謂作者首先應志乎道，得諸心，充諸身，擴而被之國家天下，千萬不可遽急於辭，更不可離道爲文。而上文所引孔子、孟子之語，益證明曾鞏以儒家思想爲依歸，上承孔孟之傳統，故其文論常根據《論語》、《孟子》而發。曾鞏論聖人之道並非空談，其行古道、寫古文，亦強調執而行之，化成天下，此誠儒家所謂文學之教化功能；是故其撰〈《南齊書》目錄序〉云：

嘗試論之，古之所謂良史者，其明必足以周萬事之理，其道必足以適天下之用，其智必足以通難知之意，其文必足以發難顯之情，然後其任可得而稱也。〔註22〕

文中提出史書作者之必備條件：首先須有鑒別是非之能力，其聰明足以洞悉萬事萬物之道理。再者，其闡明之道理，能普遍適用於天下，三者，其智慧足以通曉歷史事件之本質，凡事須有推測判斷之能力，四者，文筆須簡潔透闢，可抒發難以顯示之感情。以上四條件，亦即曾鞏對執簡操筆者之要求，非特足以印證其「畜道德而能文章」之文學主張，且知其重視文章經世致用之功能。蓋曾鞏藉文章議論政事，而文章之得失，繫於治亂，顯然將文章之功用與經世致用結合爲一。

〔註20〕曾鞏撰，〈答李沿書〉，見《曾鞏集》（同註 1）上冊，卷第十六《書十八首》，頁 258。

〔註21〕同註 18。

〔註22〕曾鞏撰，〈《南齊書》目錄序〉，見《曾鞏集》（同註 1）上冊，卷第十一《序十一首》，頁 187～頁 189。

曾鞏又於〈《新序》目錄序〉中云：

> 古之治天下者，一道德，同風俗。蓋九州之廣，萬民之衆，千歲之遠，其教已明，其習已成之後，所守者一道，所傳者一說而已。故《詩》《書》之文，歷世數十，作者非一，而其言未嘗不相爲終始，化之如此其至也。當是之時，異行者有誅，異言者有禁，防之又如此其備也。故二帝三王之際，及其中間嘗更衰亂、而餘澤未熄之時，百家衆說未有能出於其間者也。及周之末世，先王之教化法度既廢，餘澤既熄，世之治方術者，各得其一偏。故人奮其私智，家尚其私學者，蜂起於中國，皆明其所長而昧其短，矜其所得而諱其失。天下之士各自爲方而不能相通，世之人不復知夫學之有統、道之有歸也。先王之遺文雖在，皆絀而不講，況至於秦爲世之所大禁哉！
>
> 漢興，六藝皆得於斷絕殘脫之餘，世復無明先王之道以一之者。諸儒苟見傳記百家之言，皆悅而嚮之。故先王之道爲衆說之所蔽，暗而不明，鬱而不發。而怪奇可喜之論，各師異見，皆自名家者，誕漫於中國。一切不異於周之末世，其弊至於今尚在也。〔註23〕

此文充分體現曾鞏文章本原《六經》之主張，其言文章以明道爲主要目的，文能明道，自可發揮「一道德」、「同風俗」之教化功能；易而言之，爲文亦應與社會政治密切結合，方能輔助政治社會，裨益世道人心。周末以至漢代，諸儒熱衷百家之言，使先王之道爲衆說所蔽。曾鞏於文中復謂天下學者知折衷於聖人，而能純於道德之美者，揚雄而止耳；其他學者皆不免乎爲衆說所蔽，且不知有所折衷者也。足見曾鞏篤信儒道，始終宗奉先王之教化，對聖賢至德要道堅信不移，且將《六經》奉爲儒家道統之源，故其以儒學爲正道，正面闡揚先王教化之功，可謂特起於流俗之中、絕學之後者也。由於曾鞏重視《六經》與先王之道，故其積極關心吏治，砥礪臣節，研討治國之道，參與社

〔註23〕曾鞏撰，〈《新序》目錄序〉，見《曾鞏集》（同註1）上冊，卷第十一《序十一首》，頁176～頁177。

會生活，重視民生疾苦，宣揚儒家民本思想。因此其爲文常因事而發，多寓褒貶，具有強烈之社會性與寫實性，冀能藉文章關切國家、垂教於民，重新恢復「道德同」「風俗一」之上古淳樸社會。

曾鞏於〈《梁書》目錄序〉云：

> 自先王之道不明，百家並起，佛最晚出，爲中國之患，而在梁爲尤甚，故不得而不論也。蓋佛之徒，自以爲吾之所得者內，而世之論佛者皆外也，故不可詘。雖然，彼惡睹聖人之內哉？……
>
> 聖人者，道之極也。佛之說，其有以易此者，故其所以爲失也。夫得於內者，未有不可行於外也；有不可行於外者，斯不得於內矣。《易》曰：智周乎萬物而道濟乎天下，故不過。此聖人所以兩得之也。知足以知一偏，而不足以盡萬事之理；道足以爲一方，而不足以適天下之用，此百家之所以兩失之也。佛之失，其不以此乎？〔註 24〕

文中詆斥梁代以來盛行之佛教，而佛之徒，自以爲得諸內，可謂妄矣，實爲中國招致無窮禍患。繼而闡明聖人爲道之極，儒家聖人之道，既可得於內，亦可行於外，適乎天下之用；此亦強調「文原於道」之理，蓋文章若能本於儒道而作，必能濟乎天下。其衛道排佛之精神，實可比於唐之韓愈。是知古文運動與儒學復興運動息息相關，而曾鞏於此二大運動中，繼承韓愈與歐陽脩，堪稱承先啓後之代表人物。曾鞏復爲劉向所編之《說苑》作目錄序，再次強調聖人之道極其精微，如云：

> 夫學者之於道，非知其大略之難也，知其精微之際固難矣。孔子之徒三千，其顯者七十二人，皆高世之材也，然獨稱「顏氏之子，其殆庶幾乎？」及回死，又以謂無好學者。而回亦稱夫子曰：「仰之彌高，鑽之彌堅。」子貢又以謂夫子之言性與天道，不可得而聞也。則其精微之際，固難知

〔註 24〕曾鞏撰，〈《梁書》目錄序〉，見《曾鞏集》（同註 1）上冊，卷第十一《序十一首》，頁 177～頁 179。

久矣。是以取舍不能無失於其間也，故曰「學然後知不足」，豈虛言哉！〔註25〕

此謂聖人之道博大精深，學者欲曉其大略並不難，至於其精微處，則極難明矣；雖然如此，學者仍應以聖人之道爲最高指導原則，堅持己志，擇其所學，安於行止，以進乎精微。若能如此，取舍方能無所失誤。易言之，爲文時仍須以聖人之道爲取舍之標準，以求臻於至善之境；「先道後文」之主張，由此明矣！曾鞏爲徐幹之《中論》作目錄序亦云：

蓋漢承周衰及秦滅學之餘，百氏雜家與聖人之道並傳，學者罕能獨觀於道德之要，而不牽於俗儒之說。至於治心養性、去就語默之際，能不悖於理者，固希矣，況至於魏之濁世哉！幹獨能考六藝，推仲尼、孟軻之旨，述而論之。求其辭，時若有小失者；要其歸，不合於道者少矣。其所得於內者，又能信而充之，逡巡濁世，有去就顯晦之大節。臣始讀其書，察其意而賢之。因其書以求其爲人，又知其行之可賢也。〔註26〕

此序推崇徐幹生於漢魏濁世，獨能考六藝，論述孔子、孟子之旨，故其文辭不合於道者極少，爲建安七子中尤特出者也。蓋作家寫作時，應以儒家聖人之道爲中心思想，俾能發揚先秦儒學之宗旨；而爲文之目的，始於立身應世，終於經世致用，故能因其書而求其爲人。曾鞏建構其文學主張，乃以文辭爲手段，以復興先秦儒學、孔孟之道爲目標，至此已一目了然。

明人王一夔撰〈元豐類稿序〉云：「昔濂溪周子曰：文以載道也，不深於道而文焉，藝焉而已。聖賢者，深於道者也。六經之文，所以載道也。爲天地立心，爲生民立極，爲萬世開太平也。必如是而

〔註25〕曾鞏撰，〈《說苑》目錄序〉，見《曾鞏集》（同註1）上冊，卷第十一《序十一首》，頁190～頁191。

〔註26〕曾鞏撰，〈徐幹《中論》目錄序〉，見《曾鞏集》（同註1）上冊，卷第十一《序十一首》，頁190。

後可以文焉。第以文辭爲能，而不深於道，雖奔放如遷、固，高古如柳、韓，沉著縱肆如歐、蘇，亦不免周子『藝焉』之譏，尚得謂之文哉？」王一夔復認爲若南豐先生之文，其庶幾於道者歟，其文未嘗不與《六經》合也！〔註 27〕明人邵廉撰〈序刻南豐先生文集〉云：「南豐先生之自敘文云爾，其言以一道德、同風俗爲盛，……。由漢而宋，數百年而後得南豐曾氏，反約以闡其指，詳整以明其法。《敘戰國策》言道以立本，法以適變。《敘聽琴》詳五禮六樂其用，至於養才德、合天地而後已。《筠州學記》則詳次《大學》誠正修身，而本之致知。《新序》之作，又深明學有統，道有歸，而斥眾說，大較以一德同俗、當理無二爲旨趣。」〔註 28〕此序說明曾鞏重要篇目之旨趣，大致不離儒家之道德禮樂教化。明人趙師聖撰〈曾南豐先生文集序〉亦云：「曾子固、子開伯仲皆以文名於時，而子固文尤著。其《元豐類稿》言近指遠，大者衷於謨訓，小者中於尺度。至論古今治亂得失、是非成敗、人賢不肖，以及彌綸當世之務，斟酌損益，必本《六經》。衛道之心，實與昌黎、永叔相表裏，非僅以文章名後世也。後之君子讀子固之文，而得歐陽子之志，與韓子當年抵排異端、張皇幽眇之深心。」〔註 29〕蓋聖人之道出於《六經》，而曾鞏《元豐類稿》中，議論古今治亂之文章，必本於《六經》。其護衛儒道之心，不亞於唐代韓愈與宋代歐陽脩。

以上各家咸謂曾鞏之文本於儒家之道。實則自唐朝韓愈抗楊墨佛老、宣揚儒家正統以來，「文以載道」即成爲唐宋古文運動之宗旨。而曾鞏說理本於經，論文本於道，可謂儒學之實踐者，故其文根深柢固、厚重精實；至若其強調道即是文，文即是道，爲文即是明道，文

〔註 27〕明．王一夔撰，〈元豐類稿序〉，見《曾鞏集》（同註 1）下冊，《附錄》《二　主要版本序跋》，頁 814～頁 815。

〔註 28〕明．邵廉撰，〈序刻南豐先生文集〉，見《曾鞏集》（同註 1）下冊，《附錄》《二　主要版本序跋》，頁 817～頁 818。

〔註 29〕明．趙師聖撰，〈曾南豐先生文集序〉，見《曾鞏集》（同註 1）下冊，《附錄》《二　主要版本序跋》，頁 822～頁 823。

與道相輔相成，必須兼顧並重，此亦北宋古文家之基本精神。

三、自壯其氣，無傷其氣

以道兼氣，以氣兼辭，爲寫作古文之步驟。曾鞏對於文與氣之關係，亦頗重視；其《南豐文粹》〈讀賈誼傳〉云：

> 余讀三代兩漢之書，至於奇辭奧旨，光輝淵澄，洞達心腑，如登高山以望長江之活流，而恍然駭其氣之壯也。故詭辭誘之而不能動，淫辭迫之而不能顧，考是與非若別白黑而不能惑。浩浩洋洋，波徹際涯，雖千萬年之遠，而若會於吾心，蓋自喜其資之者深而得之者多也。既而遇事輒發，足以自壯其氣，覺其辭源源來而不雜，剔吾粗以迎其眞，植吾本以質其華。其高足以凌青雲，抗太虛，而不入於詭誕；其下足以盡山川草木之理，形狀變化之情，而不入於卑污。及其事多，而憂深慮遠之激扞有觸於吾心，而干於吾氣，故其言多而出於無聊，讀之有憂愁不忍之態，然其氣要以爲無傷也，於是又自喜其無入而不宜矣。

曾鞏撰此文之旨意，本借「悲賈生之不遇」，抒發個人屢試不第、懷才不遇之情，以及身爲窮人子弟之悲哀；然其於首段先論述閱讀三代兩漢書籍之心得與感懷，順勢拈出「氣」字，闡發其文氣說，重在壯其氣，而不欲傷其氣。

「養氣」之說，蓋始於孟子。《孟子・公孫丑》云：「（孟子）曰：『我知言，我善養吾浩然之氣。』『敢問何謂浩然之氣？』（孟子）曰：『難言也。其爲氣也，至大至剛，以直養而無害，則塞於天地之間。其爲氣也，配義與道；無是，餒也。是集義所生者，非義襲而取之也；行有不慊於心，則餒矣。……』」孟子所謂之「氣」，特指配合道、義之浩然正氣，偏重道德修養；此說雖爲「養氣說」之嚆矢，然其所言之氣，乃指人身之氣，殆與文氣無涉。「氣」，本爲極其複雜之概念，此字之含義，除孟子所謂人身之浩然正氣外，尚可解釋爲作者之志氣、才氣，或作品之文氣、詞氣……等。以氣論文之說，肇始於魏・曹丕〈典論論文〉，其云：「文以氣爲主，氣之清濁有體，不可力強而致，譬諸音樂，曲度雖均，節奏同檢，至於引氣不齊，巧拙有素，雖在父兄，不能以移子弟。」此允稱中國「文氣說」之開端，其所謂「氣」，兼指作者蓄於內者之才性氣質，以及宣諸文者之詞氣語氣；而曹丕特別強調「氣」乃「不可力強而致」「雖在父兄，不能以移子弟」。繼曹丕之後，尚有多人論文主氣。例如梁・劉勰著《文心雕龍》，撰〈養氣〉一篇，其云：「凡童少鑒淺而志盛，長艾識堅而氣衰；志盛者思銳以勝勞，氣衰者慮密以傷神，歲時之大較也。」「贊曰：紛哉萬象，勞矣千想。元神宜廣，素氣資養。」劉勰所言養氣，重在精神勿過多用，多用則氣衰，故文人必須珍惜、保愛精神，滋養寧靜和平之氣質，方能無擾文慮，蘊積融和空靈之「氣」以爲文。迨至唐代古文運動之領袖——韓愈，撰〈答李翊書〉一文有云：「氣，水也；言，浮物也。水大而物之浮者大小畢浮。氣之與言猶是也。氣盛則言之短長與聲之高下者皆宜。」此即有名之「氣盛言宜」說，韓愈以氣譬諸水，以言譬諸浮物，說明養氣與古文創作之關係。究之以韓愈所謂之「氣」，即道德、學問方面修養之外在表現；而其養氣之方，誠如〈答李翊書〉所云，必須「行之乎仁義之途，游之乎《詩》《書》之源」，唯潛心體會、身體力行聖人之仁義道德，並以儒家經典《詩》《書》爲遊藝之泉源，方能充實文章之辭氣。

至若曾鞏則以爲凡事無不由「氣」吞吐而成，爲文自不例外。如前所引《南豐文粹》〈讀賈誼傳〉所云，其所以能資之者深，係因閱讀三代兩漢之書，藉書中之奇辭奧旨而有會於心，遂能自壯其氣；是知曾鞏養氣之法無他，要在讀三代兩漢之書，此與韓愈〈答李翊書〉所謂「非三代兩漢之書不敢觀」不約而同。大抵而言，曾鞏之文氣說，實以觀古代先聖先賢之書爲基礎，加以己見建構而成。再者，觀書以壯其氣後，尚得持之以恆，持續培養旺盛之氣，讀書存志而無傷其氣；如此一來，寫作文章時，即將平日培養之氣體現於字裡行間，自然能合宜合度。

曾鞏之文氣說於當代產生極大回響，若名列「唐宋八大家」殿軍之蘇轍，亦撰文提出頗著特色之「文氣說」，其說見於《欒城集》卷之二十二〈上樞密韓太尉書〉中，其云：「太尉執事：轍生好爲文，思之至深，以爲文者氣之所形。然文不可學而能，氣可以養而致。」宋仁宗嘉祐二年（西元 1057 年），蘇轍年十九，與其兄蘇軾同榜登科，頗受主考官歐陽脩之器重。方其時，朝廷令蘇轍返鄉待命，其遂在京師爲書，向掌權之樞密使韓琦太尉表達志向。此書雖爲干謁書信，起首卻由作者最想強調之文學見解，且是重要之古文理論——「養氣」起筆著墨，先論述寫作文章必須養氣。此文一落筆即氣勢不凡，由「生好爲文，思之至深」二句，可知「文者氣之所形」一句，乃蘇轍經過學寫文章、殫精竭思後，愼重其事所提出之論點。全篇圍繞此論點，發其議論，論證嚴謹。其謂文章乃氣所形成，係氣之表現形式；此種氣充滿於胸中，漫溢於外，流露於言辭中，表現於文章中。蓋蘇轍由於家學淵源，「生好爲文」乃癖性所嗜，然轍上不能如其兄蘇軾之妙悟神化，下亦不欲工於言語句讀以爲奇，此其所謂文不可以強學而能也！於是不得不求助於氣，欲由氣以進乎言宜之域，此即轍所以言文乃氣之所形，氣可培養而獲得，養氣則文自工也。至於蘇轍認爲可以獲得「氣」之方法，更是廣泛豐富，除作者自我加強內在修養外，尙可藉讀書學習，甚至社會實踐各種方法，均可以養氣，此即蘇轍「文氣說」之獨到處，非特將曾鞏之讀書壯氣說發揚光大，且進一步超越曾鞏。

總之，曾鞏之「文氣說」，使後之論文氣者，因其論點有所依據而得到確立。而曾鞏更將「文氣說」實踐於創作中，故其文詞理精確、抑揚頓挫、氣勢磅礡、終不可掩。例如其撰〈讀賈誼傳〉一文之首段，層層遞進、波瀾起伏、澎湃激昂、雄壯浩渾，氣勢猶如長江大河、奔濤怒馬，不可羈也！而曾鞏其他議論文作品，泰半全篇文氣始終不衰，此亦其平日養氣無傷、壯氣爲文之例證。

第三節　曾鞏之散文特色

一、曾鞏散文之題材特色

曾鞏既名列「唐宋八大家」，其文學成就主要在散文；而散文亦爲其最能充分發展之文學體裁，使其於北宋以古文聞名，成爲宋代散文六大家之一。究其散文漸磨陶冶之演變軌跡，可以宋仁宗慶曆元年（西元 1041 年）爲界，分爲前後期。慶曆元年以前，曾鞏雖年少，援筆成文，早有文名，然喜氣勢雄渾、議論風發之文，故文筆奔放、雄渾瑰偉，藝術風格尚未定型，並不具代表性，屬於前期作品。迨宋仁宗慶曆元年，曾鞏年二十三，入太學，初謁歐陽脩，經其指導後，斂氣收內，刊落浮華，直追古道，文風由奔放變爲徐緩，由粗豪變爲縝密，確定日後散文創作之主導傾向，乃其文風漸次變化之關鍵期。慶曆八年（西元 1048 年）九月，曾鞏年三十，撰〈墨池記〉一篇，奠定散文後期風格之基礎。宋仁宗嘉祐五年（西元 1060 年）冬天，曾鞏時年四十二，因歐陽脩之推薦，被召編校書籍，嘉祐七年（西元 1062 年），曾鞏仍編校史館書籍，任館閣校勘。校書館閣時期，爲曾鞏散文後期風格之定型期、成熟期，散文作品更臻於完善，蘊藉深厚，古奧精密，足以反映作者個人獨特之秉性氣質暨藝術風格。綜觀曾鞏之散文題材，較重要者，約有以下數端：

（一）論學述道

曾鞏論學本經，故其文長於論學述道，立論十分警策，不枝不蔓。例如宋仁宗慶曆七年（西元 1047 年），曾鞏撰〈寄歐陽舍人書〉云：

> 然則孰爲其人，而能盡公與是歟？非畜道德而能文章者無以爲也。蓋有道德者之於惡人，則不受而銘之，於衆人則能辨焉。……猶之用人，非畜道德者惡能辨之不惑，議之不徇？不惑不徇，則公且是矣。而其辭之不工，則世猶不傳。於是又在其文章兼勝焉。故曰非畜道德而能文章者無

以爲也。豈非然哉？〔註30〕

文中論述寫作銘文，必須具備道德修養和詞章之美，故而提出對古文家之基本要求：「辨之不惑」、「議之不徇」、「文章兼勝」、「畜道德而能文章」，唯有道德與文章兼勝者，方能寫出永垂不朽之佳作。曾鞏秉持文統與道統合一之觀點，認爲內在之道德修養，乃優秀作家之必要條件，有德者才能辨別善惡、公正不阿、不徇私情，提筆爲文，自可達公平正確之標準。爲完成傳道目的，作家之藝術修養仍不可偏廢，必須加強文章之表達能力，俾使辭采佳妙，此亦文章得以流傳之條件。因曾鞏善於論文述道，博大高深之學識，洋溢於文章中；其所提出之觀點，不僅闡明銘志之意義，以及撰寫傳世銘文之方法，且有益於世道人心，具有警勸世人之功能，致此書在南豐集中，被譽爲千古絕調。

宋仁宗皇祐元年（西元1049年）十二月，曾鞏撰〈宜黃縣縣學記〉，說明辦學之重要性，一方面自理論上闡明辦學之必要，一方面以社會現象證明不辦學之害處。其云：

古之人，自家至於天子之國皆有學；自幼至於長，未嘗去於學之中。學有《詩》《書》六藝，弦歌洗爵俯仰之容、升降之節，以習其心體、耳目、手足之舉措；又有祭祀、鄉射、養老之禮，以習其恭讓；進材、論獄、出兵受捷之法，以習其從事。師友以解其惑，勸懲以勉其進，戒其不率。其所爲具如此。而其大要，則務使人人學其性，不獨防其邪僻放肆也。雖有剛柔緩急之異，皆可以進之於中，而無過不及。使其識之明，氣之充於其心，則用之於進退語默之際，而無不得其宜；臨之以禍福死生之故，無足動其意者。爲天下之士，爲所以養其身之備如此。則又使知天地事物之變，古今治亂之理，至於損益廢置、先後終始之要，無所不知。其在堂户之上，而四海九州之業、萬世之策皆得，及出而履天下之任，列百官之中，則隨所施爲，

〔註30〕同註18。

> 無不可者。何則？其素所學問然也。蓋凡人之起居、飲食、動作之小事，至於修身爲國家天下之大體，皆自學出，而無斯須去於教也。其動於視聽四支者，必使其洽於內；其謹於初者，必使其要於終。馴之以自然，而待之以積久。噫！何其至也！故其俗之成，則刑罰措；其材之成，則三公百官得其士；其爲法之永，則中材可以守；其入人之深，則雖更衰世而不亂。爲教之極至此，鼓舞天下，而人不知其從之，豈用力也哉？……
>
> 宋興幾百年矣。慶曆三年，天子圖當世之務，而以學爲先，於是天下之學乃得立。而方此之時，撫州之宜黃，猶不能有學。……
>
> 皇祐元年，會令李君詳至，始議立學。而縣之士某某與其徒皆自以謂得發憤於此，莫不相勵而趨爲之。〔註31〕

此文之主旨，在說明教育之重要性。蓋皇祐元年，宜黃縣縣令李詳於縣治北社稷壇右，始建縣立之官學，宜黃縣之士請求曾鞏爲其興建縣學作記。曾鞏並不就事論事，乃由事生議，各段就「學」字發其議論，揭舉全文主題。首先從正面論述古時創校興學之情形、任務與貢獻，其謂古代自家庭以至國家，皆有學習場所，人自幼至長，均未停止學習；先從修身養性做起，從而使自己識明氣充，具備立足社會之條件。是以學校之設置，極其普遍；其教育內容，小至生活細節、儀容舉止，大至修身、治國、平天下，包含無遺，對於啓蒙教育與成人教育，亦同等重視。而學校教育之重點，率先深入人心，使人具有善良本性，以邁向正道，此爲學習之目的。蓋加強道德教育，教導學生具有善良之本性，方爲教育之根本；此與作者先道後文之觀念相符。文中繼而強調「當世之務，以學爲先」「雖古之去今遠矣，然聖人之典籍皆在，其言可考，其法可求，使其相與學而明之，禮樂節文之詳，固有所不得爲者。若夫正心修身，爲國家

〔註31〕曾鞏撰，〈宜黃縣縣學記〉，見《曾鞏集》（同註1）上冊，卷第十七《記十二首》，頁281～頁283。

天下之大務，則在其進之而已。使一人之行修，移之於一家，一家之行修，移之於鄉鄰族黨，則一縣之風俗成，人材出矣。教化之行，道德之歸，非遠人也，可不勉與！」可體會曾鞏宣揚儒學、重視教育之宏觀。此篇猶如勉人進學、辦學之宣言，述先王禮樂教化之道，非深於經術者不能。文中頗多關照呼應，且脈絡貫通、古樸醇厚，具有說服力與現實意義。《禮記．學記》有云：「發慮憲，求善良，足以謏聞，不足以動眾。就賢體遠，足以動眾，未足以化民。君子如欲化民成俗，其必由學乎！玉不琢，不成器，人不學，不知道。是故古之王者，建國君民，教學爲先。〈兌命〉曰：『學學半。』其此之謂乎！」〔註 32〕〈宜黃縣縣學記〉勉人向學之旨，與《禮記．學記》相近；而曾鞏之論學述道，俾後人得窺古聖先王禮樂教化之內涵與意義，更可證明其乃深於儒學、篤於經術者也！

除〈宜黃縣縣學記〉外，曾鞏尚有〈筠州學記〉，亦提倡辦學之代表作，爲後人所稱道。〈筠州學記〉敘述漢代與當代之治學情形，通過對古今治學之比較，強調學行並重，有云：

> 令漢與今有教化開導之方，有庠序養成之法，則士於學行，豈有彼此之偏，先後之過乎？夫《大學》之道，將欲誠意正心修身，以治其國家天下，而必本於先致其知。則知者固善之端，而人之所難至也。以今之士，於人所難至者幾矣，則上之施化，莫易於斯時，顧所以導之如何爾。〔註 33〕

曾鞏於本文中，非特表達其教育理念，尚宣揚先王之道及文道合一之旨，以牖後之學者。因當代之士，往往篤於所學而忽視道德；作者遂撰此篇，明示當以儒家《大學》之道爲理想教育境界。《大學》云：「大學之道，在明明德，在親民，在止於至善。知止而后有定，定而后能

〔註 32〕見《禮記正義》（漢．鄭玄注，唐．孔穎達等正義，《十三經注疏》本，臺北：東昇出版事業公司，民國 69 年）〈學記〉第十八，頁六四八。是知學習十分重要，且學無止境。

〔註 33〕曾鞏撰，〈筠州學記〉，見《曾鞏集》（同註 1）上冊，卷第十八《記十三首》，頁 300～頁 302。

靜，靜而后能安，安而后能慮，慮而后能得。物有本末，事有終始，知所先後，則近道矣！古之欲明明得於天下者，先治其國；欲治其國者，先齊其家；欲齊其家者，先修其身；欲修其身者，先正其心；欲正其心者，先誠其意；欲誠其意者，先致其知。」〔註 34〕曾鞏亦強調培養人才須先致其知，獲得學問之後，再進行人格教化，重視誠意正心修身，以提高道德修養。茅坤於《唐宋八大家文鈔》〈南豐文鈔〉評此篇云：「不如宜黃所見之深，而其行文亦屬作者之旨。」〔註 35〕此文彰顯曾鞏「知行合一」之人才教育主張，並重智育與德育，使學子學行並重；因唯有如此，方能使學子道德與文章兼備。此種教育觀，不但適用於古代，更合乎今日教學之所需；故而本文爲中國學術史與教育史上之重要文獻，頗有借鑑價值。

（二）議論政事

議論、說理乃曾鞏所擅長，故其文章大多爲議論文；由於任地方官甚久，議論政事遂成爲其散文重要內涵之一。凡上書皇帝之文，或任職時之政論，皆其總結歷史興衰教訓，闡述政治主張之佳作。

仁宗嘉祐二年（西元 1057 年），曾鞏中進士，其後，開始邁向仕宦之途。次年春，調太平州（今安徽省當塗縣）司法參軍，自江西赴任，曾鞏時年四十歲，撰〈太平州回轉運狀〉〔註 36〕、〈太平州與本路轉運狀〉〔註 37〕、〈代太平州知州謝到任表〉〔註 38〕、〈代太平州知

〔註 34〕宋・朱熹集注，《四書集注》（臺北：世界書局，民國 68 年八月二十四版）《大學》經一章，頁 1。

〔註 35〕明・茅坤編，《唐宋八大家文鈔》（臺灣商務印書館發行，景印文淵閣《四庫全書》本，第一三八四冊　集部三二三，總集類，原書度藏國立故宮博物院，民國 75 年 3 月初版）卷一〇三，《南豐文鈔》七，〈筠州學記〉，頁 261。

〔註 36〕曾鞏撰，〈太平州回轉運狀〉，見《曾鞏集》（同註 1）下冊，卷第三十七《啓狀二十三首》，頁 517～頁 518。

〔註 37〕曾鞏撰，〈太平州與本路轉運狀〉，見《曾鞏集》（同註 1）下冊，卷第三十七《啓狀二十三首》，頁 518。

〔註 38〕曾鞏撰，〈代太平州知州謝到任表〉，見《曾鞏集》（同註 1）下冊，

州謝賜欽恤刑獄敕書表〉〔註39〕、〈代太平州知州謁廟文〉〔註40〕。於太平州任職期間，不僅克盡職責、爲民表率，且熱衷創作。其作品內容以表達自己之政治觀爲主，如〈洪州新建縣廳壁記〉、〈思政堂記〉等文，表現出留心吏治之志節。〈洪州新建縣廳壁記〉云：

> 爲後世之吏，得行其志者少矣，此仕之所以難也，而縣爲最甚，何哉？凡縣之政無小大，令主簿皆獨任，而民事委曲，當有所操縱緩急，不能一斷以法，舉法而繩之，則其罪固易求也。……則仕於此者，欲行其志，豈非難也哉？君子者雖無所處而不安，然其於自處也，未嘗不擇，仕而得擇其自處，則縣之事有不敢任者，其可謂過也哉？
>
> 洪州新建，自太平興國六年，分南昌爲縣，至嘉祐三年，凡若干年，爲令者凡三十有九人。而秘書省著作佐郎黃巽公權來爲其令，抑豪縱，惠下窮，守正循理，而得濟其志者也。公權亦喜其職之行，因考次凡爲令者名氏，將伐石以書，而列置於壁間。故予爲之載其行治，而因著其爲縣之難，使來者得覽焉。〔註41〕

此文撰於仁宗嘉祐三年（西元1058年），曾鞏爲新建縣（今屬江西省）縣令作，覽其內容，可知爲縣者之難。首論縣政頗難，並剖析當時官場弊端，縣令治事不能一斷以法，常須受制於上級，得行其志者甚難；方是時也，天下之能忘其勢而好惡不妄者鮮矣，能忘人之勢而強立不苟者亦鮮矣。州負其強以取威，縣憂其弱以求免，其習已久，其俗已成之後，而守正循理之縣令甚少。然後稱頌新建縣令黃巽之爲政，敘述廳壁題名之緣起，末乃說明撰廳壁記之旨爲「載其行治」。此記亦

卷第二十八《表十八首》，頁431。

〔註39〕曾鞏撰，〈代太平州知州謝賜欽恤刑獄敕書表〉，見《曾鞏集》（同註1）下冊，卷第二十八《表十八首》，頁432。

〔註40〕曾鞏撰，〈代太平州知州謁廟文〉，見《曾鞏集》（同註1）下冊，卷第三十九《祭文二十六首》，頁537。

〔註41〕曾鞏撰，〈洪州新建縣廳壁記〉，見《曾鞏集》（同註1）上冊，卷第十八《記十三首》，頁295。此篇屬題記文，題記文亦能反映曾鞏對社會、政治、道德、教育等觀點，極具思想內涵。

呈現出曾鞏心目中良吏之形象，亦即忘其勢而好惡不妄、強立不苟者，方爲良吏；而良吏必也體恤民隱，守正循理，以行其志，勿以利害爲念，方能無愧於心。同年，曾鞏復撰〈思政堂記〉云：

> 尚書祠部員外郎、集賢校理太原王君爲池州之明年，治其後堂北嚮，而命之曰「思政之堂」。謂其出政於南嚮之堂，而思之於此也。其冬，予客過池，而屬予記之。……
>
> 夫接於人無窮，而使人善惑者，事也；推移無常，而不可以拘者，時也；其應無方而不可以易者，理也。知時之變而因之，見必然之理而循之，則事者，雖無窮而易應也，雖善惑而易治也。故所與由之，必人之所安也；所與違之，必人之所厭也。如此者，未有不始於思，然後得於己。得於己，故謂之德。正己而治人，故謂之政。政者，豈止於治文書、督賦斂、斷獄訟而已乎？然及其已得矣！則無思也；已化矣，則亦豈止於政哉！古君之治，未嘗有易此者。
>
> 今君之學，於書無所不讀，而尤深於《春秋》，其挺然獨見，破去前惑，人有所不及也。來爲是邦，施用素學，以修其政，既得以休其暇日，乃自以爲不足，而思之於此。〔註 42〕

太原王君，名哲，字微之，任職池州知州，將其後堂命名爲思政堂，其意乃取思政之堂，曾鞏受其請託而爲此記。文中稱讚王君用其日夜之思，不敢忘其政，則王君治民之意，不亦勤乎！故此篇先點題，說明作記緣由，後乃拓開一層，論「政」與「思」之關係，發明「思政」之義，間接闡述曾鞏之政治理念；表面讚揚王君思政必有澤於民，字裡行間卻寄寓作者個人心志，渴望今之爲吏者，能追尋王君思政之勤，而盡行其志。其中「故所與由之，必人之所安也；所與違之，必人之所厭也。」強調爲政者必順應民意；「正己而治人，故謂之政。」

〔註 42〕曾鞏撰，〈思政堂記〉，見《曾鞏集》（同註 1）上冊，卷第十八《記十三首》，頁 288。

提出爲政者應以身作則，先正己而後治人。其議論政事以先王之道與仁義教化爲依歸，得民者昌，得道者興。亦即《尚書・五子之歌》云：「滅厥德，黎民咸貳。」〔註43〕與《尚書・泰誓》:「天視自我民視，天聽自我民聽。」〔註44〕之義相同。由此可證曾鞏在治國理民方面，一本儒家仁政與民本思想。

此外，曾鞏尚有〈與王介甫第二書〉、〈唐論〉二文，皆言古今治亂得失。〈與王介甫第二書〉云：

> 鞏頓首介甫足下：比辱書，以謂時時小有案舉，而謗議已紛然矣。足下無怪其如此也。夫我之得行其志而有爲於世，則必先之以教化，而待之以久，然後乃可以爲治，此不易之道也。蓋先之以教化，則人不知其所以然，而至於遷善而遠罪，雖有不肖，不能違也。待之以久，則人之功罪善惡之實自見，雖有幽隱，不能掩也。故有漸磨陶冶之易，而無按致操切之難；有愷悌忠篤之純，而無偏聽摘抉之苛。己之用力也簡，而人之從化也博。雖有不從而俟之以刑者，固少矣。古之人有行此者，人皆悅而恐不得歸之。其政已熄而人皆思，而恨不得見之，而豈至於謗且怒哉？……。
>
> 顧反不然，不先之以教化，而遽欲責善於人；不待之以久，而遽欲人之功罪善惡之必見。故按致操切之法用，而怨忿違倍之情生；偏聽摘抉之勢行，而譖訴告訐之害集。〔註45〕

〔註43〕見《尚書正義》（漢・孔安國傳，唐・孔穎達等正義，《十三經注疏》本，臺北：東昇出版事業公司，民國69年）卷第七，《夏書・五子之歌》，頁99。此謂在位者喪其德，則人民必有二心，若能行其德，必能克享天命，永保其位。

〔註44〕見《尚書正義》（註43）卷第十一，《周書・泰誓》，頁155。此謂天因民以視聽，民所惡者天將誅之，故爲政者應順民心，方可受天之福也。

〔註45〕曾鞏撰，〈與王介甫第二書〉，見《曾鞏集》（同註1）上冊，卷第十六《書十八首》，頁255～頁256。

王安石之熙寧新法雖在宋神宗熙寧年間，然於仁宗時已有政治改革之心，以反對者甚夥，曾鞏亦致書糾正其爲政之失。仁宗嘉祐三年（西元 1058 年），曾鞏撰此文予安石，藉其執法招致毀謗、議論紛紛一事，提出古人之法，冀能忠告而善導之。曾鞏並非一概反對變革，然其反對「按致操切」、「偏聽摘抉」之作法，主張爲吏須遵古人之治，守不易之道，先之以教化，以漸仁磨義之法感化人民，而待之以久，汲汲乎於其厚者，徐徐乎於其薄者，其亦庶幾乎可致治也。而爲政者須修先王之法度，以歷代統治者之是非得失爲鑑，見必然之理而循之，知時之變而因之，此求大治之根本也。王安石本剛愎自用之人，曾鞏與之相知頗深，故敢抉摘其弊病，字字入微，勸諫甚篤；可惜安石正値得志之時，不聽其諫，吝於改過，終致變法失敗。然曾鞏於此書信中，有關以仁義教化人民之仁政闡述，非獨爲人君者可以考焉，士之有志於道，而欲仕於上者，盆可鑒矣！

曾鞏另撰〈唐論〉一文，更見其政治理想與道德觀、歷史觀相結合，如云：

> 代隋者唐，更十八君，垂三百年，而其治莫盛於太宗之爲君也。詘己從諫，仁心愛人，可謂有天下之志。以租庸任民，以府衛任兵，以職事任官，以材能任職，以興義任俗，以尊本任眾，賦役有定制，兵農有定業，官無虛名，職無廢事，人習於善行，離於末作。使之操於上者，要而不煩；取於下者，寡而易供。民有農之實，而兵之備存；有兵之名，而農之利在；事之分有歸，而祿之出不浮；材之品不遺，而治之體相承。其廉恥日以篤，其田野日以闢，以其法修則安且治，廢則危且亂，可謂有天下之材。行之數歲，粟米之賤，斗至數錢，居者有餘蓄，行者有餘資，人人自厚，幾至刑措，可謂有治天下之效。
>
> 夫有天下之志，有天下之材，又有治天下之效，然而不得與先王並者，法度之行，擬之先王未備也；禮樂之具，田疇之制，庠序之教，擬之先王未備也。躬親行陣之間，戰

必勝，攻必克，天下末不以爲武，而非先王之所尚也；四夷萬里，古未及以政者，莫不服從，天下莫不以爲盛，而非先王之所務也。太宗之爲政於天下者，得失如此。〔註46〕

此言由唐虞之治五百餘年而有湯之治，由湯之治五百餘年而有文武之治，由文武之治千有餘年而始有太宗之爲君。唐太宗李世民時，富國強兵，社會安定，任賢納諫，實行許多愛民措施，爲人民所敬仰，史稱「貞觀之治」。此文以古諷今，以唐太宗仁政愛民爲典範，慨嘆明君之難得，及士人之不遇；且強調執政者應實施德政。作者將歷史分析貫串於其中，雖是含蓄吞吐，然憤世嫉俗之情，溢於言表。對於唐太宗當政之得失，先褒後貶，認爲唐太宗縱有天下之志、天下之材，亦有治天下之效，以其不夠完備，仍不得與前代聖王並稱極治，用申三代之後未遇先王之治也。曾鞏之政治理念乃死守善道，因其認爲歷史足以明夫治天下之道，故常寓道於史、以史明道。本文寔曾鞏議論文之代表作，借古諷今，上下千古，深思遠慮，俯仰慨然，可觀其治國之志向、方針與才能。茅坤於《唐宋八大家文鈔》〈南豐文鈔〉評此文云：「其議論正當。」〔註47〕何焯於《義門讀書記》卷四十一謂此篇文字「峻潔」，且云：「此等議論，自曾、王以前，無人道來。」允爲至評。

（三）悲天憫人

曾鞏之政治觀本於儒家入世思想、仁政教化，故其具有憂國憂民之情操，以及仁民愛物之精神，並常有感而發，提筆爲文，表達關懷民生、悲天憫人之感情。

如仁宗慶曆七年（西元1047年）十月，曾鞏年方二十九，即應繁昌縣令夏希道之要求，撰〈繁昌縣興造記〉云：

〔註46〕曾鞏撰，〈唐論〉，見《曾鞏集》（同註1）上冊，卷第九《論議五首》，頁140～頁142。

〔註47〕明・茅坤編，《唐宋八大家文鈔》（同註35），卷一〇六，《南豐文鈔》十，〈唐論〉，頁289。

太宗二年，取宣之三縣爲太平州，而繁昌在籍中。繁昌者，故南陵地，唐昭宗始以爲縣。縣百四十餘年，無城垣而濱大江，常編竹爲障以自固，歲輒更之，用材與力一取於民，出入無門關，賓至無舍館。今治所雖有屋，而庫逼破露，至聽訟於廡下，案牘簿書，棲列無所，往往散亂不可省，而獄訟、賦役失其平。歷七代，爲令者不知幾人，恬不知改革，日入於壞。故世指繁昌爲陋縣，而仕者不肯來，行旅者不肯遊，政事愈以疵，市區愈以索寞，爲鄉老吏民者羞且憾之。

事之窮必變，故今有能令出，因民之所欲爲，悉破去竹障，而垣其故基，爲門以通道往來，而屋以取固。即門之東北，構亭瞰江，以納四方之賓客。既又自大其治所，爲重門步廊。門之上爲樓，斂敕書置其中。廊之兩旁，爲群吏之舍，視事之廳，便坐之齋，……自計材至於用工，總爲日凡二千三百九十六日而落成焉。夏希道太初，此令之姓名字也。慶曆七年十月二十三日，此成之年月日也。……。

今復得能令，爲樹立如此，使得無歲費而有巨防，賓至不惟得以休，而耳目尚有以爲之觀。令居不惟得以安，而民吏之出入仰望者，益知尊且畏之。獄訟、賦役之書悉完，則是非倚而可定也。予知縣之去陋名，而仕者爭欲來，行旅者爭欲遊，昔之疵者日以滅去，而索寞者日以富蕃。稱其縣之名，其必自此始。〔註48〕

此記述繁昌縣之興衰。全文先描述繁昌縣城市與政舍破敗卑陋之情景，始繁昌爲縣，止三千戶，九十年間，四聖之德澤，覆露生養，今幾至萬家；田利之入倍他壤有餘，魚、蝦、竹、葦、柹、栗之貨，足以自資，而無貧民；江山又天下之勝處，其可樂也。藉此說明「興造」

〔註48〕曾鞏撰，〈繁昌縣興造記〉，見《曾鞏集》（同註1）上冊，卷第十七《記十二首》，頁277～頁279。關心國計民生，亦曾鞏題記文之重要內涵。

之必要性，並批評爲政者因循守舊，不知改革，搜刮民脂民膏，「用材與力一取於民」，人民負擔沉重；於是呼籲爲政者必須學習夏希道勇於改革、興利除弊之精神，不特以著其成，其亦有以警也。由此可見曾鞏悲天憫人之胸懷，及對百姓疾苦之同情。繁昌縣興造後之富蓄，與興造前之沒落，成爲強烈之對比；而夏希道興利除弊之態度，與前幾任縣令因循苟且之風，亦成鮮明之對比。曾鞏遂撰此記，用以警誡後人，應效法夏希道愛護百姓之執政態度。

神宗熙寧六年（西元 1073 年），曾鞏改知襄州（今湖北襄陽）；襄州正值乾旱最嚴重之時期，曾鞏憂愁焦慮之心情，不亞於當地人民，其撰〈襄州嶽廟祈雨文〉云：

> 自秋不雨，方冬尚溫，麥田苦於旱乾，民室憂於病癘。永惟責任，內集兢慚。惟神作鎮岱宗，著靈南夏。敢瀝由衷之懇，冀回降鑒之仁。遂俾膏澤以時，祁寒式序。畎畝克諧於豐富，里閭皆保於靖康。尚其垂訓，副此群望。〔註 49〕

襄州，春秋時楚地，宋代稱襄州。襄州大旱期間，蒼生屢爲旱災所苦，曾鞏撰祈雨文二十篇；不僅於關心人民疾苦方面，發難顯之情，且以文章有用於天下，充分表現文以致用、言以載事之特色。如於〈又諸廟祈雨文〉有云：

> 去歲經冬，時雪不厚。今茲春晚，膏澤尚微。農於稻田，待水而種。苦茲旱涸，人用焦然。吏不能有惠於民，而惟歲之善，則刑清事簡，尚有望焉。是用瀝懇，有禱於神。惟神依人，尚其降鑒，使霈然下雨，以大濟於此邦。則人於事神，亦曷不盡？〔註 50〕

蓋曾鞏任地方官時間甚長，古代父母官之工作，不外滿足百姓生活上基本需求，該風有風，該雨有雨，其在州縣任上，常參與爲人民

〔註 49〕曾鞏撰，〈襄州嶽廟祈雨文〉，見《曾鞏集》（同註 1）下冊，卷第三十九《祭文二十六首》，頁 542。

〔註 50〕曾鞏撰，〈又諸廟祈雨文〉，見《曾鞏集》（同註 1）下冊，卷第三十九《祭文二十六首》，頁 542。

祈福之活動，故撰寫不少祈文。其於〈大悲祈雨文〉亦云：

> 惟歲孟冬，盛陽猶亢。旱暵茲久，陰陽未興。吏非循良，敢不任咎？佛有慈惠，則宜降祥。是敢躬瀝懇誠，虔祈覺蔭。俾風雲之奮作，致雨雪之漸涵。田畝順成，里閭安輯。仰期眞理，俯徇輿情。〔註 51〕

其急民所急、憂民所憂之精神，終於感天動地，後來襄州果降大雨。又〈諸寺觀謝雨文〉云：

> 向者以大田之稼雖多，而西郊之雲方密，輒伸虔禱，蓋以爲民。甫及夏初，霈然蒙潤。茲展至誠之謝，式遵舊典之傳。欽惟明神，鑒此精意。〔註 52〕

此類祈文之寫法，在形式上雖略嫌僵化，然自內容論之，不特足以衡量政績，適能顯現作者體察民情、與民同樂之胸懷。曾鞏撰文以謝天地，除上文外，尚有〈諸廟謝雨文〉云：

> 吏治不能順陰陽，時風雨，而以歲之旱奔告於神。賴神之靈，時賜甘雨。敢不嚴報，尚其鑒之。〔註 53〕

茫茫宇宙，哀哀眾生，曾鞏對於天災人禍，除爲人民祈福外，尚強調以現實態度處理；對援救災難之官吏，亦生欽佩、效法之心。神宗元豐二年（西元 1079 年），撰〈越州趙公救災記〉云：

> 熙寧八年夏，吳越大旱。九月，資政殿大學士、右諫議大夫知越州趙公，前民之未饑，爲書問屬縣：災所被者幾鄉，民能自食者有幾，當廩於官者幾人，溝防構築可僦民使治之者幾所，庫錢倉廩可發者幾何，富人可募出粟者幾家，僧道士食之羨粟書於籍者其幾具存，使各書以對，而謹其備。
>
> 州縣吏錄民之孤老疾弱、不能自食者二萬一千九百餘

〔註 51〕曾鞏撰，〈大悲祈雨文〉，見《曾鞏集》（同註 1）下冊，卷第三十九《祭文二十六首》，頁 542。

〔註 52〕曾鞏撰，〈諸寺觀謝雨文〉，見《曾鞏集》（同註 1）下冊，卷第三十九《祭文二十六首》，頁 543。

〔註 53〕曾鞏撰，〈諸廟謝雨文〉，見《曾鞏集》（同註 1）下冊，卷第三十九《祭文二十六首》，頁 544。

人以告。故事，歲廩窮人，當給粟三千石而止。公斂富人所輸及僧道士食之羨者，得粟四萬八千餘石，佐其費。使自十月朔，人受粟日一升，幼小半之。憂其眾相蹂也，使受粟者男女異日，而人受二日之食。憂其且流亡也，於城市郊野爲給粟之所，凡五十有七，使各以便受之，而告以去其家者勿給。……

明年春，大疫，爲病坊，處疾病之無歸者。募僧二人，屬以視醫藥飲食，令無失所恃。凡死者，使在處隨收瘞之。

法，廩窮人，盡三月當止，是歲盡五月而止。事有非便文者，公一以自任，不以累其屬。有上請者，或便宜多輒行。公於此時，蚤夜憊心力不少懈，事細鉅必躬親。給病者藥食，多出私錢。民不幸罹旱疫，得免於轉死，得無失斂埋，皆公力也。

是時旱疫被吳越，民饑饉疾癘，死者殆半，災未有鉅於此也。天子東向憂勞，州縣推布上恩，人人盡其力。公所拊循，民尤以爲得其依歸。所以經營綏輯先後終始之際，委曲纖悉，無不備者。其施雖在越，其仁足以示天下；其事雖行於一時，其法足以傳後。……。

公元豐二年以大學士加太子少保致仕，家於衢。其直道正行在於朝廷、豈弟之實在於身者，此不著，著其荒政可師者，以爲〈越州趙公救災記〉云。〔註54〕

當時吳越遭受旱蝗之災，導致大飢疫，亡者甚多，曾鞏詳敘越州太守趙公救濟災荒之突破性之措施，透過對救災全程之描述，歌頌當代治績斐然之清官趙公。趙公即趙抃，字閱道，北宋衢州（今浙江省衢縣）人，頗有吏才與吏德，居官正直無私，彈劾不避權貴，事蹟詳見《宋史・趙抃傳》。全文先述趙抃於災前能謹其備，具備荒之明，防患於未然；繼而敘其於災難發生當時，竭盡救荒之術，救飢救疫、療病埋死之實，饒富勇於負責、施仁播愛之精神，足爲天下榜樣。而時間上

〔註54〕曾鞏撰，〈越州趙公救災記〉，見《曾鞏集》（同註1）上冊，卷第十九《記九首》，頁316～頁318。

之呼應，顯示搶救時間之迅速，暨高度之救災效率，頗值得後人師法。然則此篇之價值，不特對趙抃之吏治才能予以高度評價，自取材角度觀之，頗能表達曾鞏體恤人民，以天下國家爲己任之心志；而由賑濟百姓之內容視之，文中對災民人數及糧食配發數目之統計，記載十分精確詳密，故此文不僅可見古代良吏救災應變之道，視爲論述民生經濟之文，亦不爲過。尤其臺灣於民國八十八年遭受「九二一集集大地震」後，國人從慘痛經驗中，培養危機意識，對於天災人禍，未雨綢繆，預先防範；災後全民投入救災行列，人飢己飢，人溺己溺，發揮以大愛協助受災戶，撫平傷痛，走出陰霾。經歷此次災變，益顯曾鞏〈越州趙公救災記〉之重要性。蓋以人爲鏡，可以知得失；以古爲鏡，可以知興替。趙抃之救災，絲理髮櫛，無一遺漏；而作者將極複雜之救難實況，具體敘述，詳而不繁。當今之救災者，若能熟讀此文，則對民間流亡者之賑濟工作，必能如掌股間矣！蓋曾鞏作記之旨意，正在供後世效法，古代爲政者之仁足以示天下，其救災之法益加可以傳後，此正是「先天下之憂而憂」之襟懷。

（四）辨章學術

因曾鞏曾被召編校史館書籍，歷館閣校勘，集賢校理，兼判官告院；其於辨章學術、考鏡源流方面，直可與漢代劉向媲美。其於校勘史館書籍時，以嚴謹認眞之態度，從事古籍整理工作，其廣泛收集有關資料，糾正許多訛誤，以恢復古書本來面目。其每校一書，即親撰序文一篇，諸序文記載其收集、整理古籍之過程，對古今學術之看法，彰顯其於目錄學方面之成就，暨爲保存中國豐富文化遺產所作之貢獻。經其詳細校正辨誤之古籍頗多，最有名者，莫若《戰國策》；其〈《戰國策》目錄序〉云：

> 劉向所定《戰國策》三十三篇，《崇文總目》稱第十一篇者闕，臣訪之士大夫家，始盡得其書，正其誤謬而疑其不可考者，然後《戰國策》三十三篇復完。
>
> 敘曰：向敘此書，言「周之先，明教化，修法度，所

以大治。及其後，謀詐用，而仁義之路塞，所以大亂。」其說既美矣。卒以謂「此書戰國之謀士度時君之所能行，不得不然。」則可謂惑於流俗，不篤於自信者也。

夫孔孟之時，去周之初已數百歲，其舊法已亡，舊俗已熄久矣。二子乃獨明先王之道，以謂不可改者，豈將強天下之主以後世之所不可爲哉？亦將因其所遇之時、所遭之變而爲當世之法，使不失乎先王之意而已。二帝三王之治，其變固殊，其法固異，而其爲國家天下之意，本末先後，未嘗不同也。二子之道，如是而已。蓋法者所以適變，不必盡同；道者所以立本，不可不一，此理之不易者也。故二子者守此，豈好爲異論哉？能勿苟而已矣，可謂不惑乎流俗而篤於自信者也。

戰國之遊士則不然，不知道之可信，而樂於說之易合，其設心注意，偷爲一切而已。故論詐之便而諱其敗，言戰之善而蔽其患，其相率而爲之者，莫不有利焉，而不勝其害也；有得焉，而不勝其失也。…… 惟先王之道，因時適變，爲法不同，而考之無疵，用之無弊，故古之聖賢，未有以此而易彼也。〔註55〕

綜觀本文之首尾，乃作者敘述其校勘《戰國策》之過程，《戰國策》之價值及其存佚情形。《戰國策》乃記載戰國時代策士言行之書，經西漢劉向整理校勘，得三十三篇，傳至北宋缺第十一篇，爲把此篇補齊，曾鞏費盡心力、修補校訂，《戰國策》三十三篇復完。由序文可知曾鞏校勘原則爲「正其誤謬而疑其不可考」；乃引孔孟能明先王之道，以折倒劉向之序論，因劉向誠惑於流俗，不篤於自信也。對於戰國策士謀詐之行，曾鞏予以嚴厲批判，謂邪說之害正，應加以禁止；其以孔孟、堯舜二帝、夏商周三王爲例，言法不必盡同，而道不可不一，以明先王之道絕不可改易，復列舉史實，俾當世與後世之人知邪說之不可從、謀詐之不可爲！再者，序中提出「變不離道」之觀點，

〔註55〕曾鞏撰，〈《戰國策》目錄序〉，見《曾鞏集》（同註1）上冊，卷第十一《序十一首》，頁183～頁185。

法可因時而變，儒家仁義之道永不可變，得道者昌，失道者亡，此治亂興衰之理，亦爲歷史變化之所依歸。是知曾鞏藉整理編校史書，一方面肯定史書記載歷史之貢獻，絕不可廢；另一方面表達個人之儒家思想與仁政主張，以推明治亂之由，彰顯先聖之道。由此篇可見曾鞏長於道古，而序古書尤佳，其中所謂「不惑乎流俗而篤於自信」，允爲公辨章學術之精神與原則。

因曾鞏深究道術，且具才、學、識、德，適能議論古書之指歸，更可勝任辨其訛謬、考鏡源流之工作，故其善作書序。另有〈《南齊書》目錄序〉一文，亦爲曾鞏校勘書籍後所撰之敘錄，其云：

> 《南齊書》八紀，十一志，四十列傳，合五十九篇，梁蕭子顯撰。始，江淹已爲《十志》，沈約又爲《齊紀》，而子顯自表武帝，別爲此書。臣等因校正其訛謬，而敘其篇目曰：
>
> 將以是非得失興壞理亂之故而爲法戒，則必得其所託，而後能傳於久，此史之所以作也。……
>
> 嘗試論之，古之所謂良史者，其明必足以周萬事之理，其道必足以適天下之用，其智必足以通難知之意，其文必足以發難顯之情，然後其任可得而稱也。……
>
> 蓋史者所以明夫治天下之道也，故爲之者亦必天下之材，然後其任可得而稱也。豈可忽哉！豈可忽哉！〔註56〕

《南齊書》乃南朝梁・蕭子顯撰，全書六十卷，現存五十九卷，原名《齊書》，後人爲與唐・李百藥撰《北齊書》有所區別，方稱爲《南齊書》。〈《南齊書》目錄序〉謂若干史書所託不得其人，則或失其意，或亂其實，或析理之不通，或設辭之不善，無法反映歷史本來面貌；曾鞏遂強調史書「則必得其所託，而後能傳於久」，方足以產生「爲法戒」之社會功能。欲成爲「得其所託」之良史，應具備下列條件：「其明必足以周萬事之理」、「其道必足以適天下之用」、「其智必足以通難知之意」、「其文必足以發難顯之情」；所謂「明」、「智」即指「史

〔註56〕同註22。

識」，所謂「道」即指「史德」，所謂「文」即指「史才」。序中並以正統儒家思想論史遷，認爲司馬遷從五帝三王既沒數千載之後，秦火之餘，因散絕殘脫之經，以及傳記百家之說，以爲本紀、世家、八書、列傳之文，可謂雋偉拔出之奇才，然因聖賢高致，即如司馬遷仍有不能純達其情者，遑論其他史書作者？若《南齊書》作者蕭子顯，更改破析、刻雕藻績，曾鞏貶之，謂其「喜自馳騁」，缺乏嚴謹求實之精神。由此觀之，此序雖爲《南齊書》而作，實爲討論如何成爲良史、如何撰寫歷史之文，其目的係闡明史不離道、史道統一之史學觀。〔註57〕因曾鞏具有校勘史館書籍之工作經驗，其於辨章學術，大多表現在史學方面，其說對於後人之編史修志，具有實際之指導意義。

二、曾鞏散文之寫作藝術特色

散文之於先秦，並無獨立地位；西漢時，文學性作品增加；東漢獻帝建安以後，文學創作益受重視。時至魏晉南北朝，文學始擺脫附庸身分，取得獨立地位；而文筆之稱，亦行於當時，以爲無韻者筆也，有韻者文也〔註58〕，由文筆兩分衍化爲韻文與散文之分庭抗禮。六朝盛行駢文，雕琢駢儷；迨唐代韓愈反對六朝駢文，主張使用三代兩漢之散體，與柳宗元共同推行「古文運動」。唐末，「古文運動」之影響漸弱，綺靡之駢文重新抬頭，歷經五代至宋初，詩文皆籠罩於浮豔風氣之下。

曾鞏接受歐陽脩之指導，盡全力從事古文創作而卓有建樹。就文學觀而言，曾鞏乃依經立論、因事而發，絕不苟於立言；是故其下筆十分謹慎，作品亦較同時期之歐陽脩與蘇軾少，而其文風與歐陽脩近似。雖然如此，曾鞏散文仍有與眾不同之特色。大抵曾文無論議論或

〔註57〕曾鞏之道德觀、文學觀與史學觀皆能相配合。

〔註58〕南朝梁・劉勰《文心雕龍・總術》云：「今之常言，有文有筆，以爲無韻者筆也，有韻者文也。」見《文心雕龍讀本》（同註3）下篇，卷九，〈總術第四十四〉，頁255～頁266。

敘事，咸能說理周密、章法嚴謹、布局分明，委曲周詳；其謀篇命意，或造句修辭，皆中規中矩，頗具匠心，遂形成詞嚴理正、蘊藉深厚、典雅平正、婉曲從容之藝術風格，故而其作品得以流布遠邇。

綜觀曾鞏之散文，在寫作手法、布局結構、文辭表達、文章風格、情感抒寫五方面，饒富特色。

（一）在寫作技巧方面，論重於記，正反對照

曾鞏長於議論說理，其以大量議論使文章發揮明道之功能，冀能獲得教化之效果。凡論辨類及奏議類作品，如〈唐論〉、〈救災議〉及〈議經費札子〉等，不僅工於謀篇，寓意高遠，且持理嚴肅正大，自厲冰霜。

例如其撰〈救災議〉云：

> 河北地震、水災，隳城郭，壞廬舍，百姓暴露乏食。主上憂憫，下緩刑之令，遣拊循之使，恩甚厚也。然百姓患於暴露，非錢不可以立屋廬；患於乏食，非粟不可以飽，二者不易之理也。非得此二者，非主上憂勞於上，使者旁午於下，無以救其患、塞其求也。……
>
> 然則爲今之策，下方紙之詔，賜之以錢五十貫，貸之以粟一百萬石，而事足矣。何則？令被災之州爲十萬户，如一户得粟十石，得錢五千，下户常產之貲，平日未有及此者也。彼得錢以完其居，得粟以給其食，則農得修其畎畝，商得治其貨賄，工得利其器用，閒民得轉移執事，一切得復其業，而不失其常生之計，與專意以待二升之廩於上、而勢不暇乎他爲，豈不遠哉？此可謂深思遠慮，爲百姓長計者也。……況貸之於今而收之於後，足以賑其艱乏，……。此可謂深思遠慮，爲公家長計者也。……今破去常行之弊法，以錢與粟一舉而賑之，足以救其患，復其業。〔註59〕

〔註59〕曾鞏撰，〈救災議〉，見《曾鞏集》（同註1）上冊，卷第九《論議五首》，頁150～頁154。

此爲議論如何救災之文，頗具實用價值。根據《宋史・五行志》載，神宗熙寧元年（西元 1068 年）秋天，河北因黃河決口而遭水患，七月，大地震接踵而至，災情其慘無比。方是時，曾鞏撰文表達建設性之救災意見。全文以「救其患、塞其求」爲主旨，就「百姓暴露乏食」之緊急災情，提出具體賑災方法，極力要求在位者厚賑災民，以「錢」與「粟」解除人民苦難，早日重建家園。於「錢」與「粟」方面，數字之運用，堪稱一絕，亦確切呈現具體之救災措施。全篇指陳利弊，大議其高瞻遠矚之救濟方案，目的乃「爲百姓長計」、「爲公家長計」，易言之，即爲天下計也；若謂此爲經濟有用之文，並不爲過。曾鞏政論及史論之論證方法，咸經其深思遠慮，自正面與反面兩相對照，反覆剖析利害得失，使人心生警戒，擇善而從；是故茅坤於《唐宋八大家文鈔》〈南豐文鈔〉評此篇云：「子固大議，其剖析利害處最分明。」〔註 60〕除〈救災議〉外，〈議經費札子〉亦如此。如云：

> 臣聞古者以三十年之通制國用，使有九年之蓄。而制國用者，必於歲杪，蓋量入而爲出。……蓋用之有節，則天下雖貧，其富易致也。漢唐之始，天下之用常屈矣，文帝、太宗能用財有節，故公私有餘，所謂天下雖貧，其富易致也。用之無節，則天下雖富，其貧亦易致也。漢唐之盛時，天下之用常裕矣，武帝、明皇不能節以制度，故公私耗竭，所謂天下雖富，其貧亦易致也。〔註 61〕

據文末所載：此篇作於神宗元豐三年（西元 1080 年）。曾鞏謂「用之有節，其富易致也」，強調量入爲出、節流致富之重要性。其不僅徵古論今，引據嚴密，且採對比手法，以漢文帝、唐太宗與漢武帝、唐明皇爲對比，從正、反兩面再三致意，闡明「用之有節」與「用之無節」之利害，使全文更加沉著頓挫、氣勢恢宏。劉勰《文心雕龍・事

〔註 60〕明・茅坤編，見《唐宋八大家文鈔》（同註 35）卷一〇六，《南豐文鈔》十，〈救災議〉，頁 296。

〔註 61〕曾鞏撰，〈議經費札子〉，見《曾鞏集》（同註 1）上冊，卷第三十《劄子六首》，頁 451～頁 452。

類》有云：「事類者，蓋文章之外，據事以類義，援古以證今者也。」〔註62〕此乃運用材料以充實內容、修飾文辭之方法。曾鞏爲文用事，頗具匠心，尤其於略舉人事以徵義方面，咸能依據事情以類比義理，援用古往舊聞以證驗來今，且用舊合機，闡明繁複隱微之寓意，不啻自其口出。此文於博引古今之餘，爲使說理更具體深刻，仍不忘運用對比，正反對照，涇渭分明。

曾鞏其他體裁之散文，亦多含議論性質，若論其長於議論之另一表現形式，乃以敘出論、夾敘夾議；易言之，即於記敘文中加以議論成分。最重要者，乃議論部分，亦十分嚴正，理無滯礙，泰半歸於勸戒，凜然不可侵犯。就其雜記類作品而言，如〈醒心亭記〉、〈墨池記〉、〈菜園院佛殿記〉、〈宜黃縣縣學記〉、〈思政堂記〉、〈筠州學記〉等文之重心，均置於議論部分，頗有論重於記之勢。其中最爲後人所稱譽者，莫若〈墨池記〉。其云：

> 臨川之城東，有地隱然而高，以臨於溪，曰新城。新城之上，有池窪然而方以長，曰王羲之之墨池者，荀伯子《臨川記》云也。羲之嘗慕張芝，臨池學書，池水盡黑。……羲之之書，晚乃善，則其所能，蓋亦以精力自致者，非天成也。然後世未有能及者，豈其學不如彼邪？則學固豈可以少哉！況欲深造道德者邪？
>
> 墨池之上，今爲州學舍。教授王君盛，恐其不章也，書「晉王右軍墨池」之六字於楹間以揭之，又告於鞏曰：「願有記。」……夫人有一能，而使後人尚之如此，況仁人莊士之遺風餘思，被於來世者如何哉！
>
> 慶曆八年九月十二日，曾鞏記。〔註63〕

此記雖是銖兩斟酌、體製簡約之短章，卻即事生情，託物言志，立意

〔註62〕見《文心雕龍讀本》（同註3）下篇，卷八，〈事類第三十八〉，頁167～頁184。

〔註63〕曾鞏撰，〈墨池記〉，見《曾鞏集》（同註1）上冊，卷第十七《記十二首》，頁279～頁280。

遠正，措詞嚴健。作者先述臨川城東墨池之傳說，推其事以勉後學，並說明「能」與「學」之關係。全文自記事入手，然所記墨池之古跡，及書聖王羲之學書法，咸非重點所在，其乃借此興端，由小及大，用意在題中；特以「學」爲文眼，採設問語氣，闡明學問與道德亦如書法，須靠堅持不懈之學習，以此勸勉大家努力學習，深化「勉學」之主旨。文字質樸、內容平實。可見作者工於謀篇、善於立意、夾敘夾議、論大於記之特色，誠爲奠定曾鞏散文後期風格之代表作。劉勰《文心雕龍・鎔裁》言鎔意之法，先標三準，其云：「是以草創鴻筆，先標三準：履端於始，則設情以位體；舉正於中，則酌事以取類；歸餘於終，則撮辭以舉要。」〔註64〕此爲命意構思之三原則。曾鞏謀篇鍊意皆循此所謂始中終三步驟，故能意立而詞從之以生，詞具而意緣之以顯。

曾鞏知襄州時，嘗作〈襄州宜城縣長渠記〉云：

> 鄢，楚都也，遂拔之。秦既得鄢，以爲縣。漢惠帝三年，改曰宜城。宋孝武帝永初元年，築宜城之大堤爲城，今縣治是也。而更謂鄢曰故城。鄢入秦，而白起所爲渠因不廢。引鄢水以灌田，田皆沃壤，今長渠是也。
>
> 長渠至宋至和二年，久隳不治，而田數苦旱，川飲者無所取。令孫永曼叔率民田渠下者，理渠之壞塞，而去其淺隘，遂完故埸，使水還渠中。自二月丙午始作，至三月癸未而畢，田之受渠水者，皆復其舊。曼叔又與民爲約束，時其蓄泄，而止其侵爭，民皆以爲宜也。……
>
> 熙寧六年，余爲襄州，過京師，曼叔時爲開封，訪余於東門，爲余道長渠之事，而諉余以考其約束之廢舉。予至而問焉，民皆以謂賢君之約束，相與守之，傳數十年如其初也。予爲之定著令，上司農。八年，曼叔去開封，爲汝陰，始以書告之。而是秋大旱，獨長渠之田無害也。夫

〔註64〕見《文心雕龍讀本》（同註3）下篇，卷七，〈鎔裁第三十二〉，頁91～頁101。

宜知其山川與民之利害者，皆爲州者之任，故予不得不書以告後之人，而又使之知夫作之所以始也。曼叔今爲尚書兵部郎中，龍圖閣直學士。八月丁丑曾鞏記。〔註65〕

荊及康狼，楚之西山也。水出二山之間，東南而流，春秋之世曰鄢水，左丘明傳，魯桓公十有三年，楚屈瑕伐羅，及鄢，亂次以濟是也。其後曰夷水，《水經》所謂漢水又南過宜城縣東，夷水注之是也。又其後曰蠻水，酈道元所謂夷水避桓溫父名，改曰蠻水是也。秦昭王三十八年，使白起將，攻楚，去鄢百里，立堨，壅是水爲渠以灌鄢。鄢即襄州宜城縣，該地長渠久隳不治，而田數苦旱，川飲者無所取。仁宗至和二年（西元 1055 年），縣令孫永修長渠，與民爲約束，時其蓄泄，而止其侵爭。神宗熙寧六年（西元 1073 年），曾鞏自齊州軍州事任上徙知襄州軍州事，過京師，孫永時爲開封府長官，特訪曾鞏於東門，談論修長渠之事。曾鞏遂於熙寧八年（西元 1075 年）八月撰此文，詳細記敘宜城長渠之修建歷史、復修過程，以及長渠之功用；一則彰顯前任長官之政績，再者強調地方官員應熟諳轄區內山水自然情況，亦見曾鞏十分熟悉當地地形，且重視興修水利。此篇雖以記事爲主，然文中緣事推理，夾以議論，尤爲獨絕，可謂議論與敘事相結合者也。

由上可知，曾鞏之散文說理精深、淋漓遒勁，正肅之氣，流露於字裏行間，且常就事生發，正反對照，嚴正中復有奇峻，突顯其勁爽峭直之個性。甚至連雜記類作品，亦常採論重於記之作法。雖然曾鞏饒富論辯力，因其身爲儒家學者，議論某事或評論某人時，咸事理俱備、持論公允，絕不強烈批判，故能樹立良好之風範。

（二）、在布局結構方面，講究章法，法密而通

曾鞏爲文，十分講究法度、布局與結構，此亦曾文之特點。章法乃文思進行之法，布局係謀求全篇大局之布置，結構則爲文章之組織。劉勰《文心雕龍・章句》論章法，謂「宅情曰章」、「故章者，明

〔註65〕曾鞏撰，〈襄州宜城縣長渠記〉，見《曾鞏集》（同註 1）上冊，卷第十九《記九首》，頁 309～頁 311。

也」、「章總一義，須意窮而成體」、「斷章有檢」〔註66〕，章指段落而言，章法則使感情於文中有固定處所，不僅得以顯明情理，且可綜合完整之思想，令作者情意充分完備，以構成文章整體，故而謀篇分章應有一定之法度。清・劉熙載《藝概・經義概》亦云：「文不外理、法、辭、氣。理取正而精，法取密而通，辭取雅而切，氣取清而厚。」「文無一定局勢，因題爲局勢；無一定柱法，因題爲柱法；無一定句調，因題爲句調。不然，則所謂局勢、柱法、句調者粗且外矣。」〔註67〕曾鞏爲文，亦因題爲柱法，靈活運用，法密而通。〔註68〕無論議論或記敘，咸以綱領統御全篇，其控引情理，送迎際會，均有綴兆之位。如前述〈越州趙公救災記〉〔註69〕，將錯雜之救災工作，就救災、救疫、趙公之行三方面著眼，井然有序，層次分明，有條不紊，足見曾鞏散文簡而有法。

仁宗寶元二年（西元1039年），王安石之父王益卒於江寧，曾鞏撰〈尚書都官員外郎王公墓誌銘〉。全文先敘述死者之家世、事蹟、妻兒等情形，最後一段藉鄉里長老之言加以議論，文末綴以銘文；不僅以敘出論、誌銘兼備，且依事情重點與時間順序條分縷析，酌中以立體，循實以敷文，頗合鎔裁之要術。文云：

> 王氏其先太原人，世久遷徙，而今家撫州臨川。公諱益，字舜良。……。
>
> 公祥符八年舉進士及第，初爲建安主簿。時尚少，縣人頗易之，及觀公所爲，乃皆大畏服。其督賦稅，未嘗急貧民。或有所笞罰，唯豪劇吏耳。以故建安人尤愛之。……還知韶州，改太常博士、尚書屯田員外郎。……公曰：「夫

〔註66〕見《文心雕龍讀本》（同註3）下篇，卷七，〈章句第三十四〉，頁117～頁129。

〔註67〕清・劉熙載撰，〈經義概〉，見《藝概》（臺北：華正書局，民國74年6月初版）卷六，頁182。

〔註68〕學文之事，可授受者規矩方圓，其不可授受者心營意造。是知爲文須有法度，然作者亦應講究「法密而通」。

〔註69〕同註54。

所謂因其俗者，豈謂是邪？」……公使歸之曰：「政在得不在異。」……韶居南方，雖小州，然獄訟最多，號難治。公既以才能治之有餘，遂以無事。又因民之暇時，爲之理營驛，表坊市道巷，使皆可以久遠爲後利。歸丁衛尉府君憂，服除，通判江寧府，改都官員外郎，二千石常以事倚公，公亦爲之盡。寶元元年二月二十三日以疾卒於官，享年四十六。

……子男七人，曰安仁，曰安道，曰安石，曰安國，曰安世，曰安禮，曰安上。女一人嫁張氏，處者二人。安石今爲大理評事，知鄞縣，慶曆七年十一月上書乞告葬公，明年某月詔曰「可」，遂以某月某日與其昆弟奉公之喪，葬江寧府之某縣某處。

吾嘗聞鄉里長老言，公爲人倜儻有大志。在外當事輒可否，矯矯不可撓。及退歸其家，斂色下氣，致孝於父母，致愛於族人之間，委曲順承，一以恩自克。位不滿其志，故在外所施用者，見於小而已，今吾所書是也，其大可知。則家行最篤已，先人嘗從公遊，其言亦然。而吾又與安石友，故得知公事最詳。其將葬，也使者以安石之述與書來請銘，遂爲之銘其尤可哀者也。銘曰：

公堂有母，老不覺衰。公庭有子，仁孝有才。世所可喜，公兩棄之。莫不皆死，公有餘悲。〔註 70〕

此文屬碑誌。全篇分爲敘述與議論二部分。清・劉熙載《藝概・經義概》云：「先敘後議，我注經也；先議後敘，經注我也。文法雖千變萬化，總不外於敘議二者求之。」〔註 71〕一般墓誌銘前面之「誌」，記事較爲繁雜，曾鞏則注意材料剪裁取捨，詳略適宜，頗爲生色，且避免「誌」與「銘」重複。碑記墓誌之文體，最末皆有「銘」，猶史之有「贊論」，此義法創自司馬遷《史記》「太史公曰」；而其銘辭，

〔註 70〕曾鞏撰，〈尚書都官員外郎王公墓誌銘〉，見《曾鞏集》（同註 1）下冊，卷第四十四《誌銘十一首》，頁 598～頁 600。

〔註 71〕見《藝概》（同註 67）卷六〈經義概〉，頁 179。

必取之本文之外，義未具於碑誌者，必以補本文之缺。〈尚書都官員外郎王公墓誌銘〉正符合此章法。曾鞏〈寄歐陽舍人書〉有云：「夫銘誌之著于世，義近於史，而亦有與史異者。蓋史之於善惡無所不書，而銘者，蓋古之人有功德材行志義之美者，懼後世之不知，則必銘而見之。或納于廟，或存于墓，一也。苟其人之惡，則於銘乎何有？此其所以與史異也。其辭之作，所以使死者無有所憾，生者得致其嚴。而善人喜於見傳，則勇於自立；惡人無有所紀，則以愧而懼。至於通材達識，義烈節士，嘉言善狀，皆見於篇，則足為後法警勸之道。非近乎史，其將安近？」〔註72〕曾鞏之金石文字得史法者如是也！

「起、承、轉、合」為最普遍之章法。清・劉熙載《藝概・經義概》云：「起、承、轉、合四字，起者，起下也，連合亦起在內；合者，合上也，連起亦合在內；中間用承用轉，皆兼顧起合也。」「章法之相間，如反正、淺深、虛實、順逆皆是。」〔註73〕布局即謀篇、謀段。清・劉熙載《藝概・經義概》對布局提出：「原、反、正、推四法：原以引題端，反以作題勢，正以還題位，推以闡題蘊。」「空中起步，實地立腳，絕處逢生，局法具此三者，文便不可勝用；尤在審節次而施之。」「局法，有從前半篇推出後半篇者，有從後半篇推出前半篇者。推法固順逆兼用，而順推往往不如逆推者，逆推之路較寬且活也。」「文局有寬有緊。大抵題位寬則局欲緊，題位緊則局欲寬。」「文局有先空後實，有先實後空，亦有疊用實疊用空者；有先反後正，有先正後反，亦有疊用正疊用反者。其疊用者，必所發之題字不同。至正反俱有空實，空實俱有正反，固不待言。」〔註74〕曾鞏為文，從容於法度之中，條理分明，脈相灌輸，前後相應，變化隨宜，全篇文字平實縝密，如〈醒心亭記〉即是典型之一例，文云：

滁州之西南，泉水之涯，歐陽公作州之二年，構亭曰

〔註72〕同註18。
〔註73〕見《藝概》（同註67）卷六〈經義概〉，頁177。
〔註74〕

「豐樂」，自爲記以見其名之意。既又直豐樂之東幾百步，得山之高，構亭曰「醒心」，使鞏記之。

凡公與州之賓客者遊焉，則必即「豐樂」以飲。或醉且勞矣，則必即「醒心」而望。……則其心灑然而醒，更欲久而忘歸也。故即極其所以然而爲名，取韓子退之〈北湖〉之詩云。噫！其可謂善取樂於山泉之間，而名之以見其實，又善者矣。

雖然，公之樂，吾能言之。吾君優游而無爲於上，吾民給足而無憾於下，天下學者皆爲材且良，夷狄鳥獸草木之生者皆得其宜，公樂也。一山之隅，一泉之旁，豈公樂哉？乃公所以寄意於此也。

……後百千年，有慕公之爲人，而覽公之跡，思欲見之，有不可及之嘆，然後知公之難遇也。則凡同遊於此者，其可不喜且幸歟！〔註 75〕

滁州今安徽省滁縣，仁宗慶曆五年（西元 1045 年），歐陽脩被貶滁州，於當地先後建豐樂亭與醒心亭，爲滁州增添奇光異彩。其自撰〈豐樂亭記〉與〈醉翁亭記〉，自述豐年之樂暨與民同樂之情懷；〈豐樂亭記〉以「豐」、「樂」二字貫穿全篇，〈醉翁亭記〉則以「樂」字貫穿全篇。仁宗慶曆七年（西元 1047 年）八月十五日，曾鞏奉歐陽脩之命，撰〈醒心亭記〉，闡明歐陽脩以醒心命亭之含意，並藉歐陽脩「醉」、「醒」、「樂」三重點議論，點明歐公之「醉」爲表象、「醒」爲實質、「樂」爲體現。曾鞏頗曉歐公之樂，遂以「醒心」貫穿全篇，「醒心而望」、「其心灑然而醒」，正是歐公築亭題名之意義，亦爲〈醒心亭記〉主旨所在。歐陽脩取樂於山水之間，係文章表面之意，其欲闡明之深意，不特借山水以醒酒醉之心，亦以此醒其與民同樂之心。曾鞏則藉〈醒心亭記〉昭示歐陽脩之賢德，著力稱揚歐公之儒家仁政與入世思想。至若〈醒心亭記〉全篇之結構，先敘述撰文緣

〔註 75〕曾鞏撰，〈醒心亭記〉，見《曾鞏集》（同註 1）上冊，卷第十七《記十二首》，頁 276～頁 277。

起及醒心亭之景觀，從而令醒心亭醒目於世，復道出歐陽脩與眾同樂、萬物一體之胸襟懷抱，以醒世人，最後以「公之難遇」作結，對歐公治州民生樂利之昇平氣象，尤仰企忻慕。此文記敘細緻、濃淡相宜，撫今追昔、委婉道情，寓情於景、以理入文；其中由亭及人，寄意於歐陽脩之賢能、襟懷、抱負與難遇，此種由小及大、別有寓意之寫法，無論就章法、布局或結構而言，皆臻妙境。

以上諸篇再再證明曾鞏爲文必有機杼，講究嚴謹之章法，層次井然，段落分明。此乃因其生平得力於經，根柢槃深，爲文自有條理可觀。

（三）在文辭表達方面，紆徐百折，辭約旨豐

所謂「紆徐」，乃指字句含蓄、立意曲折。〔註76〕曾鞏爲文，常逐段精彩，意度波瀾，一波三折，風濤疊起，鮮有「開門見山」者，故吞吐往復、曲折有致，是曾鞏散文寫作藝巧之一。例如仁宗慶曆七年（西元1047年），曾鞏撰〈寄歐陽舍人書〉〔註77〕，此本爲答謝歐陽脩爲其祖父曾致堯作墓碑銘之書信，然起首不直言感謝，反而筆隨意轉，將文思延伸，從銘誌與史傳之異同談起；然後以其文道觀作爲重點，言唯「畜道德而能文章者」可勝任撰銘之職，通篇命脈頃刻出現。又言「畜道德而能文章」者，世代罕有；至此，方神溯歐陽脩，將數美一歸於歐公，盛譽歐公道德之高尚、文章之美妙，並以赤心深致謝忱。全篇文意，層層鋪襯，逐步牽引，順勢提出文學主張，對當代文風有正面之影響。其筆法如抽繭絲，亦如奇峰異嶂，層見疊出，令後人嗟誦而不能自已。是故明人茅坤編《唐宋八大家文鈔》評曰：「此書紆徐百折，而感慨嗚咽之氣，博大幽深之識，溢於言外。」〔註

〔註76〕文莫貴於紆徐變化、精能流利。如清人袁枚謂紆徐層折之文字，似易實難，爲最佳文字。（見《小倉山房文集》，清・乾隆刻本，卷三十。）

〔註77〕同註8。

〔註78〕明・茅坤編，《唐宋八大家文鈔》（同註35）卷九十九，《南豐文鈔》三，〈寄歐陽舍人書〉，頁221。

78〕良有以也！

又如〈謝曹秀才書〉云：

> 鞏頓首曹君茂才足下：嗟乎！世之好惡不同也。始足下試於有司，鞏爲封彌官，得足下與方造、孟起之辭而讀之，以謂宜在高選。及來取號，而三人者皆無姓名，於是憮然自悔許與之妄。既而推之，特世之好惡不同耳。鞏之許與，豈果爲妄哉？
>
> 今得足下之書，不以解名失得置於心，而汲汲以相從講學爲事，其博觀於書而見於文字者，又過於鞏向時之所與，甚盛。足下家居無事，可以優遊以進其業，自力而不已，則其進孰能禦哉？世之好惡不同，足下固已能不置於心。顧鞏適自被召，不能與足下久相從學，此情之所惓惓也。用此爲謝。不宣。〔註79〕

此本爲道歉之書信，雖僅二百餘字，卻有無數峰巒。曹秀才即曹茂才，蓋曹茂才與方造、孟起應試時，曾鞏爲封彌官，負責密封試卷、謄寫校勘之試務，其認爲曹、方、孟三人之文宜在高選，即告訴曹茂才此訊息，不料三人皆名落孫山。曾鞏遂撰文向曹茂才表示歉意，首先以感嘆句及疑問句表達無奈之情緒，然後方窮盡事理，說明並非自己衡文有誤，乃世之好惡不同；復嘉許曹茂才不以解名得失置於心，反而汲汲於講學，優遊以進其業。此信勉勵落榜者之立意，與歐陽脩〈送曾鞏秀才序〉〔註80〕近似。文章表面皆對收信人之落榜予以惋惜，實則對收信人之德行、學業予以肯定，且批評當時因主考官好惡不同，有司失其才之不公情況屢見不鮮。而曾鞏具有遇山石而曲折斡旋之本領，能道其所欲言，並層波疊嶂，呈現複雜之情感，不使人覽而易盡。〈謝曹秀才書〉與前述〈寄歐陽舍人書〉二文，可謂曾鞏紆徐委曲、

〔註79〕曾鞏撰，〈謝曹秀才書〉，見《曾鞏集》（同註1）上冊，卷第十六《書十八首》，頁262。

〔註80〕宋・歐陽脩撰，〈送曾鞏秀才序〉，見《歐陽脩全集》（同註12）上冊，《居士集》卷第四十二《序》，頁291。

委婉周匝風格之代表作。而此一特色之形成，與其平和溫雅、從容不迫之性情有關。由於個性使然，使曾文舒緩而回旋，含蓄而不直露，百誦仍有餘味。

曾鞏散文之藝術技巧雖纖細曲盡、綿密詳實，然其於遣辭方面，亦十分注意核字省句，惜墨如金。如〈《唐令》目錄序〉只有一百餘字，文雖短小，然要言不煩、詞醇氣潔，頗耐研讀。其云：

> 《唐令》三十篇，以常員定職官之任，以府衛設師徒之備，以口分永業爲授田之法，以租庸調爲斂財役民之制，雖未及三代之政，然亦庶幾乎先王之意矣。後世從事者多率其私見，故聖賢之道廢而苟簡之術用。太宗能超然遠覽，絀封倫而納鄭公之議，其爲天下國家之意，故能及此。而當是之時，遂成太平之功。使能推其類，盡其道，則唐之治，豈難至於三代之盛哉？讀其書，嘉其制度有庶幾於古者，而惜其不復行也。故掇其大要可紀者，論之於此焉。〔註 81〕

此序雖不及〈《戰國策》目錄序〉、〈《列女傳》目錄序〉之受後人青睞，然係曾鞏最精簡之目錄序。其文簡，其理約，寡而制眾，變而能通，使主題思想顯明；且每句皆有分量，文字峻潔精當而歸於平允。仁宗慶曆五年（西元 1045 年），曾鞏撰〈送劉希聲序〉，全文亦僅百餘字，文云：

> 東明劉希聲來臨川，見之。其貌勉於禮，其言勉於義，其行亦然，其久亦堅。其讀書爲辭章日盛。從予遊三年，予愛之。今年慶曆五年，還其鄉，過予別。與之言曰：東明，汴邑也。子之行，問道之所嚮者，以告子。子也一趨焉而不息，至乎爾也。苟爲一從焉，一違焉，雖不息，決不至也。子也好問，聖人之道，亦如是而已矣。五月四日序。〔註 82〕

此爲曾鞏最精簡之贈序文，雖筆墨極儉省，文字極簡要，內容卻面面

〔註 81〕曾鞏撰，〈《唐令》目錄序〉，見《曾鞏集》（同註 1）上冊，卷第十一《序十一首》，頁 189。

〔註 82〕曾鞏撰，〈送劉希聲序〉，見《曾鞏集》（同註 1）上冊，卷第十四《序十一首》，頁 222。

俱到。劉希聲曾從曾鞏遊三年，曾鞏甚愛之，該年劉希聲將歸東明，鞏遂贈之以序。文中敘述劉希聲之外表、言行與學習精神，並表達惜別、祝福與期望，深入淺出，令人永銘於心。其實在曾鞏集中，具辭約旨豐特色之文，歷歷可數。若〈鵝湖院佛殿記〉僅二百餘字，如云：

> 慶曆某年某月日，信州鉛山縣鵝湖院佛殿成，僧紹元來請記，遂爲之記曰：
>
> 自西方用兵，天子宰相與士大夫勞於議謀，材武之士勞於力，農工商之民勞於賦斂。而天子嘗減乘輿掖庭諸費，大臣亦往往辭賜錢，士大夫或暴露其身，材武之士或秉義而死，農工商之民或失其業。惟學佛之人不勞於謀議，不用其力，不出賦斂，食與寢自如也。資其宮之侈，非國則民力焉，而天下皆以爲當然，予不知其何以然也。今是殿之費，十萬不已，必百萬也；百萬不已，必千萬也；或累累而千萬之不可知也。其費如是廣，欲勿計其日時，其得邪？而請予文者，又紹元也。故云爾。〔註83〕

此文屬雜記類，作者雖應佛教徒僧紹元之請，爲鵝湖院佛殿落成而作，卻意內而言外，乃就佛者之弊而斥之；其謂西夏用兵，國難當頭，而佛徒生活與佛殿興造，耗費國資民財，剝削民財民力，致民生疲弊、勞於賦斂，嚴重危害國家經濟。如前所言，曾鞏撰擬不少寺廟祈文及寺院建築記，其中寺廟祈文與鄉土民俗有關：至於諸寺院記，一般乃應佛門師父要求而作。因曾鞏以弘揚儒學爲己任，其撰佛門題記，除對請託者略有交代外，內容泰半闢佛，本文只是其中一篇。此篇以議爲記，墨稀而旨永，短小而精悍，精微峻潔，脫盡泥水，乃短篇小幅，大有蘊藉者也，足可印證曾文粹而潔之特色。

曾鞏雖不乏洋洋灑灑、小題大作之長篇大論，然其行文無不峻潔警切、斷義務明。最難能可貴者，乃各篇咸詳略得體，不特剖析毫釐以覈字省句，且擷取恰當辭彙以表達意旨，允爲鍊詞精約、裁辭謹嚴

〔註83〕曾鞏撰，〈鵝湖院佛殿記〉，見《曾鞏集》（同註1）上冊，卷第十七《記十二首》，頁287。

者也。〔註84〕

（四）在文章風格方面，古雅平正，婉柔深細

曾鞏文風，學自歐陽脩。其一方面受歐陽脩之影響，一方面義歸正直，辭取雅馴，故其散文風格乃以古雅平正、溫醇典重，雍容沖和、婉柔深細見稱。此可由〈送李材叔知柳州序〉見其大略。其云：

> 彼不知繇京師而之越，水陸之道皆安行，非若閩溪、峽江、蜀棧之不測，則均之吏於遠，此非獨優歟？其風氣吾所諳之，與中州亦不甚異。起居不違其節，未嘗有疾。苟違節，雖中州寧不生疾邪？其物產之美，果有荔子、龍眼、蕉、柑、橄欖，花有素馨、山丹、含笑之屬，食有海之百物，累歲之酒醋，皆絕於天下。人少鬥訟，喜嬉樂。吏者唯其無久居之心，故謂之不可。如其有久居之心，奚不可邪？
>
> 古之人爲一鄉一縣，其德義惠愛尚足以薰蒸漸澤，今大者專一州，豈當小其官而不事邪？令其得吾說而思之，人咸有久居之心，又不小其官，爲越人滌其陋俗而驅於治，居閩蜀上，無不幸之嘆，其事出千餘年之表，則其美之巨細可知也。然非其材之穎然邁於眾人者不能也。官於南者多矣，予知其材之穎然邁於眾人，能行吾說者，李材叔而已。〔註85〕

劉熙載《藝概・文概》云：「曾文窮盡事理，其氣味爾雅深厚，令人想見碩人之寬。」「昌黎文意思來得硬直，歐、曾來得柔婉。硬直見本領，柔婉正復見涵養也。」〔註86〕序文可分書序與贈序。此屬贈序，內容在開導李氏不必以柳州偏遠爲懷。李材叔爲曾鞏之長輩，將至柳

〔註84〕劉勰《文心雕龍・鎔裁》論裁辭之方法云：「句有可削，足見其疏；字不得減，乃知其密。精論要語，極略之體；游心竄句，極繁之體；謂繁與略，適分所好。」見《文心雕龍讀本》（同註3）下篇，卷七，〈鎔裁第三十二〉，頁91～頁101。

〔註85〕曾鞏撰，〈送李材叔知柳州序〉，見《曾鞏集》（同註1）上冊，卷第十四《序十一首》，頁222～頁223。

〔註86〕見《藝概》（同註67）卷一〈文概〉，頁31。

州赴任，曾鞏以文相贈，不僅以越人之幸勉材叔，尚表達「德義惠愛尚足以薰蒸漸澤」等爲官之道。全文諄諄娓娓，運筆溫婉、節奏舒緩，極具陰柔之美。姚鼐將藝術美分爲「陽剛之美」與「陰柔之美」，其撰〈復魯絜非書〉云：「宋朝歐陽、曾公之文，其才皆偏於柔之美者也。」〔註87〕是知曾鞏散文予人柔媚委婉、和諧秀美之感，饒有淡雅、徐婉、柔和、含蓄等特質。

然則曾鞏仍有少數作品柔中有剛，剛柔相濟，跌宕多姿，頗有氣勢者。如〈道山亭記〉寫形寫勢，逸出畫面，且側徑鉤出，勢中有形，形中有勢。如云：

> 負戴者雖其土人，猶側足然後能進。非其土人，罕不躓也。其溪行，則水皆自高瀉下，石錯出其間，如林立，如士騎滿野，千里上下，不見首尾。……舟泝沿者，投便利，失毫分，輒破溺。雖其土長川居之人，非生而習水事者，不敢以舟楫自任也。其水陸之險如此。……
>
> 光祿卿、直昭文館程公爲是州，得閩山嶔崟之際，爲亭於其處，其山川之勝，城邑之大，宮室之榮，不下簟席而盡於四矚。程公以謂在江海之上，爲登覽之觀，可比於道家所謂蓬萊、方丈、瀛州之山，故名之曰道山之亭。……。
>
> 程公於是州以治行聞，既新其城，又新其學，而其餘功又及於此。蓋其歲滿就更廣州，拜諫議大夫，又拜給事中、集賢殿修撰，今爲越州，字公闢，名師孟云。〔註88〕

曾鞏純寫景之文，極爲罕見。然如〈道山亭記〉一文，亦運用大量篇幅，描繪閩中水勢之險，以及福州城地域風貌，寫景如在目前。其中敘閩中山行水路之險峭，氣勢壯盛，體物之妙，盡態傳神，窮形盡相，足以達其所見，不減柳宗元之山水遊記。此文首段著重描述道山亭附

〔註87〕清・姚鼐撰，〈復魯絜非書〉，見《惜抱軒全集》（臺北：臺灣中華書局，民國55年3月臺一版）冊一，《惜抱軒文集》卷六《書十六首》，頁8～頁10。

〔註88〕曾鞏撰，〈道山亭記〉，見《曾鞏集》（同註1）上冊，卷第十九《記九首》，頁315～頁316。

近之地理形勢，地勢險峻幽深、道路艱難險阻之情況，實在驚心動魄；若親至閬中，方知此文之工。閬以險且遠，故仕者常憚往，而前任知州程公名師孟，能因其地之善，忘其偏遠艱險，築亭於此，志趣之壯大，異於常人。或謂此篇較具陽剛之氣，而此類作品畢竟屬於罕作。由是可知曾鞏之才性氣質雖較傾向陰柔之美，然其亦能避己所短，儘量彌補偏勝於陰柔之不足，使其文臻於剛柔兼美之境。而自另一角度論之，整篇結構嚴謹，記述平實自然，誠於無出色處求出色也！此正是曾鞏散文典型之風格。

（五）在情感抒寫方面，情真意切，自然平易

曾鞏個性沉著冷靜，常把情感熔鑄于於道理之中，使文章表面冷峻深沉，故抒情之文比議論說理之文少；然因人之情、性共稟於天，其內心充滿濃厚熱情，仍有若干敷腴溫潤之文，郁郁菲菲，眾香發越，充滿眞情實意，其中以墓志銘與祭文爲最。

仁宗嘉祐七年（西元 1062 年）三月，曾鞏年四十三，髮妻晁文柔病逝于京城，只享年二十有六，實生至促也，化至速也。英宗治平元年（西元 1064 年）五月三十日，曾鞏年四十六，撰〈祭亡妻晁氏文〉云：

> 子有仁孝之行，勤儉之德。宏裕端莊，聰明靜默。窮達能安，死生不惑。可以齊古淑人，爲世常則。……
>
> 嗚呼！天禍我家，降集凶厲。始來京師，辛丑之歲。子之方壯，疾疹中傷。孰云此日，一女先亡。子雖自達，病豈宜然？自秋至春，有益無痊。迎醫市藥，我力爲殫。術寧非善？不勝於天。將逝之夕，逆知其期，語論自若，精神不衰。遍召室人，告以長歸。
>
> 嗚呼哀哉！父失賢女，姑亡孝婦，子喪嚴師，吾虧益友。歲時雖往，悲酸則新。……長號敘哀，寓以斯文。〔註 89〕

〔註 89〕曾鞏撰，〈祭亡妻晁氏文〉，見《曾鞏集》（同註 1）下冊，卷第三十八《祭文十八首》，頁 529～頁 530。

嬰兒墮地，其泣也呱呱；及其老死，家人環繞，其哭也號啕，此固人之所以成始成終也！感情愈深者，其哭泣愈痛。曾鞏此祭文充分表現對生老病死、悲歡離合之心酸與無奈；全篇充滿橫溢之情致，以及最深沉之慨嘆，顯示作者對愛妻之辭世十分哀慟。神宗熙寧十年（西元 1077 年）二月，曾鞏年五十九，葬髮妻晁文柔於建昌軍南豐縣龍池鄉之源頭，撰〈亡妻宜興縣君文柔晁氏墓誌銘〉，對晁文柔之生平行誼，言之甚詳：

> 文柔姓晁氏，諱德儀，字文柔，年十有八嫁余。余時苦貧，食口眾，文柔食菲衣敝自若也。事姑，遇內外屬人，無長少遠近，各盡其意。仁孝慈恕，人有所不能及。於櫛珥衣服，親屬人所無，輒推與之，不待給足。於燕私，未嘗其惰容。於與人居，未嘗見其喜慍。折意降色，約己以法度，學士大夫有所不能也。為人聰明，於事迎見立解，無不盡其理，其概可見者如此。蓋天畀之德而夭其年，遺以相余而奪之蚤。余不知其所以，而又不自知其哭之慟也。
>
> 文柔以嘉祐七年三月甲子卒於京師，年二十有六，余時校史館書。熙寧四年追封宜興縣君，十年二月庚申葬於建昌軍南豐縣龍池鄉之源頭，余時為洪州。……。余，南豐曾鞏子固也。銘曰：
>
> 人孰不貴？子逢其窮。世誰不壽？子罹其凶。維德日躋，生不見其止；維聲日遠，歿不見其終。子能自得，懟者在人。遺以輔余，曾不逡巡。歲云其逝，予悲孔新。〔註 90〕

鞏遭喪妻之痛，遂以最真摯之情感，述生離死別、天人永隔之悲，表達對元配晁文柔之情意與悼念。其寫晁文柔賢慧良善、莊重典雅，具有中國婦女仁孝慈恕、勤儉持家之美德，一層深入一層，不禁聲淚俱下。曾鞏頗能掌握撰寫祭文與墓誌銘之重點，體現散文用情深刻、辭情並茂之特色；不僅切實發揮碑祭文之功用，尚因內容具真情實意，

〔註 90〕曾鞏撰，〈亡妻宜興縣君文柔晁氏墓誌銘〉，見《曾鞏集》（同註 1）下冊，卷第四十六《誌銘十五首　墓表一首》，頁 633～頁 634。

並無一般碑祭文空泛呆板之缺點，是故不流於形式化。例如另一篇〈二女墓誌〉，亦饒富濃烈之感情色彩，文云：

> 南豐曾氏，葬其二女。其父鞏爲誌曰：予校書史館凡九年，喪女弟，喪妻晁氏及二女。余窮居京師，無上下之交，而悲哀之數如此。
>
> 二女，曰慶老，吳妻晁氏出也。生三歲而夭，實嘉祐六年十一月壬申。方是時，吾妻晁氏病已革，慶老疾未作之夕，省其母，勉慰如成人，中夕而疾作，遂不救。蓋若與其母訣也。曰興老，吾繼室李氏出也，卒時始二歲，實治平三年九月甲寅。是時，余方鎖宿景德寺，試國子監進士，不得視其疾、臨其死也。二女生而值予之窮多故，其不幸又夭以死，所謂命非邪？
>
> 熙寧十年，予爲洪州，始以三月庚申瘞二女於南豐之源頭，同穴，慶老在右，興老在左，是爲誌。〔註 91〕

仁宗嘉祐六年（西元 1061 年）十一月，曾鞏幼女慶老不幸夭亡。英宗治平三年（西元 1066 年）九月，曾鞏時鎖宿景德寺，試國子監進士，幼女興老不幸而殤，曾鞏不得臨視。神宗熙寧十年（西元 1077 年）三月，葬二女於南豐之源頭，遂撰〈二女墓誌〉。曾鞏視二女若掌上明珠，然病魔無情，二女皆稚齡夭折，令其痛不欲生，故字字流露慈父之愛與不捨之情；無限悲痛與不盡哀思，皆自作者肺腑中傾瀉而出・讀其文實令人鼻酸。

此外，〈祭歐陽少師文〉係曾鞏知齊州（今山東濟南）軍州事時所作，文云：

> 惟公學爲儒宗，材不世出。……絕去刀尺，渾然天質。辭窮卷盡，含意未卒。讀者心醒，開蒙愈疾。當代一人，顧無儔匹。諫垣抗議，氣震回遹。……頓挫彌厲，誠純志壹。斟酌損益，論思得失。經體慮萌，沃心造膝。帝曰汝

〔註 91〕曾鞏撰，〈二女墓誌〉，見《曾鞏集》（同註 1）下冊，卷第四十六《誌銘十五首　墓表一首》，頁 636。

賢，引登輔弼。〔註 92〕

文學作品應以述眞寫實爲內涵，故曾鞏頗重視文章之眞實性，尤其在撰寫墓誌銘與祭文時，更爲講求。碑祭文之主要作用，乃歌功頌德，一者記敘死者之功德，二者褒揚忠烈事蹟，三者可以信今傳後。然因死者爲大，此類文章常流於隱惡揚善、虛僞不實之弊病；而曾鞏之碑祭文，在哀悼死者時，具有強烈之眞實性與抒情性，常令人爲之動容而聲淚俱下，故能不流於成規僵化之缺失。神宗熙寧五年（西元 1072 年），一代儒宗歐陽脩卒。因曾鞏與死者間交情匪淺，且了解深刻，遂撰此文以祭，文中飽含對歐陽脩之推崇與哀思，情意眞切，感人至深。

此外，曾鞏散文在文字運用方面，力求自然平實，其撰〈與王介甫第一書〉云：

歐云：孟、韓文雖高，不必似之也，取其自然耳。〔註 93〕

此書係曾鞏因安石爲文，取法孟、韓，學之甚幾且過當，曾鞏遂引歐陽脩文貴自然之語以告之；足見其散文亦本自然以爲質，例如〈齊州北水門記〉與〈齊州二堂記〉，二文皆極其自然平易。〈齊州北水門記〉云：

濟南多甘泉，名聞者以十數。其釃而爲渠，布道路民廬官寺，無所不至，潏潏分流，如深山長谷之間；其匯而爲渠，環城之西北，故北城之下疏爲門以洩之。若歲水溢，城之外流潦暴集，則常取荊葦爲蔽，納土於門，以防外水之入，既弗堅完，又勞且費。至是始以庫錢買石，僦民爲工，因其故門，纍石爲兩涯，其深八十公尺，廣三十尺，中置石楗，析爲二門，扃皆用木，視水之高下而閉縱之。於是內外之水，禁障宣通，皆得其節，人無後虞，勞費以熄。其

〔註 92〕曾鞏撰，〈祭歐陽少師文〉，見《曾鞏集》（同註 1）下冊，卷第三十八《祭文十八首》，頁 526～頁 527。

〔註 93〕曾鞏撰，〈與王介甫第一書〉，見《曾鞏集》（同註 1）下冊，卷第十六《書十八首》，頁 254～頁 255。

用工始於二月庚午而成於三月丙戌。董役者，供備庫副使駐泊都監張如綸，右侍禁兵馬監押伸懷德。二人者，欲後之人知作之自吾三人者始也，來請書，故爲之書。〔註94〕

此文撰於神宗熙寧五年（西元1072年）二月，曾鞏知齊州時親自主持改建城北水門而作，此爲其自敘興修水利政績之實錄。全文自城北水門興建緣由、構造、效用寫起，至開工、竣工日期，以及監督工程之官員，句句平實，絕不架空虛構；尚以「多」爲文眼，自各角度反映「多」字，以凸顯濟南水情特徵，亦爲修建水門之意義鋪墊。通篇文字雅潔，流轉輕快，僅約二百六十字，即詳細記敘濟南城市特色、水患與水患之治，是知曾鞏爲文，非但重在樸實自然，不尚巧構虛飾，且簡潔中有詳備處，誠爲麻雀雖小、五臟俱全之作。另一篇〈齊州二堂記〉有云：

齊濱濼水，而初無使客之館。使客至，則常發民調林木爲舍以寓，去則撤之，既費且陋。乃爲之徙官之廢屋，爲二堂於濼水之上以舍客，因考其山川而名之。

……由是言之，則圖記皆謂齊之南山爲歷山，舜所耕處，故其城名歷城，爲信然也。今濼上之北堂，其南則歷山也，故名之曰歷山之堂。

按圖，泰山之北，與齊之東南諸谷之水，西北匯於黑水之灣，又西北匯於柏崖之灣，而至於渴馬之崖。蓋水之來也眾，其北折而西也，悍疾尤甚，及至於崖下，則泊然而止。而自崖以北，至於歷城之西，蓋五十里，而有泉湧出，高或至數尺，其旁之人名之曰趵突之泉。齊人皆謂嘗有棄糠於黑水之灣者，而見之於此。蓋泉自渴馬之崖，潛流地中，而至此復出也。趵突之泉冬溫，泉旁之蔬甲經冬常榮，故又謂之溫泉。其注而北，則謂之濼水，達於清河，以入於海，舟之通於濟者皆於是乎出也。齊多甘泉，冠於天下，其顯名者以十數，而色味皆同，以予驗之，蓋皆濼

〔註94〕曾鞏撰，〈齊州北水門記〉，見《曾鞏集》（同註1）上冊，卷第十九《記九首》，頁309。

水之旁出者也。……今濼水之南堂，其西南皆濼水之所出也，故名之曰濼源之堂。〔註 95〕

此文撰於神宗熙寧六年（西元 1073 年）二月，曾鞏知齊州時作。夫理使客之館，而辨其山川者，皆太守之事也，故曾鞏爲之識，使此邦之人尚有考也。其敘事狀景，先理使客之館，述「歷山」、「濼源」二堂命名由來。繼而辨其山川，寫趵突之泉與濼水之景，筆健而不怪，句新而不晦，讀來和平雍容，輕易舒暢，此自然之勢也。金人王若虛撰〈文辨〉，謂凡文章須是典實過於浮華，平易多於奇險，始爲知本末；世之作者，往往致力於其末，而終身不返，其顛倒亦甚矣！〔註 96〕是知平易自然爲文章之本。蓋文章之事，著力雕鐫，便覿面千里。信口接機，頭頭是道，無一滴水外散，乃爲天成；越天成越有法度。曾鞏散文作品之一大特色，即是自然天成、平易明快。

以上爲曾鞏散文呈現出之特色。誠如劉熙載《藝概・文概》云：「子固之文，即肖子固之爲人。」〔註 97〕因曾鞏學《六經》、《史》、《漢》最得其旨趣根源，並尋經史之遺略而折衷於道，將文道相結合，使作品嚴而正、密而通、曲而中、古而雅，斯則天下之正統也。

第四節　曾鞏之詩歌特色

曾鞏於散文外，又常以詩歌抒發個人情懷，並記錄宦遊他鄉之生活。〔註 98〕其詩歌以神宗熙寧四年（西元 1071 年），知齊州爲界，分

〔註 95〕曾鞏撰，〈齊州二堂記〉，見《曾鞏集》（同註 1）上冊，卷第十九《記九首》，頁 307～頁 308。

〔註 96〕金・王若虛撰，《滹南遺老集》卷三十七，〈文辨四〉（見《滹南遺老集　附續詩集》，臺北：新文豐出版公司，《叢書集選》八二五〇，據商務民國 24 年 12 月初版依《畿輔叢書》本排印，民國 73 年 6 月出版），頁 236。

〔註 97〕見《藝概》，同註 86。因作家各有本面目，曾鞏由讀書之訣而知作文之訣，故其爲文喜談儒道、論學問、議政事、述民情，以此較之「唐宋八大家」之其他諸家，曾文略嫌平板鈍滯而已。

〔註 98〕民國 73 年（西元 1984 年），由北京中華書局出版，陳杏珍、晁繼周

前後二期。以前為前期，形式以古體詩為主，偏重散文式之議論及賦之鋪敘色彩，形象化語言甚少。其優點為古樸凝重、排宕有氣，缺點是古奧生硬、生澀寡味；風格尚未定型，是故不乏恣肆雄闊、豪爽奔放之作。以後，其詩歌形式以律詩、絕句為主，詩味濃厚，語言平易，藝術技巧完美成熟，質樸清婉之風格亦趨於定型，可謂詩歌創作之成熟期。在其知齊州二年間，詩歌創作，約有七十餘首，其中以七言律詩為最多；眞實記錄其思想、情感與生活，風格質樸淳美，形象鮮明，多屬上乘之作。曾鞏離開齊州後，長久以來任職南方，對絕句產生興趣，風格則越來越傾向清秀淡雅，亦膾炙人口。歐陽脩作〈送吳生南歸〉詩，有云：「自我得曾子，於茲二十年。今又得吳生，既得喜且歎。古士不並出，百年猶比肩。區區彼江西，其產多材賢。吳生初自疑，所擬豈其倫。我始見曾子，文章初亦然。崑崙傾黃河，渺漫盈百川。決疏以道之，漸斂收橫瀾。」〔註99〕此詩不但適用於批評曾鞏散文，亦適用於詩歌。其中，「渺漫盈百川」句，足以說明曾鞏前期詩歌之風格；「漸斂收橫瀾」，足以說明其後期詩歌之風格。

一、曾鞏詩歌之題材特色

人稟七情，應物斯感，感物吟志，莫非自然。因曾鞏閱世頗深，或身世之感，或人溺己溺，或山光水色，或酬酢贈答，咸借助於詩歌；故其詩歌之內容思想，皆取材於眞實之生活經驗，言志言情，有感而發。在題材特色方面，較重要者，計有「懷才不遇之情」、「反映民情」、

點校《曾鞏集》，收曾鞏古詩一百九十一首，律詩二百一十九首，《輯佚》詩三十三首，凡收詩四百四十三首。是知詩歌作品，亦夥頤哉。該書〈前言〉謂其中三十三首輯佚詩，係自《南豐曾子固先生集》、《群書校補》等書中輯錄。（見《曾鞏集》，上冊，〈前言〉，頁9）。西元1992年，北京大學古文獻研究所編《全宋詩》（北京大學出版社出版），第八冊卷四五四到卷四六二，頁5512～頁5513，亦收錄曾鞏詩九卷。

〔註99〕歐陽脩撰，〈送吳生南歸〉，見《歐陽脩全集》（同註12）上冊，《居士集》卷第七《古詩二十二首》，頁46。

「吟詠山水」、「贈答酬唱」四項。

（一）懷才不遇之情

曾鞏於早年求學時，即開始寫作詩歌，以抒發懷抱、表現志向。因當時欲復興儒學仍有困難，曾鞏於詩句中，往往流露任重道遠、鬱抑倘怳之感慨。如〈冬望〉：

> 南窗聖賢有遺文，滿簡字字傾琪瑰。旁搜遠探得戶牖，入見奧阼何雄魁。日令我意失枯槁，水之灌養源源來。千年大說沒荒冗，義路寸土誰能培？嗟予計眞不自料，欲挽白日之西頹。〔註 100〕

此詩爲曾鞏早期作品，其讀古聖賢書，深獲我心；然於現實社會中，即使想有所作爲，亦無法如願。蓋自東漢以來，道喪文敝，幸有唐之韓愈起而振之，天下翕然復歸於正；愈之後而有宋之歐陽脩。曾鞏視聖賢遺文爲珍珠美玉，立志爲沒落之仁義大道灌溉培土。志之所至，詩亦至焉，其於詩歌創作中，仍努力表達自己宣揚儒道之夙願。其〈秋懷〉詩云：

> 我本孜孜學《詩》、《書》，《詩》、《書》與今豈同術？智慮過人衹自讎，聞見於時未裨一。片心皎皎事乖背，眾醉冥冥勢陵突。出門榛棘不可行，終歲蒿藜尚誰恤？遠夢頻迷憶故人，客被初寒臥沉疾。將相公侯雖不爲，消長窮通豈須詰？聖賢穰穰力可攀，安能俯心爲苟屈？〔註 101〕

此詩顯示貧寒士子之心路歷程。曾鞏自謂其熟稔儒家經典，卻不適用於當時，所有智慮與聞見皆無法施展，且常事與願違，到處充滿榛莽與荊棘，寸步難行，不得一伸其志，頗有挫折感。然眾人皆醉我獨醒，舉世皆濁我獨清，曾鞏亦不願苟且偷生，故常以外在環境之時不我予，烘托自己失意之苦悶。

〔註 100〕曾鞏撰，〈冬望〉，見《曾鞏集》（同註 1）上冊，卷第一《古詩三十六首》，頁 1。

〔註 101〕曾鞏撰，〈秋懷〉，見《曾鞏集》（同註 1）上冊，卷第三《古詩三十九首》，頁 34。

歐陽脩曾作〈送楊闢秀才〉詩云：「吾奇曾生者，始得之太學。初謂獨軒然，百鳥而一鶚。」〔註102〕此詩將曾鞏比為鶚。於考場上，曾屢試不第，雖不消沉、不氣餒，然經長期窮愁潦倒，亦不勝感慨；故常觸景傷情，作詩以抒發懷才不遇、報國無門之情。

曾鞏作〈一鶚〉詩云：

> 北風萬里開蓬蒿，山水洶洶鳴波濤。嘗聞一鶚今始見，眼駛骨緊精神豪。天昏雪密飛轉疾，暮略東海朝臨洮。……酒酣始聞壯士嘆，丈夫試用何時遭？〔註103〕

此詩屬於託物喻志、抒發胸臆、感士不遇之詠物詩。許師清雲著《近體詩創作理論》一書，論詩之題材有云：「詠物詩不在於細緻地描繪出物的形象，是在於寫出詩人對物的感情，寫出對物的感受。此類詩多以某一具體景物為表達對象，一般為寫景兼有抒情。與寫景相比，它的抒情色彩更加濃郁，寄托的手法也更加明顯。大抵詠物只是手段，而不是表達的主體，因此要託物以伸意。」〔註104〕曾鞏〈一鶚〉詩即借勇禽以自況，發洩自己空懷壯志、生不逢時之憤懣，充滿淒苦與哀怨。詩中描摩鶚之形象，鮮明而有氣勢；使作者由鶚聯想自己，抑鬱不得志之感，油然而生，遂有末二句：「酒酣始聞壯士嘆，丈夫試用何時遭？」詩中呈現有我之特色。清人劉熙載撰《藝概》〈詩概〉云：「詩不可有我而無古，更不可有古而無我。」〔註105〕曾鞏天籟自鳴，言為心聲，直抒己志，如風行水上，自然成詩，致諸詩皆呈現有我之境！

其〈高松〉詩亦云：

〔註102〕歐陽脩撰，〈送楊闢秀才〉 見《歐陽脩全集》（同註12）上冊，《居士集》卷第七《古詩二十二首》，頁46。

〔註103〕曾鞏撰，〈一鶚〉，見《曾鞏集》（同註1）上冊，卷第一《古詩三十六首》，頁1～頁2。

〔註104〕許師清雲著，《近體詩創作理論》（臺北：國立編譯館主編，洪葉文化公司印行，西元1997年9月初版一刷）第七章〈題材〉「十三、詠物類」，頁352。

〔註105〕見《藝概》，同註67，卷二〈詩概〉，頁84。

> 高松高干雲，眾木安可到？湯湯鳴寒溪，偃偃倚翠纛。側聽心神醒，仰視目睛眊。風雨天地動，一葉不敢倒。豈同澗中萍，上下逐流潦。豈同牆根槐，卷卷秋可掃。鳳凰引眾禽，此木陰可纛。君求百常柱，星日此可造。般匠世有無，方鍾野人好。〔註 106〕

詩中將高松人格化，以高松之雄姿象徵棟樑之材，以高松之不畏風雨象徵君子之清高〔註 107〕，絕不趨炎附勢、隨波逐流。言下之意，曾鞏顯然以高松自喻，冀望自己早日為朝廷所用，遂以此詩抒發己志，並慨嘆人生蹇滯。

曾鞏感嘆人生，亦表現於〈初夏有感〉一詩：

> 物從草木及蟲鳥，無一不自盈其情。嗟我獨病不如彼，胸氣臥立長怦怦。筋酸骨楚頭目眩，強食豈得肌膚盈。我身今雖落眾後，我志素欲希軻卿。〔註 108〕

作者蒼茫獨處於寂寞之境，遂以詩寫其心；此詩抒發其襟懷與抱負，並對人生大發感慨。蓋人世艱險，詩人受人冷眼看待、崎嶇坎坷、不遇于世，心中自是充滿落落寡歡、憤憤不平之鬱悶。《文心雕龍．明詩》云：「大舜云：『詩言志，歌永言』；聖謨所析，義已明矣。是以『在心為志，發言為詩』；舒文載實，其在茲乎！」「人稟七情，應物斯感，感物吟志，莫非自然。」曾鞏詩即本乎性情，哀樂之情動於心志之中，出口而形見於言。然其哀怨而不消沉，堅守節操、矢志不移，貧不喪志、困不忘進，守道不屈、忠貞報國。其曾作〈雪詠〉詩有云：

> 雪花好潔白，不待詠說知。區區取相似，今古同一辭。薛能比眾作，小去筆墨畦。誰能出千載，為雪立傳碑？四座且勿歌，聽我白雪詩。天地於降雪，其功大艱難。……憂

〔註 106〕曾鞏撰，〈高松〉，見《曾鞏集》（同註 1）上冊，卷第三《古詩三十九首》，頁 39。

〔註 107〕曾鞏此詩亦有所託諭之五言古詩。

〔註 108〕曾鞏撰，〈初夏有感〉，見《曾鞏集》（同註 1）上冊，卷第二《古詩三十三首》，頁 20。

民既非職，空致新詩章。〔註 109〕

此亦藉詠物託論之詩，名爲詠讚白雪，實爲議論政治人生。先言「雪花好潔白，不待詠說之。」似乎以詠雪爲主題，而後半，詩筆一轉，發洩「憂民既非職，空致新詩章」之情，足見曾鞏心中不得志之苦悶。尤其是末二句，表面似有「不在其位，不謀其政」之意，再進一層推敲，實對朝廷不識人才有所不滿。其他如〈庭木〉云：

庭中有佳樹，清影四面垂。往往風雨夜，蛟龍此投依。留之待鳳凰，未許燕雀窺。誰謂烏鳥惡，安巢最高枝。……惜哉種樹意，長與事乖違。古來亦如此，壯士徒嗟悲。〔註 110〕

曾鞏常將其精神人格、人生理想，投注於自然界之動植物上。此謂庭中佳樹本欲待鳳凰棲息，不料卻被醜陋之烏鳥佔據；烏鳥得以築巢於庭中佳木之高枝上，志得意滿、飽食終日、爲所欲爲，其他眾鳥皆無棲身之處，此非植樹者之本意，事竟至此，良可歎也！人生何嘗不是如此？廟堂上小人逢迎諂媚、作惡多端，使忠臣孽子無容身之地，而能人賢士更無施展才華之機會。另有〈多雨〉詩云：「四時云然了安謂，吁吾有愁誰可語。」〔註 111〕亦表現作者抑塞愁苦之情緒。

由以上諸詩，可知曾鞏以詩歌宣洩失志之情，或直抒胸臆，或托物緣事。蓋曾鞏感士不遇，愁心千疊山，熱淚百川水，發之爲詩，皆有深意存其間，其內足以攄己，其外足以感人。沉而不浮，鬱而不薄，沉鬱之至，可臻忠厚之境。清人劉熙載撰《藝概・詩概》云：「古人因志而有詩」〔註 112〕凡身世之飄零、孽子孤臣之感，曾鞏皆可於一草一木發之。而發之又若隱若見，欲露不露，終不許一語道破；匪獨

〔註 109〕曾鞏撰，〈雪詠〉，見《曾鞏集》（同註 1）上冊，卷第二，《古詩三十三首》，頁 24～頁 25。

〔註 110〕曾鞏撰，〈庭木〉，見《曾鞏集》（同註 1）上冊，卷第三，《古詩十三首》，頁 43～頁 44。

〔註 111〕曾鞏撰，〈多雨〉，見《曾鞏集》（同註 1）上冊，卷第四，《古詩四十三首》，頁 48。

〔註 112〕見《藝概》，同註 67，卷二，頁 80。

體格之高，亦見性情之厚。是故其鬱積之情感雖十分深厚，表現手法卻頗爲含蓄委婉，此乃體現曾鞏沉穩內斂之個性與修養。

（二）反映民情

曾鞏雖有懷才不遇之感，有科舉考試制度下失意文人之牢騷。其實曾鞏並不因自己身處逆境而自怨自艾，亦不將自己困擾在生不逢時之情結上。〔註 113〕蓋曾鞏在地方爲官甚久，與人民感情深厚，遂發自內心之呼喊，寫出許多體恤民情之詩篇，充分表現古仁人志士憂國憂民之胸懷。神宗熙寧四年（西元 1071 年），曾鞏知齊州時，寫作多首關懷民生之敘事詩，如〈喜雨〉：

> 偶徇一官偷祿計，便懷千里長人憂。……更喜風雷生北極，頓驅雲雨出靈湫。從今菽粟非虛禱，會見甌窶果滿篝。〔註 114〕

時值齊魯大旱，曾鞏十分著急，作爲該地之父母官，自是關心民生，遂祈雨於泰山，六月天降甘露之後，遂賦此詩，詩中充分表現久旱得雨之喜悅。又如〈到郡一年〉云：

> 薄材何幸擁朱軒，竊食東州已一年。隴上雨餘看麥秀，桑間日永問蠶眠。官名雖冗身無累，心事長閑地自偏。祇恐再期官滿去，每來湖岸合流連。〔註 115〕

曾鞏躬耕於農村，目睹人民之苦難，以及官吏、地主之殘忍苛刻，萬感橫集，故常急民所急、樂民所樂，莫不有由衷之言。此詩表現關心民瘼之情感，以及憫農之思想，非特流露作者民胞物與之情懷，且有反映現實社會，抨擊時代弊端、揭示社會本質之作用。〈毛詩正義序〉有云：「夫詩者，論功頌德之歌，止僻防邪之訓，雖無爲而自發，乃有益於生靈。六情靜於中，百物盪於外，情緣物動，物感情遷。若政

〔註 113〕曾鞏乃賢人君子，窮而在下，有所不敢言、不能言，然勞思焦慮，而又不忍不言者，則姑婉以言之。

〔註 114〕曾鞏撰，〈喜雨〉，見《曾鞏集》（同註 1）上冊，卷第七，《律詩六十八首》，頁 109。

〔註 115〕曾鞏撰，〈到郡一年〉，同註 114，頁 110～頁 111。

遇醇和，則歡娛被於朝野；時當慘黷，亦怨刺形於詠歌。」「故曰感天地，動鬼神，莫近於詩。」〔註 116〕曾鞏另有〈追租〉一詩，直陳社會時弊，揭露統治者之罪行，反映人民悲慘生活，並對農民於災荒時仍被壓榨之情況，表達深切之同情。詩云：

> 耕耨筋力苦，收刈田野樂。鄉鄰約來往，樽酒追酬酢。生涯給俯仰，公斂忘厚簿。胡為此歲暮，老少顏色惡？國用有緩急，時議廢量度。內外奔氣勢，上下窮割剝。今歲九夏旱，赤日萬里灼。……奈何呻吟訴，卒受鞭捶卻。寧論救憔悴，反與爭合龠。問胡應驅迫，久已罹匱涸。計須賣強壯，勢不存尪弱。去歲已如此，愁呼遍郊郭。飢羸乞分寸，斯須死笞縛。法令尚修明，此理可驚愕。公卿飽天祿，耳目知民瘼。忍令瘡痍內，每肆誅求虐。但憂值空虛，寧無挺犁鑊。暴吏理宜除，浮費義可削。吾臥避囂喧，茲言偶斟酌。試起望遺村，霾風振墟落。〔註 117〕

〈追租〉係典型之五言古詩，深刻反映當時人民受嚴重之剝削榨取，造成不平等待遇，過著悲慘生活之情景；足見作者對貪官暴吏之憎惡，以及對貧苦農民之同情。乾旱荒災時，烈日曝曬下，禾黍盡死，民不聊生；人民已食不飽腹，而殘酷之統治者，非但無視人民疾苦，仍要百姓交租服役，不僅逼租更變本加厲，甚且鞭捶百姓。無怪乎曾鞏以憤激之詩筆，為人民疾呼吶喊，要求廢除苛賦重斂，以減輕剝削。又〈地動〉詩云：「生民洶洶避無所，如寄厥命於湖江。」「意者邪臣有專恣，氣象翕翕難為當。」〔註 118〕此詩亦揭露暴吏惡勢力壓迫剝削人民，使百姓遭受前所無比之苦難。〈楚澤〉云：

> 楚澤荒涼白露根，盈虛無處問乾坤。蟲蟲旱氣連年有，寂

〔註 116〕見《毛詩正義》（漢・毛公傳，漢・鄭玄箋，唐・孔穎達等正義，《十三經注疏》本，臺北：東昇出版事業公司，民國 69 年。）〈毛詩正義序〉，頁 3。

〔註 117〕曾鞏撰，〈追租〉，見《曾鞏集》（同註 1）上冊，卷第四，《古詩四十三首》，頁 51。

〔註 118〕曾鞏撰，〈地動〉，同註 117，頁 47。

寂遺人幾户存？盜賊恐多從此始，經綸空健與誰論？諸公日議雲臺上，忍使憂民獨至尊。〔註119〕

此爲曾鞏知襄州時所作之七言律詩，揭示「官逼民反，亂自上作」之旨。湖北省江漢流域襄樊一帶，古時屬於楚國；楚地有藪澤，方其時適逢連年乾旱，災情慘重，人煙稀少，荒涼冷清；而朝廷始終不賑災，百姓無以爲生，或遷徙他鄉，或奮起反抗，起兵造反，甚至挺而走險，淪爲盜賊。作者慨嘆自己空有滿腹經綸卻不被採納，在上位者軟弱無能，對災情漠不關心，迫使災民走投無路，簡直是逼民爲盜。由於宋代天災人禍接踵而至，社會積貧積弱，曾鞏遂常自各種不同角度，揭露社會黑暗、政治腐敗，反映人民苦難，關心國計民生，甚而議論國家政策及社會問題。其治齊州時，治績斐然，遂作〈冬夜即事〉云：「印奩封罷閣鈴閑，喜有秋毫免素餐。」「聞說豐年從此始，更回籠燭卷簾看。」〔註120〕可見曾鞏於政事方面，最重視民生問題；治所安和樂利，百姓安居樂業，乃其最大期望。

曾鞏之詩歌，常以憂國憂民之類爲題材，一方面暢懷抒憤，一方面反映民情，俾在位者塞違從正。而其詩不怒不懾、懇摯忠厚，且寄寓深意、言近旨遠，足可證明詩之爲用大矣！〔註121〕

（三）吟詠山水

《文心雕龍・物色》云：「歲有其物，物有其容；情以物遷，辭以情發。一葉且或迎意，蟲聲有足引心。況清風與明月，白日與春林共朝哉！」劉勰以爲客觀之風物，乃詩文描寫之對象，作者之創作，亦始於對外物之感受。曾鞏一生爲地方官之時間極多，遊歷與視野咸廣，常爲山明水秀之美景所吸引，創作不少吟詠風光、娛情寫物之詩

〔註119〕曾鞏撰，〈楚澤〉，見《曾鞏集》（同註1）上冊，卷第六，《律詩七十一首》，頁82～頁83。

〔註120〕曾鞏撰，〈冬夜即事〉，見《曾鞏集》（同註1）上冊，卷第七，《律詩六十八首》，頁101。

〔註121〕曾鞏詩歌其恉隱、其詞微；而宋代因作詩而致禍者，大有人在，此蓋曾鞏能免於詩禍之因。

〔註 122〕，爲其仕宦歷程中之生活環境，留下珍貴之記錄。

神宗熙寧二年（西元 1069 年），曾鞏知越州，曾作〈南湖行二首〉云：

> 二月南湖春雨多，春風蕩漾吹湖波。著紅少年里中出，百金市上裁輕羅。插花步步行看影，手中掉旅唱吳歌。放船縱櫂鼓聲促，蛟龍擘水爭馳逐。倏親忽遠誰可追？朝在西城暮南溪。奪標得雋唯恐遲，雷轟電激使人迷。紅簾彩舫觀者多，美人坐上揚雙蛾。斷瓶取酒飲如水，盤中白筍兼青螺。生長江湖樂卑濕，不信中州天氣和。
>
> 東南溪水來何長，若耶清明宜靚粧。南湖一吸三百里，古人已疑行鏡裏。春風來吹不生波，秀壁如奩四邊起。蒲芽荇蔓自相依，躑躅夭桃開滿枝。求群白鳥映沙去，接翼黃鸝穿樹飛。我坐荒城苦卑濕，春至花開曾未知。蕩槳如從武陵入，千花百草使人迷。山回水轉不知遠，手中紅螺豈須勸。輕舟短楫此溪人，相要水上亦湔裙。家住橫塘散時晚，分明笑語隔溪聞。〔註 123〕

越州南方之鑒湖，水域遼闊，碧波蕩漾，令人心曠神怡；亦有少年於湖中划舟競賽，旁觀者之情緒激動高昂，曾鞏遂作此二首七言古詩，切合當時情景以歌詠之，俾使讀者有身歷其境之感。詩中之畫面，主要由景物構成；而顯示之景物，除風雨、花草、山水外，尚有「紅簾」、「彩舫」、「白筍」、「青螺」、「白鳥」、「黃鸝」、「紅螺」等，皆著上多采多姿之顏色。此二詩生動明快，精彩絕倫，逸氣秀色，自不可掩；且頗能抓住景物特徵，賦予無限生機，令人留下鮮明之印象。〔註 124〕

神宗熙寧四年（西元 1071 年），曾鞏知齊州時，寫作多首寫景詩，透過景物之描寫以抒發感情，吟風弄月、流連光景，情景相生，清新

〔註 122〕六朝時期之陶淵明與謝靈運，全力取材於自然之詩歌，此後田園山水之自然景物，成爲詩人創作之重要題材，曾鞏亦不例外。

〔註 123〕曾鞏撰，〈南湖行二首〉，見《曾鞏集》（同註 1）上冊，卷第五，《古詩四十首》，頁 67。

〔註 124〕由此可知，曾鞏吟詠山水之詩，泰半爲沁人心脾之好詩。

可愛。如〈西湖二月二十日〉云：

平生拙人事，出走臨東藩。紛此獄訟地，欣乘刀筆閑。漾舟明湖上，清鏡照衰顏。春風隨我來，掃盡冰雪頑。花開滿北渚，水漲到南山。魚鳥自翔泳，白雲時往還。吾亦樂吾樂，放懷天地間。顧視彼誇者，錙銖何足言？〔註 125〕

曾鞏〈齊州雜詩序〉云：「齊故爲文學之國，然亦以朋比誇詐見於習俗。今其地富饒，而介於河岱之間，故又多獄訟，而豪猾群黨亦往往喜相攻剽賊殺，於時號難治。余之疲駑來爲是州，除其姦強，而振其弛壞，去其疾苦，而撫其善良。未期囹圄多空，而枹鼓幾熄，歲又連熟，州以無事。故得與其士大夫及四方之賓客，以其暇日，時遊後園。或長軒嶢榭，登覽之觀，屬思千里；或芙蕖芰荷，湖波渺然，縱舟上下。雖病不飲酒，而閒爲小詩，以娛情寫物，以拙者之適也。通儒大人，或與余有舊，欲取而視之，亦不能隱。而青鄆二學士又從而和之，士之喜文辭者，亦繼爲此作。總之凡若干篇。豈得以余文之陋，而使夫宗工秀人雄放瑰絕可喜之辭，不大傳于此邦也。故刻之石而并序之，使覽者得詳焉。熙寧六年二月乙丑序。」〔註 126〕是知齊州江山之助益，有利於文學創作；而曾鞏治齊州有方，民生富庶康樂，使其有閒情逸緻從事詩歌創作，滿眼生機，天工人悅，其詩安有不淡遠？其中，曾鞏又以融情入景之寫景詩最多。如〈西湖二首〉云：

左符千里走東方，喜有西湖六月涼。塞上馬歸終反覆，泰山鴟飽正飛揚。懶宜魚鳥心常靜，老覺詩書味更長。行到平橋初見日，滿川風露紫荷香。

湖面平隨葦岸長，碧天垂影入清光。一川風露荷花曉，六月蓬瀛燕坐涼。滄海桴浮成曠蕩，明月槎上更微茫。何須辛苦求天外，自有仙鄉在水鄉。〔註 127〕

〔註 125〕曾鞏撰，〈西湖二月二十日〉，同註 123，頁 67～頁 68。

〔註 126〕曾鞏撰，〈齊州雜詩序〉，見《曾鞏集》（同註 1）上冊，卷第十二，《序九首》，頁 215。

〔註 127〕曾鞏撰，〈西湖二首〉見《曾鞏集》（同註 1）上冊，卷第七，《律詩六十八首》，頁 102。

西湖指齊州之大明湖，蓋其知齊州後，由於任職州縣，離京數年，有感於生活漂泊不定，遂藉湖上泛舟，抒發離京外遷之惆悵，及對京城之思念。第一首以「塞上馬歸終反覆」，隱寓思念朝廷之情。第二首末二句「何須辛苦求天外，自有仙鄉在水鄉」，可知曾鞏對大明湖充滿熱情，視當地為仙鄉。此二首律詩為曾鞏後期作品，質樸清婉之風格已趨於成熟。其描繪大明湖水色山光之詩，除〈西湖二首〉外，尚有〈西湖納涼〉、〈百花堤〉、〈北渚亭〉、〈鵲山亭〉、〈水香亭〉、〈百花臺〉、〈芙蓉橋〉等。生花妙筆，出於自然，充滿詩情畫意，彷彿親臨其境。其中〈西湖納涼〉云：「問吾何處避炎蒸，十頃西湖照眼明。魚戲一篙新浪滿，鳥啼千步綠陰成。」〔註 128〕抒發大明湖納涼之幽趣，於寫景方面，既有靜態，復有動態，無論視覺或聽覺，皆能體現曾鞏之生活情趣。

齊州以泉著稱，名泉有七十二處，曾鞏有許多寫泉詩。如〈金線泉〉云：

> 玉甃常浮灝氣鮮，金絲不定路南泉。雲依美藻爭成縷，月照寒漪巧上弦。已繞渚花紅灼灼，更縈沙竹翠娟娟。無風到底塵埃盡，界破冰綃一片天。〔註 129〕

此詩描寫金線泉之奇異，自然貼切；尤其月光下之金線泉，優美意象，描繪生動，栩栩如生。詩中「金絲」、「紅灼灼」、「翠娟娟」，運用金、紅、翠各種鮮明之顏色字，加之以疊字狀貌，使景物更美輪美奐。又如〈舜泉〉云：「山麓舊耕迷故壟，井幹餘汲見飛泉。」以「飛」形容泉水，眞是唯妙唯肖。再如〈庶子泉云：「瑯琊石泉清照人，裏無泥沙表無塵。」此以無泥沙塵土形容泉水清澈如明鏡。曾鞏適性觀物，直覺領會，與大自然冥合為一，故而形容一種泉水有多種寫法，每種寫法皆予人清新自然之感覺。

〔註 128〕曾鞏撰，〈西湖納涼〉，同註 127，頁 109。

〔註 129〕曾鞏撰，〈金線泉〉，同註 127，頁 113。詩貴有閒情逸趣，而曾鞏即常藉其筆底之煙霞，吐其胸中之雲夢，此詩即是一例。

神宗熙寧六年（西元 1073 年），曾鞏知襄州時，一本其對江山自然景物之熱愛，作〈高陽池〉、〈漢廣亭〉、〈聞喜亭〉等詩。如〈漢廣亭〉云：

> 悠悠漢水長，矹矹楚山密。若與心目期，爭從窗戶出。太守朴鄙人，迂無適時術。治民務不煩，得以偷暇日。北城最頻登，局促諧曠逸。雷根辨毫芒，鳥背臨嵂崒。亦以樂賓遊，豈惟慰衰疾？欲寄別後情，嗟無少文筆。〔註 130〕

此詩從悠長之漢水、重疊之楚山，敘當前景象，可視爲題壁類作品。曾鞏每至一名勝古蹟，時興題詠。〔註 131〕其自認淺陋，無法呼風喚雨，只好以簡易之態度治理襄州，方有閒暇登臨名勝、欣賞風景。全詩就眼前景色，觸景生情，順勢發其感慨，實爲情景兼備之佳作。

由上可知曾鞏吟詠山水之詩不少，尤其是知齊州以後，寫景詩既多且佳，其運用質樸淳眞之文字，吟詠當地風光，畫面優美生動，且常融情入景，可謂著力於塑造詩畫合一之境者也。〔註 132〕

（四）贈答酬唱

曾鞏知齊州所作之詩，贈答酬唱之數量，僅次於寫景詩；其於襄州創作之詩，則泰半爲應酬贈答之作。此類贈答對象多爲當地人士，除對賢良者歌功頌德外，亦表達敬愛仰慕之情，或思鄉懷歸、思念惜別，咸因事抒感，無一不可入詩，是故頗有內涵，不乏佳篇。

仁宗慶曆七年（西元 1047 年），曾鞏至滁州探望歐陽脩，讀歐公吟瑯琊山詩句後，賡酬九首，名爲〈奉和滁州九詠九首〉，計有〈瑯琊泉石篆〉、〈遊瑯琊山〉、〈歸雲洞〉、〈瑯琊溪〉、〈班春亭〉、〈庶子泉〉、〈石屏路〉、〈慧覺方丈〉、〈幽谷晚飲〉。其序云：「先生貶守滁。滁，

〔註 130〕曾鞏撰，〈漢廣亭〉，同註 123，頁 72。

〔註 131〕曾鞏作詩，譬一所大院，正房客屋、幽亭曲榭、林鳥池魚、茂艸荒林，皆可成爲詩之題材。

〔註 132〕許師清雲謂要達到詩畫合一之境界，一靠寫生之能力，二靠融情入景之工夫。（見《近體詩創作理論》，同註 104），第七章〈題材〉「十、寫景類」，頁 349。

小州。先生爲之，殆無事。環州多佳山水，最有名瑯琊山。近得之曰幽谷，先生散遊其間，又賦詩以樂之。鞏得而賡之者，凡九章。」〔註133〕歐公遭貶，曾鞏作詩讚譽，並爲歐公抱不平，其道德勇氣，令人敬佩。如〈瑯琊泉石篆〉云：

> 陽冰絕藝天下稱，瑯琊石篆新有名。初留泉涯俗誰顧？一日貴重繇先生。古今書法不可數，猶有字本存於經。我於八體未曾學，雖得此字寧能評？……先生七言載其側，爲地自與丘山平。先生抱材置荒郡，有若此字存岩扃。當還先生坐廊廟，悉引萬事歸繩衡。遂收此字入秘府，不使日灼莓苔縈。高材重寶不失一，唐舜湯禹寧非朋。〔註134〕

此詩用字古雅平正；鋪陳其事，加以議論，正是以文爲詩。其中「先生抱材置荒郡，有若此字存岩扃。」乃運用譬喻技巧，以已知說明未知，以具體比喻抽象，使歐陽脩之材更形象化。曾鞏之於歐陽脩，素來極爲敬重，對其被貶滁州一事，有感而發，爲之不平，此詩足洩其不平之氣。第二首〈遊瑯琊山〉云：

> 飛光洗積雪，南方露崔嵬。長淮水未綠，深塢花已開。遠聞山中泉，隱若冰谷摧。初誰愛蒼翠，排空結樓臺。……，先生鸞鳳姿，未免燕雀猜。飛鳴失其所，徘徊此山隈。萬事於人身，九州一浮埃。所要挾道德，不愧丘與回。〔註135〕

此詩肯定歐陽脩之人品與道德，謂其具鸞鳳之資質，可媲美孔子，難免被燕雀般小人猜忌；推崇之意，無以復加。蓋曾鞏之理想，乃將歐陽脩比之於孔子，而將自己比之於顏回。第九首〈幽谷晚飲〉云：

> 先生卓難攀，材眞帝王佐。皎皎眾所病，蜿蜿龍方臥。卷彼天下惠，赴此一郡課。幕府既多暇，山水乃屢過。旌旗

〔註133〕曾鞏撰，〈奉和滁州九詠九首　并序〉，見《曾鞏集》（同註1）上冊，卷第二，《古詩三十三首》，頁27。

〔註134〕曾鞏撰，〈奉和滁州九詠九首〉第一首〈瑯琊泉石篆〉，同註133，頁27～頁28。

〔註135〕曾鞏撰，〈奉和滁州九詠九首〉第二首〈遊瑯琊山〉，同註133，頁28。

拂蒙密，車馬經坎坷。愛此谷中泉，聲響已遠播。〔註 136〕

此詩對歐陽脩愛慕敬仰之情，一如往常，絕未因歐陽脩被貶而改變；詩中尚且爲歐公爲人所嫉，發出不平之鳴。不爲勢屈，不爲利誘，正是曾鞏崇高人格之表現。歐陽脩致仕之時，亦爲之作〈寄致仕歐陽少師〉詩云：

四海文章伯，三朝社稷臣。功名垂竹帛，風義動簪紳。此道推先覺，諸儒出後塵。忘機心皎皎，樂善意循循。大略才超古，昌言勇絕人。抗懷輕紱冕，瀝懇謝陶鈞。耕稼歸莘野，畋漁返渭濱。五年清興屬，一日壯圖伸。北闕恩知舊，東宮命數新。鸞凰開羽翼，驥騄放精神。曠達林中趣，高閑物外身。揮金延故老，置驛候嘉賓。主當西湖月，勾留潁水春。露寒消鶴怨，沙靜見鷗馴。酒熟誇浮蟻，書成感獲麟。激昂疏受晚，沖淡赤松親。龍臥傾時望，鴻冥聳士倫。少休均逸豫，獨往異沉淪。策畫咨詢急，儀刑矚想頻。應須協龜筮，更起爲生民。〔註 137〕

此篇他本題作〈寄致政觀文歐陽少師〉。曾鞏無論於仕途或文壇上，咸受歐陽脩栽培，正值歐陽脩致仕之際，遂作此篇寄贈詩以歌頌之，並表明感恩之意。足見歐陽脩當時德高望隆，具有舉足輕重之地位；而其固辭寵祿，歸就休閒，進退之宜，實爲四方所仰。

曾鞏與王安石酬唱之詩頗夥，其推崇、珍視王安石之情，於詩中亦能看出。如〈寄王介卿〉云：

君材信魁崛，議論恣排闢。如川流渾渾，東海爲委積。如躋極高望，萬物著春色。寥寥孟韓後，斯文大難得。嗟予見之晚，反覆不能釋。〔註 138〕

此詩讚賞安石之文，謂其才情卓越，議論獨特，如汪洋大海；於孟子與韓愈之後，難得有如此氣勢磅礡之鴻文。曾鞏不僅與安石志趣相

〔註 136〕曾鞏撰，〈奉和滁州九詠九首〉第九首〈幽谷晚飲〉，同註 133，頁 28。
〔註 137〕曾鞏撰，〈寄致仕歐陽少師〉，同註 119，頁 99～頁 100。
〔註 138〕曾鞏撰，〈寄王介卿〉，同註 133，頁 18～頁 19。

投，且視安石爲知音，頗有相見恨晚之感；二人可謂以文會友、以友輔仁者也。〔註 139〕其〈江上懷介甫〉云：

江上信清華，月風亦蕭灑。故人在千里，樽酒難獨把。由來懶拙甚，豈免交遊寡。朱絃任塵埃，誰是知音者？〔註 140〕

曾鞏於江畔獨酌，懷念故舊好友；其自謂懶拙，交遊不廣，任由灰塵沾滿鳴琴，無人善於傾聽其音。言下之意，頗有知音難逢之感慨。後來曾鞏於變法方面，看法與安石有異，遂爲詩以忠告之，其〈過介甫歸偶成〉云：

結交謂無嫌，忠告期有補。直道詎非難，盡言竟多迕。知者尚復然，悠悠誰可語？〔註 141〕

誠所謂君子贈人以善言，多年之友情，使胸懷坦蕩之曾鞏，直言不諱以諍友，冀能盡良友忠告之情，不料直言竟損傷彼此情感。其於〈酬介甫還自舅家書所感〉有云：

旱氣滿原野，子行歸舊廬。籲天高未動，望歲了何如。荒土欲生火，涸溪容過車。民期得霖雨，吾豈灌園蔬。〔註 142〕

曾鞏目睹乾旱造成民間疾苦，遂取材於社會現實，在唱和詩中表達其憂國憂民之情懷，冀望安石以天下蒼生爲重；其對安石之忠告，懇切眞摯。

以上皆爲曾鞏酬答唱和之詩，內容廣泛，意味深長，絕與一般只重交際酬和、毫無意義之贈答詩有異。

二、曾鞏詩歌之寫作藝術特色

一般人均以歐陽脩、王安石、蘇軾、黃庭堅爲北宋詩壇四大家。平心而論，曾鞏詩作雖無法與以上四大家相抗衡；然因其曾直接參與北宋詩文革新運動，詩歌創作體現宋詩「以文爲詩」、「以議論爲詩」

〔註 139〕曾鞏曾撰〈發松門寄介甫〉云：「此言此笑吾此取，非子世孰吾相投。」（同註 101），頁 41～頁 42。此曾鞏自述與王安石志趣相投。

〔註 140〕曾鞏撰，〈江上懷介甫〉，同註 101，頁 43。

〔註 141〕曾鞏撰，〈過介甫歸偶成〉，同註 111，頁 63。

〔註 142〕曾鞏撰，〈酬介甫還自舅家書所感〉，同註 114，頁 101～頁 102。

之特色，故而於北宋詩壇自應佔有一席之地。

曾鞏雖不以詩馳名，然其詩不僅題材多元化，尚以平淡樸質之詩語，表現個人正直忠貞之思想與節操，使詩趣與哲理融合。或寄託本身之苦悶，或對人民寄予同情，或發爲愛國之絕唱，直接表達眞性情，充分表現現實生活。含蓄雋永，寓意深遠，溫柔敦厚，情感眞摯；不僅擴展詩歌內涵，亦提昇詩歌意境，爲說理詩樹立良好之典範，具有值得後人稱道之特色。

綜觀曾鞏之詩歌，在主題內涵、哲理思想、詩歌風格、抒情寫景四方面，饒富特色。

（一）在主題內涵方面，溫柔敦厚，思想純正

詩須有感而發，不能無病呻吟；換言之，詩歌須有充實之內容。言志抒情，乃中國古代詩歌之傳統，曾鞏亦繼承此一優良傳統，作詩時構思精練深邃，表達純正之思想。

《論語・爲政》云：「子曰：『《詩三百》，一言以蔽之，曰思無邪。』」〔註143〕《論語・八佾》云：「子曰：『〈關雎〉樂而不淫，哀而不傷」〔註144〕《論語・陽貨》亦云：「子曰：『小子何莫學夫《詩》，《詩》可以興、可以觀、可以群、可以怨，邇之事父，遠之事君，多識於鳥獸草木之名。」〔註145〕曾鞏詩不僅歌詠小我之悲喜，且包容對社會國家之關懷，誠可謂得性情之正者也。〔註146〕

無論家庭生活或仕宦生涯，曾鞏一生可謂充滿逆境，然其並未怨天尤人，反而積極創作，於作品中表現自己對國家社會乃至人民之熱

〔註143〕見《論語注疏》（魏・何晏等注，宋・邢昺疏，《十三經注疏》本，臺北：東昇出版事業公司，民國69年）〈爲政〉第二，頁16。劉熙載撰《藝概・詩概》謂「思無邪」，「思」字中境界無盡，惟所歸則一耳。（見《藝概》，同註67，卷二，頁80。）

〔註144〕見《論語注疏》（同註143）〈八佾〉第三，頁30。

〔註145〕見《論語注疏》（同註143）〈陽貨〉第十，頁156。

〔註146〕劉熙載撰《藝概・詩概》謂天之福人也，莫過於予以性情之正；人之自福也，莫過於正其性情。（見《藝概》，同註67，卷二，頁81。）

情，而此種熱情乃冷靜持續、永不止息之高尚情懷。故其反映民情之詩，咸出自愛民憂民之偉大胸襟，有豐富深邃之思想。此外，曾鞏詩尚有對朝廷流露不滿情緒者，如〈胡使〉：

南粟鱗鱗多送北，北兵林林長備胡。胡使一來大梁下，塞頭彎弓士如無。折衝素恃將與相，大策合副艱難須。還來里閭索窮下，斗食尺衣皆北輸，中原相觀歎失色，胡騎日肥妖氣粗。九州四海盡帝有，何不用 胡藩北隅？〔註 147〕

此詩關心政治局勢，描述北宋王朝與遼、西夏二國之關係，由於政策不當，使情勢異常緊張。宋自眞宗初年與遼訂下「澶淵盟約」後，每年將大量銀、絹輸往遼國，復耗費大量軍餉於邊境屯兵。統治者與將相之無能，使國家瀕臨危急存亡之關頭，在位之官員卻爲軍需冗費而搜刮民脂民膏，令曾鞏爲中原失色與百姓疾苦擔憂歎息。其於〈晚望〉云：

蠻荊人事幾推移，舊國興亡欲問誰？鄭袖風流今已盡，屈原辭賦世空悲。深山大澤成千古，暮雨朝雲又一時。落日西樓憑檻久，閑愁唯有此心知。〔註 148〕

此詩藉昔日楚國興亡命運，抒發思古之幽情，曾鞏以國家興亡爲己任，其愛國情操、政治熱忱，可媲美唐代「詩聖」杜甫〔註 149〕；體現一貫之儒家思想，稱之爲「愛國詩人」或「社會寫實詩人」，亦當之無愧。因宋朝面臨內憂外患，曾鞏憑欄眺望楚地之深山大澤，更加憂心忡忡，遂作〈晚望〉一詩。昔日楚懷王寵幸長袖善舞之鄭袖，

〔註 147〕曾鞏撰，〈胡使〉，同註 103，頁 7～頁 8。

〔註 148〕曾鞏撰，〈晚望〉，同註 119，頁 84～頁 86。

〔註 149〕杜甫〈奉贈韋左丞丈二十二韻〉詩云：「自謂頗挺出，立登要路津；致君堯舜上，再使風俗淳。」（見《杜詩鏡詮》，唐・杜甫著，清・楊倫編輯箋注，臺北：華正書局，民國 70 年 5 月初版，卷之一，頁 24～頁 26。）〈自京赴奉先縣詠懷五百字〉所謂「杜陵有布衣，老大意轉拙。許身一何愚，竊比稷與契。」（見《杜詩鏡詮》，卷之三，頁 108～頁 112。）可知杜甫之思想洵屬入世之儒家思想。杜詩沉鬱頓挫，律切精深，善陳時事，號稱詩史。曾鞏亦從事寫實主義之詩歌創作，故謂可媲美杜甫。

使楚加速滅亡；卻未重用忠心耿耿之屈原，致國家失去忠臣，政治更為腐敗。鞏藉此一史實，反映北宋當時之歷史狀況，亦瀕臨同樣之危機。此詩與杜甫〈春望〉:「國破山河在，城春草木深。感時花濺淚，恨別鳥驚心。烽火連三月，家書抵萬金。白頭搔更短，渾欲不勝簪。」〔註 150〕有異曲同工之妙。

（二）在寫作手法方面，以文為詩，饒富哲理

錢鍾書〈《宋詩選註》序〉云:「有唐詩作榜樣是宋人的大幸，也是宋人的大不幸。看了這個好榜樣，宋代詩人就學了乖，會在技巧和語言方面精益求精；同時，有了這個好榜樣，他們也偷起懶來，放縱了摹仿和依賴的惰性。瞧不起宋詩的明人說它學唐詩而不像唐詩，這句話並不錯，只是他們不懂這一點不像之處，恰恰就是宋詩的創造性和價值所在。」〔註 151〕詩是唐朝文學之主流，唐詩特重情韻；而北宋詩人欲超越唐詩之藩籬，即在言理方面力求創新，尚議論、重氣骨，冀能擺脫華豔怪僻之不良風尚。宋・陳師道《後山詩話》云:「退之以文為詩，子瞻以詩為詞，如教坊雷大使之舞，雖極天下之工，要非本色。」〔註 152〕自唐・韓愈以文為詩以後，迨宋・歐陽脩、王安石、蘇軾等人，變於唐而出其所自得，諸人之詩歌於布局上亦多採古文章法，鋪敘與議論皆可入於詩，宋詩遂漸朝散文化、議論化，以及言理之方向發展。宋・劉克莊《後村詩話》云:「歐公詩如昌黎，不當以詩論。」〔註 153〕意指宋人如歐陽脩之詩，亦效韓愈以文為詩，屬文人之詩、押韻之文，並非眞正之詩。金・王若

〔註 150〕杜甫撰，〈春望〉，同註 149，頁 128～頁 129。

〔註 151〕錢鍾書撰，〈《宋詩選註》序〉，見《宋詩選註》（錢鍾書注，臺北：木鐸出版社，民國 73 年 9 月）頁 1～頁 29。

〔註 152〕宋・陳師道著，《後山詩話》，見《歷代詩話》（清・何文煥編輯，臺北：漢京文化事業有限公司，民國 72 年 1 月 1 日）一冊，頁 309。

〔註 153〕宋・劉克莊著，《後村詩話》（臺北：廣文書局，《古今詩話叢編》，民國 60 年 9 月）上冊，前集，卷二，頁 2。

虛〈文辨〉云：「散文至宋始是眞文字，詩則反是矣！」〔註 154〕是知王若虛亦不喜宋詩。而曾鞏無論詩文咸受時代風氣影響，其詩歌最常採「賦」之手法，尤其是古體詩，因多尚賦而比興顯得較少，且喜鋪敘、議論或夾敘夾議，往往使其詩近似押韻之散文，允爲宋詩之典型。丁慧娟撰《曾鞏詩研究——以「破體爲詩」爲例》，乃就「以史爲詩」、「以畫爲詩」、「以文爲詩」、「以賦爲詩」四方面，闡述曾鞏「破體爲詩」之內在變革，進而呈現其詩之風格特質。其中自「以史爲詩」、「以畫爲詩」二方面，論述曾鞏「破體爲詩」之內容因革；自「以文爲詩」、「以賦爲詩」二方面，探討曾鞏「破體爲詩」之之技巧突破。〔註 155〕是知曾鞏詩無論於內容或技巧，饒富時代色彩。

曾鞏詩歌具有宋詩議論化、散文化之特色，常鋪敘展衍，努力於詩意、史實與哲理之結合。蓋文、史、哲三家之藩籬，往往無法區分；文學家與史學家、哲學家之關係，亦密不可分。曾鞏誠屬極富史學素養與哲學思想之詩人，針對國家社會以及人生之問題，常以議論說理，以理入詩，發表其政治、歷史觀點，暨社會、哲學思想。如〈湘寇〉云：

> 衡湘有寇未誅剪，殺氣凜凜圍江潯。北兵居南匪便習，若以大舶乘高岑。傖人操兵快如鶻，千百其旅巢深林。超突溪崖出又伏，勢變不易施戈鐔。能者張弓入城郭，連邑累鎮遭驅侵。群黨爭誇殺吏士，白骨棄野誰棺衾？貔貅數萬直何用？月費空已逾千金。楚爲貧鄉乃其素，應此調發寧能禁？捷如馬援不得志，強曳兩足登嶔崟。烏蟻睢盱倚岩險，此慮難勝端非今。較然大體著方冊，唯用守長懷其心。況良張僑乃眞選，李瑑道古徒爲擒。嗚呼廟堂不愼擇，彼士齪齪何能任？大中咸通乃商鑒，養以歲月其憂深。願書

〔註 154〕同註 96。

〔註 155〕丁慧娟撰，《曾鞏詩研究——以「破體爲詩」爲例》（國立中山大學中國文學研究所碩士論文，民國 85 年 6 月）提要。

此語致太守，獻之以補丹扆箴。〔註 156〕

作者以敘述方式直抒胸臆，表達對消除寇患之看法，直言朝廷用人不當，非但除寇無方，討伐無功，反而使湘寇勢力坐大；除以詩記載史實外，尚進一層提出己見，冀望朝廷慎選地方官吏，以保國家社會之安定，切莫讓庸才專恣，更不要浪費人力、用兵擾民。此詩議論化、散文化，穩健踏實，客觀反映當時社會不安，適切表達作者對國事之關注，並冀望在位者因此詩之進言，而深思熟慮。其〈邊將〉云：「當今羌夷久猖獗，兵如疽癰理須決。堂堂諸公把旄鉞，碩策神韜困羈紲。」〔註 157〕此詩表達羌夷猖獗已久，國容軍政不可亂，且對朝廷兵制，陳述己見，認為當時邊將在外，須由朝廷控制作戰之規定，反而使軍隊不能在戰場上獲得勝利。以文入詩，大發議論。如前述〈胡使〉〔註 158〕一詩，指朝廷對胡人態度軟弱，胡使入關，邊將卻無可奈何，令曾鞏憂心忡忡；其對朝廷剝削榨取百姓膏血以媚胡人，更表現出極大憤慨，乃以散文化之詩句，直接敘述其感慨，間接挖苦朝廷，時有議論嘲諷，極具勸諫性與諷刺性，允為曾鞏古體詩之上品。

縱使是寫景詩，曾鞏亦不忘寓理於景，其運用理語皆有勝境，使情趣與理趣横生，此種理趣泰半呈現人生哲理，使作者有所寄託，而讀者亦可從中獲得啓示。如〈甘露寺多景樓〉云：

> 欲收嘉景此樓中，徙倚闌干四望通。雲亂水光浮紫翠，天含山氣入青紅。一川鍾唄淮南月，萬里帆檣海外風。老去衣衿塵土在，祇將心目羨冥鴻。〔註 159〕

自古詩人、詞人登高遠望，常藉聞見抒發內心感觸。最著名者，莫若唐朝王之渙〈登鸛鵲樓〉〔註 160〕勸勉人們追求理想，必須不斷奮勉

〔註 156〕曾鞏撰，〈湘寇〉，同註 117，頁 46～頁 47。
〔註 157〕曾鞏撰，〈邊將〉　同註 117，頁 48。
〔註 158〕曾鞏撰，〈胡使〉，同註 147。
〔註 159〕曾鞏撰，〈甘露寺多景樓〉，同註 127，頁 118。
〔註 160〕唐・王之渙撰〈登鸛鵲樓〉云：「白日依山盡，黃河入海流；欲窮千里目，更上一層樓。」見《唐詩三百首詳析》（臺北：臺灣中華書局編輯部編，民國 69 年 3 月），頁 274。

上進。崔顥〈黃鶴樓〉〔註 161〕弔古懷鄉、即景生感。曾鞏〈甘露寺多景樓〉亦爲登臨詩，描寫其倚樓遠眺，雲海、水色、山光，或紫翠或青紅，呈現斑斕色彩。繼而聽到廟中梵唱之聲，且看見天空中皎潔之明月，充分表現一片曠達悠遠之情，兼具聽覺與視覺之美。末二句略帶消極口吻，以風塵僕僕、歷盡滄桑之年老心情發出慨嘆，羨慕暮色中之冥鴻，鴻飛冥冥，自己亦不知何去何從，表達不如歸去之情懷；略帶「生年不滿百，常懷千歲憂」〔註 162〕之愁緒，亦有「憑誰問，廉頗老矣，尚能飯否？」〔註 163〕之落寞惆悵。誠所謂『獨自莫憑欄』之感傷。清人劉熙載《藝概・詩概》云：「余謂詩或寓義於情而義愈至，或寓情於景而情愈深，此亦《三百五篇》之遺意也。」〔註 164〕曾鞏以眞情實感說理，而理窮萬事之變，誠爲寓義于情而義愈至者也。

（三）在詩歌風格方面，古樸質實，清淡婉約

由於宋人不講字句之奇，清人劉熙載《藝概・詩概》云：「質而文，直而婉，雅之善也。」〔註 165〕曾鞏詩語，在文字上力求樸質自然、清婉平淡〔註 166〕，致其詩古樸質實〔註 167〕、自然典雅，有含蓄

〔註 161〕唐・崔顥撰〈黃鶴樓〉云：「昔人已乘黃鶴去，此地空餘黃鶴樓。黃鶴一去不復返，白雲千載空悠悠。晴川歷歷漢陽樹，芳草萋萋鸚鵡洲。日暮鄉關何處是，煙波江上使人愁。」見《唐詩三百首詳析》（同註 160）頁二一四～頁 215。此詩遂令詩仙李白有「眼前有景道不得，崔顥題詩在上頭」之歎。

〔註 162〕見漢朝《古詩十九首》，〈生年不滿百〉。

〔註 163〕見宋・辛棄疾〈永遇樂〉（京口北固亭懷古）。

〔註 164〕清・劉熙載撰〈詩概〉，見《藝概》（同註 67）卷二，頁 51。

〔註 165〕同註 164，〈詩概〉，頁 52。

〔註 166〕關於平淡，清人潘德輿撰《養一齋詩話》謂一唱三嘆，由於千錘百鍊。今人都以平澹爲易易，知其未喫甘苦來。（見《養一齋詩話》，《清詩話續編》本，郭紹虞編，臺北：藝文印書館，民國 74 年 9 月初版，卷三，頁 2046）可見詩欲造平淡，並非易事；而曾鞏詩亦有平淡樸素之特色，此又與當代詩人梅堯臣深遠閑淡相似。

〔註 167〕所謂質實，清人潘德輿撰《養一齋詩話》謂其學詩數十年，近始悟詩境全貴「質實」二字，蓋詩本是文采上事，若不以質實爲貴，則文濟以文，文勝則靡矣。此「修辭立誠」之旨也。凡悅人者，未有不欺人

蘊藉、和平大雅之風格，予人持續平靜之感受。

曾鞏之古體詩吸收散文結構，敘述手法古拙樸質、覃思精微，體現其豁然坦蕩之胸懷。其近體詩則較清淡婉約，頗有韻味，尤其是寫景詩，令讀者得嗅自然之新鮮空氣，引起內心之共鳴。尤其是曾鞏知齊州所作七言律詩，大多嚴守格律，風格質樸淳美，或託物言志，或借景抒情，咸爲佳作。離開齊州後，在南方任職所作之絕句，文質並重，語出自然，風格則轉爲清秀淡雅。

曾鞏有待時而沽之情懷，其於〈隆中〉云：「志士固有待，顯默非茍然。孔明方微時，息駕隆中田。出身感三顧，魚水相後先。」〔註168〕因其爲人敬謹厚重、憂深思遠，作詩亦和平直摯、懇切溫婉。其對國家社會有捨我其誰之關懷與責任感，縱然世莫知我，然其並無怨刺之意，乃藉詠史懷古、思念先賢，由敘事中抒情，以表達竭盡忠誠、待用於時之本意。其言和而莊，雖哀而不怨，使作品產生典雅和諧之美。

由藝術作品之內容與情感，可以想見作者之道德修養；曾鞏耳目不違心、思慮不違親，令其詩作更加眞誠敦厚，喜怒哀樂之情感，咸節之以理性，此特色披露於各種題材上。如〈戲書〉二首云：

> 家貧故不用籌算，官冷又能無外憂。交遊斷絕正當爾，眠飯安穩餘何求？君不見、黃金滿籯要心計，大印如斗爲身讎。妻孥意氣賓客附，往往主人先白頭。〔註169〕
>
> 集賢自笑文章少，爲郡誰言樂事多。報答書題親筆硯，逢迎使客聽笙歌。一心了了無人語，兩鬢蕭蕭奈老何。還有不隨流俗處，秋毫無累損天和。〔註170〕

者也。末世詩人，求悅人而不恥，每欺人而不顧。若事事以質實爲的，則人事治矣。若人人之詩以質實爲的，則人心治而人事亦漸可治矣。詩所以厚風俗者此也。質則不悅人，實則不欺人。（見《養一齋詩話》，同註166，卷三，頁2044）曾鞏詩骨幹堅直，即具不悅人、不欺人之質實特色。

〔註168〕曾鞏撰，〈隆中〉，同註123，頁73。

〔註169〕曾鞏撰，〈戲書〉，同註111，頁61。

〔註170〕曾鞏撰，〈戲書〉，同註127，頁112。

前首以古詩爲之，後首以律詩爲之，同是作者敘述自我調適之心態。即令家境貧寒、官位清冷，仍安貧樂道、甘之如飴。只求食飽眠足，別無所求；追求功名富貴須費盡心思，犯不著勞心竭力去求官位。平日交遊絕少，縱使有高朋勝友，千里逢迎，絕不隨俗浮沉。由此二詩可知曾鞏心胸寬闊、性情敦厚，故能表現出瀟灑超脫、婉約不迫之詩風。

（四）在抒情寫景方面，寫情真摯，刻畫入微

宋詩言理不言情，故曾鞏之抒情詩比言理詩少。然因人性靜而情動，其仍有發乎深情之詩。仁宗嘉祐七年（西元 1062 年）二月，曾鞏之元配晁德儀病重不救，爲追悼亡妻，遂作〈合醬作〉詩云：

> 孺人捨我亡，稚子未堪役。家居拙經營，生理見侵迫。海鹽從私求，廚麵自官得。揀荳連數晨，汲泉候將夕。調撓遵古書，煎熬需日力。庶以具藜羹，故將供膾食。豈有寄徑憂，提瓶無所適。但慚著書非，覆瓿固其職。〔註 171〕

晁德儀，字文柔，開封府祥符縣人，光祿少卿晁宗洛之長女。仁宗慶曆元年（西元 1041 年）春，曾鞏經由宰相呂夷簡爲媒，與晁德儀訂下此門親事。結果曾鞏落榜，晁德儀之父十分勢利，堅決反對婚事。而晁德儀對曾鞏早有愛慕之心，誓不悔婚，遂於曾鞏人生最落魄之時，不顧父親反對，自開封嫁至南豐，成爲曾鞏之賢內助。二人剛成家時，捉襟見肘；而晁德儀人如其名，不但爲人和順、柔情似水，且生活儉樸，積極鼓勵丈夫努力向上。二人胼手胝足、同甘共苦十餘年，至仁宗嘉祐七年（西元 1062 年），家中經濟已逐漸好轉，晁德儀卻卒於京師。年年歲歲花照開，歲歲年年人不在；愛妻之逝世，致曾鞏遭受重大打擊。每每追念，不禁淚落；生別惻惻，故而以詩抒發哀思。此詩發乎至情，思致明晰，情意盎然，深情綿邈。詩中記敘晁德儀死後，曾鞏家庭生活之窘迫。情意眞摯深沉，

〔註 171〕曾鞏撰，〈合醬作〉，同註 111，頁 63～頁 64。

絕非虛情假意。〔註 172〕

神宗熙寧四年（西元 1071 年），曾鞏知齊州（今山東濟南）軍州事，不僅政績顯著，並以充沛活力從事文學活動。其中詩歌創作獲得豐碩成果。今觀曾鞏四百餘篇詩作，於齊州創作者有七十餘首，約達六分之一；其中多以湖光山色爲題材，娛情寫物，寄情于景，感物吟志，屬思千里。而曾鞏於此時亦作詩表達思親之情，如〈喜二弟侍親將至　京師書多言二弟爲縣之美〉云：

> 嗟予懷抱徒蠢蠢，二弟胸中何落落。政如魯衛各馳騁，文似機雲飽磨琢。坐曹風義動江淮，爲縣生名到京洛。鴻雁峨峨並羽儀，堂棣韡韡聯跗鄂。我於兩處抱饑渴，恨寄一官如束縛。周南留滯勿復論，平陸可來無厭數。慈親況不倦行役，官長幸復寬期約。似聞笑語已彷彿，想見追隨先踴躍。共眠布被取溫暖，同舉菜羹甘淡薄。山花得折隨好醜，村酒可醉無清濁。屈伸有命更無疑，細故偶然皆可略。春風爲予送帆檣，速放船頭來此泊。〔註 173〕

曾鞏與二弟猶如陸機、陸雲般，文章相互琢磨；長久以來，兩人卻奔走於二地。如今，二弟將侍奉母親至京師與之相聚，遂令曾鞏雀躍不已。全詩藉生活細節之描述，顯現手足相親相愛、患難與共之情懷；詩末方點出自己渴望與家人團聚，以宣洩作者思親之眞情。而「恨寄一官如束縛」句，更表現作者因長年累月仕宦他鄉，不能常伴親側之遺憾。

蘇軾〈超然臺記〉云：「凡物皆有可觀，苟有可觀，皆有可樂，非必怪奇瑋麗者也。」曾鞏作寫景詩，亦始終秉持此種心態。若神宗

〔註 172〕清人劉熙載撰《藝概．詩概》謂不發乎情，即非禮義，故詩要有樂有哀；發乎情，未必即禮義，故詩要哀樂中節。（見《藝概》，同註 67，卷二，頁 81。）由〈合醬作〉視之，曾鞏作詩能發乎情，且哀樂中節。

〔註 173〕曾鞏撰，〈喜二弟侍親將至　京師書多言二弟爲縣之美〉，同註 111，頁 61。神宗熙寧五年（西元 1072 年），曾鞏知齊州時，得二弟曾宰將陪伴母親至任所之消息時，欣喜若狂，遂作此詩，寄情於事。是知曾鞏藉詩抒懷，乃悲歡有主、啼笑有根，十分貼切。

熙寧十年（西元 1077 年），知福州時，寫作三十餘首詩，理明句順、氣斂神藏；如〈西樓〉與〈城南二首〉，清雋可喜，後代選家多選錄之。〈西樓〉云：

> 海浪如雲去卻回，北風吹起數聲雷。朱樓四面鉤疏箔，臥看千山急雨來。〔註 174〕

此爲曾鞏在福州任職期間，於紅樓中凝視雨前自然景象，有海浪、北風、雷聲、千山、急雨，誠爲山雨欲來風滿樓；而作者卻能超然物外、如癡如醉、大飽眼福，享受清景無限之情趣。全詩清新淡雅、樸實無華，寫景、狀物、抒情融爲一體，栩栩如繪，頗能引人入勝。又〈城南二首〉云：

> 雨過橫塘水滿堤，亂山高下路東西。一番桃李花開盡，惟有青青草色齊。
>
> 水滿橫雨過時，一番紅影雜花飛。送春無限情惆悵，身在天涯未得歸。〔註 175〕

此與〈西樓〉同爲曾鞏晚年通俗平淡、圓熟自然之詩作。此詩描寫福州城南郊外自然風光，由「一番桃李花開盡」「送春無限情惆悵」二句，可知時間爲暮春。題材雖皆日常生活中常見之景物，然其以特寫鏡頭，捕捉城南暮春雨後之景。下雨過後，雨水漲滿堤面與橫塘，遠方之千山與地上之青草爲雨水沖淨，益顯嫵媚，充滿生機；唯嬌柔之桃花、李花，不堪摧殘，落花紛飛。全詩鏡頭先由近而遠，再由遠而近，次則由低而高，再由高而低，描寫迷濛、闊遠、渺茫、冷寂之景，呈現一幅暮春山水畫，並道出怡然自得之心情。其中第一首寫晚春之景物，爲客觀寫景。近人劉福龍評云：「《城南》詩寥寥四句，有水、有山、有花、有草，繪形繪色，春末雨後清麗的風光，既有詩情，又有畫意，可謂一幅春末風光畫。」「這首詩語言平易自然，如行雲流水，短短四句，每句都有極奇妙的字。如『滿』、『亂』、『盡』、『齊』

〔註 174〕曾鞏撰，〈西樓〉，見《曾鞏集》（同註 1）上冊，卷第八，《律詩八十首》，頁 132。

〔註 175〕曾鞏撰，〈城南二首〉，同註 174，頁 131。

等，每字都含意深刻且恰如其分，眞可謂傳神妙筆。」〔註 176〕可謂極其推崇，曾鞏此詩的確落筆面面圓、字字圓。而第二首前二句寫景，末二句：「送春無限情惆悵，身在天涯未得歸。」進一步直接抒情，將作者自我之情感、思想，融於景物之中，允稱情景交融之作。

詩難於詠物，曾鞏卻有許多看花詩，筆觸細膩，充滿熱情；意興所至，花鳥苔林，咸爲筆下題材。如〈會稽絕句三首〉云：

花開日日去看花，遲日猶嫌影易斜。莫問會稽山外事，但將歌管醉流霞。

花開日日插花歸，酒盞歌喉處處隨。不是心閑無此樂，莫教門外俗人知。

年年穀雨愁春晚，況是江湖兩鬢華。欲載一樽乘興去，不知何處有殘花。〔註 177〕

此三首詩表面寫會稽賞花、樂在其中之情趣，實則爲作者樂於恬靜生活之心靈告白。第一首表達不必管世俗之事，只要盡情欣賞美景，陶醉於音樂之心情。第二首敘述其心境閒靜，故能享受安恬寧靜之意境。第三首則寫暮春時節，作者尚欲攜一壺酒去賞花；方是時，曾鞏流落江湖，仍有攜酒賞花之閒情逸趣，可見曾鞏潔身自好、超逸脫俗之品格。劉熙載《藝概．詩概》云：「東坡〈題與可畫竹〉云：『無窮出清新。』余謂此句可爲坡詩評語，豈偶借與可以自寓耶？杜於李亦以清新相目。詩家『清新』二字，均非易得。元遺山於坡詩，何乃以新譏之？」〔註 178〕詩不清則蕪，曾鞏摒棄塵俗，心境澄淡，其寫花詩語言清新，天然之韻，頗有機趣，耐人咀嚼。另一詩〈山茶花〉云：

山茶花開春未歸，春歸正值花盛時。蒼然老樹昔誰種？照耀萬朵紅相圍。蜂藏鳥伏不得見，東風用力先噓吹。追思前者葉蓋地，萬木慘慘攢空枝。寒梅數綻少顏色，霰雪滿

〔註 176〕劉福龍撰，〈一幅春末風光畫——讀曾鞏的《城南》詩〉，見《撫州師專學報》社會科學版（江西　撫州師專，西元 1988 年第四期，總第十九期），頁 49～頁 50。

〔註 177〕曾鞏撰，〈會稽絕句三首〉，同註 119，頁 94。

〔註 178〕見《藝概》（同註 67）〈詩概〉，卷二，頁 67。

眼常相迷。豈如此花開此日，絳豔獨出凌朝曦。爲憐勁意似松柏，欲搴更惜常依依。山榴淺薄豈足比，五月霧雨空芳霏。〔註 179〕

作者亦以詩人之眼光，去挖掘、欣賞周遭詩情畫意之物。〔註 180〕此首古詩使山茶花超群脫俗、堅韌挺拔之性格，呼之欲出。〔註 181〕然而詩中之意，不能以題盡之，亦借自然景物以寄託其心中之鬱結。〔註 182〕頗有超然之致〔註 183〕，適足以開拓讀者心胸。

第五節　結　語

南朝梁・劉勰《文心雕龍・宗經》有云：「夫文以行立，行以文傳。」〔註 184〕美好之文章，須靠作者高尚之道德，方能有所樹立；而作者高尚之道德，亦須依靠文章流傳後世。曾鞏儒學氣息濃厚，加以師承歐陽脩，宋初正逢太平盛世，曾鞏深得歐陽脩之眞傳，以散文稱霸文壇，時人遂以「歐曾」並稱，其文學作品於中國文學史上，佔有重要地位。

〔註 179〕曾鞏撰，〈山茶花〉，同註 109，頁 26。

〔註 180〕清人劉熙載《藝概・詩概》謂花鳥纏綿，雲雷奮發，紘泉幽咽，雪月空明：詩不出此四境。〈見《藝概》，同註 67，卷二，頁 84。〉

〔註 181〕凡學詩者，無不知要有眞性情，性情爲渾然之物，使天下後世見其所作，如見其人，如見其性情。（見《東洲草堂文鈔》，同治六年長沙刻本，卷五。）曾鞏隨遇而安、陶然忘機之性格，皆浸潤於詩歌中，故而能萬物靜觀皆自得，四時佳興與人同。

〔註 182〕蓋詩貴有寄託，所貴者流於不自知，觸發於弗克自已。如感時之作，常借景以形之，不言正意，而言外有無窮感慨。至於詠物之作，亦常借物以寓性情，凡身世之感，君國之憂，隱然蘊於其內。曾鞏詠物詩亦寄託遙深，非沾沾焉詠一物矣。

〔註 183〕詩人對宇宙人生，須入乎其內，又須出乎其外，乎其內，故能寫之。出乎其外，故能觀之。入乎其內，，故有生氣。出乎其外，故有高致。〈見王國維《人間詞話》，臺北：漢京文化事業有限公司，民國 69 年 9 月十日初版，頁 35，第六〇則。）曾鞏對山茶花孤芳自賞，益見其孤傲清高，絕不同流合污之高尚情操。

〔註 184〕同註 3。

曾鞏之文學主張，強調先道後文、文道合一，以適天下之用，洵爲正統古文家文論之代表。其平生之偉製，盡在散文，無論於議論說理，或鋪敘描述，咸意定而後敷辭，體具而後取勢，宣達思理，綱維全篇；述事適如其事，才、學相輔相成，兼顧時代性、實用性與藝術性，並呈現簡嚴靜重、自然平易之特徵。且因其取法經典，使散文作品內容更加深醇，而文辭較爲雅淡，散文風格趨於嚴而峻、密而古，遂形成溫醇典雅、古樸雅正之特色。

曾鞏雖以文而掩其詩名，然由其詩歌作品，可知其詩才與歐陽脩、王安石並駕。曾鞏個性務實，儒家之入世思想，使其具有從事政治之熱情，故其詩文皆情感沉鬱、心境曲折，表現憂國憂民之情懷，同情人民地位卑微，慨嘆人類生命脆弱，並苦於個人長才無法施展。〔註 185〕一般人認爲詩歌之任務，在探求散文無可企及之無窮韻味，以此角度視之，或謂其詩不夠突出，甚至謂其不能詩。然曾鞏樸質平淡之詩風，及以文爲詩、好用賦體之鋪敘方式，極能呈現北宋詩歌之時代風尚；加以其詩泰半能抒寫眞情實感，是故不乏佳篇。

詞之創作至宋代臻於高峰，唐宋八大家中，以蘇軾於詞成就最高；而曾鞏畢生致力於散文與詩歌創作，至於詞作，據陳杏珍、晁繼周點校之《曾鞏集》，詞僅一闋，爲〈賞南枝〉。其內容是：

> 暮冬天地閉，正柔木凍折，瑞雪飄飛。對景見南山，嶺梅露、幾點清雅容姿。丹染萼、玉綴枝。又豈是、一陽有私。大抵是、化工獨許，使占卻先時。　　霜威莫苦凌持，此花根性，想群卉爭知。貴用在和羹，三春裏、不管綠是紅飛。攀賞處、宜酒卮。醉撚嗅、幽香更奇。倚闌干、仗何人去，囑羌管休吹。〔註 186〕

〔註 185〕曾鞏之詩格與詩品，正是出於其人格與人品。清人劉熙載撰《藝概・詩概》謂「詩格」，一爲品格之格，如人之有智愚賢不肖也；一爲格式之格，如人之有貧富貴賤也；而詩品出於人品（見《藝概》，同註 67，卷二，頁 82。）

〔註 186〕見《曾鞏集》（同註 1）下冊，卷第八，《輯佚詩三十三首詞一首文七十八首》，頁 731～頁 732，《詞一首》〈賞南枝〉。陳杏珍、晁繼周輯佚此此闋詞公認爲是曾鞏碩果僅存之詞作。詞屬長調，內容描寫梅花之生長季節、環境，以及其形態、特性，不僅平鋪直敘，且加以議論。大陸學者馬興榮撰〈論曾鞏詞〉，考證現存曾鞏詞有二闋，除〈賞南枝〉外，尚有〈洞庭春色〉。〔註 187〕〈洞庭春色〉於《梅苑》中，載於〈賞南枝〉之後，然未列作者姓名，故一般學者對此闋詞是否爲曾鞏詞作仍存疑。宋人胡仔撰《苕溪漁隱叢話》引李清照語云：「王介甫、曾子固文章似西漢，若作一小歌詞，則人必絕倒，不可讀也。」〔註 188〕因曾鞏本非詞人〔註 189〕，故其詞不可讀、亦不必讀。

魏文帝〈典論論文〉云：「蓋文章經國之大業，不朽之盛事，年壽有時而盡，榮樂止乎其身，二者必至之常期，未若文章之無窮。是以古之作者，寄身於翰墨，見意於篇籍，不假良史之辭，不託飛馳之勢，而聲名自傳於後。」〔註 190〕曾鞏亦視文學作品爲經國之大業，肯定文學作品對國家社會具有政教功能，確認文學與人生息息相關。因其理充於腹而文隨之，加以個性嚴謹而保守，創作時常由物及事、由事及理，理扶質以立幹，難免有說教之意味；於取材方

闋詞，其下注云：「輯自唐圭璋編《全宋詞》。此首詞原見《梅苑》卷一。」而《梅苑》係宋人詞選，爲南宋初黃大輿編，凡十卷，按詞牌編排。其中卷一選錄〈賞南枝〉，並列出作者姓名爲曾子固。

〔註 187〕馬興榮撰，〈論曾鞏詞〉，見《撫州師專學報》社會科學版（江西，撫州師專，西元 1988 年第四期，總第十九期）頁 6～頁 8。據馬興榮之說，〈洞庭春色〉於《梅苑》中，被選錄於卷一〈賞南枝〉之後；且《歷代詩餘》卷八十三及卷八十八咸載有此闋詞，且署名作者爲曾鞏。故而其云：「至此，我們可以說曾鞏現存的詞不是一首，而是兩首，那就是〈賞南枝〉、〈洞庭春色〉」。

〔註 188〕見《漁隱叢話》（宋・胡仔撰，臺北：廣文書局，民國 56 年 6 月初版）第四冊，《漁隱叢話》後集卷三十三，頁 1922，引李易安語。

〔註 189〕清人袁枚撰《隨園詩話》自謂不耐學詞，嫌其必依譜而填故也。（見《隨園詩話》，《古今詩話叢編》本，臺北：廣文書局，民國 68 年 4 月再版，卷十一，頁 6。）袁枚長於詩文，卻不耐學詞；由此推之，曾鞏不擅長填詞，亦人各有所偏好，無足怪也。

〔註 190〕魏文帝撰，〈典論論文〉，見《文選》（梁・昭明太子編，唐・李善注，臺北：藝文印書館，民國 68 年 3 月九版），頁 733～頁 734。

面，仍有若干程度之局限與封閉性，於風格方面，亦較古樸平鈍。深究箇中原因，又與其人格特質有關，誠所謂「文如其人」也！曾鞏之文學作品，自以散文量多且質佳，其次方爲詩歌，然無論質或量，詩歌作品咸比不上散文作品；至於詞作，更無法與散文及詩歌等量齊觀。故而曾鞏詩不如文，詞復不如詩；其可謂爲古文家暨詩人，卻絕不能稱爲詞人。〔註 191〕

〔註 191〕曾鞏亦有所能、有所不能者也。清人袁枚撰〈答友人某論文書〉謂人必有所不能也，而後有所能。世之無所不能者，世之一無所能者也。專則精，精則傳，兼則不精，不精則不傳。要知爲詩人，爲文人，談何容易！（見《小倉山房文集》，清乾隆刻本，卷十九。）

第五章　曾鞏與北宋詩文革新運動

第一節　前　言

宋太祖、太宗、眞宗時期，詩人受中晚唐詩風之影響，師法白居易、李商隱等人，遂形成酬唱詩派，有追求形式主義傾向。而北宋初期之文章，承襲晚唐五代以來之文風，偏重浮詞麗藻，不重內容思想，其發展受到極大阻礙。

幸而當時一些學而有識之士產生自覺，以開拓詩文領域、創新詩文風格爲己任，故有「北宋詩文革新運動」之提倡。所謂「北宋詩文革新運動」者，即反對六朝麗辭及其末流之弊，一方面提倡古詩、反對「西崑體」詩，另一方面以先秦兩漢古文取代駢文之文學革新運動。

此一文學革新運動之推行，實爲艱鉅之歷史性任務。其經由循序漸進之發展歷程，歷經百年之久；不特使北宋詩文由固有陋俗變革創新，令當代文壇風氣爲之一變，亦使宋代文學具有獨樹一幟之特徵，爲宋代詩文寫下多光彩奪目之新頁。

第二節　北宋詩文革新運動之背景

北宋詩文革新運動，上有所承，下有所啓。當時正値北宋承平時期，社會文化、政治革新、詩文風氣，以及學術思想各方面之背景，對此一文學運動之發生與發展，皆有助長之勢。

在社會文化方面，社會經濟繁榮之基礎，直接促進文化與教育之長足發展，間接加速文學革新運動之產生與完成。蓋宋初農業經濟發展、工商繁榮、社會安定，然而官吏、豪強驕奢淫逸，百姓十分貧困，農民與富豪、官僚間常有衝突。宋仁宗時期，社會經濟最穩定、最興盛，由於物質生活普遍富裕，促進文化水準提高，文學活動得以活躍。方是時，紙廣泛應用於社會生活中，不僅大量印製紙幣，亦大規模印刷書籍。宋代以科舉取士，完善之科舉制度，更加重原有重文輕武之風氣；而出版業之發達，對書院之發展具有積極推動作用。士林亦特別注重興辦教育，改造士風、培養士節，是故讀書人於社會上之地位十分崇高，社會倫理秩序與道德精神之重建，關鍵乃在士大夫階層。加以駢文與西崑體均爲上層社會消遣娛樂之產物，並不適用於社會各階層；散文與宋詩和一般人民生活所需相符，此即產生北宋詩文革新運動之社會文化背景。

在政治革新方面，因北宋政府機構龐大，官吏薪俸增多，官員窮奢極欲，軍隊紀律廢弛，加上外族入侵，使革新派政治家，充滿危機意識，遂起而改革政治，提出選用循吏、鏟除酷吏、發展經濟、節約財用、加強軍力、堅守邊防諸主張，以鞏固宋朝政權。當時流行之時文，非但妍儷浮豔，且言之無物，無法傳遞政治改革之內容與目的。有志之士，遂起而提倡簡潔流暢之古文，使政治革新之主張，得以反映於文學領域中，並迅速傳送至中下階層及市井小民間。再者，科舉出身之中下階層知識分子，不僅使政治力量庶族化，對於文學亦反對寫作內容單薄、形式僵化、浮華不實之作品，故而泰半直接參與推動文學革新運動。此皆爲產生北宋詩文革新運動之政治背景。

在詩歌風氣方面，約於宋眞宗景德年間（西元 1004～1007 年），「西崑體」詩興起。其時因眞宗愛好美文，把持文壇之楊億、劉筠、錢惟演，復積極提倡，於是有《西崑酬唱集》問世。此一詩集之作者多達十七人，內容多爲唱和酬答之作，主要目的在歌頌內廷侍臣優遊奢華生活；所謂「楊劉風采」，風行一時，聲勢達於宋仁宗朝代。《宋詩紀事》載：「咸平景德中，錢惟演、劉筠首變詩格，而楊文公與之鼎立，號江東三虎，謂之西崑體。大率效李義山之爲豐富藻麗，不作枯瘠語。」「楊大年、錢文僖、晏元獻、劉子儀爲詩，皆宗李義山，號西崑體後進效之，多竊取義山語。嘗御賜百官宴，優人有裝爲義山者。……」〔註1〕是知「西崑體」詩效法李商隱之善對偶、用典故、尚辭藻，長於雕琢堆砌，極一時之麗，不利於一般人之表情達意。

在文章風氣方面，因西崑派諸公兼工駢文，仍以駢文互相唱和，遂蔚爲風氣。其作品講究藝術形式，內容十分空洞。《宋史》卷三百一十九〈列傳〉第七十八歐陽脩本傳云：

> 宋興且百年，而文章體裁，猶仍五季餘習。……士因陋守舊，論卑氣弱。

宋接唐五代末流，文章專以聲病對偶爲工，剽剝故事，雕刻破碎，甚者若俳優之辭。如楊億、劉筠輩，其學博矣！然其文亦不能自拔於流俗，反推波揚瀾，助其氣勢，一時慕效，謂其詩文爲「崑體」。駢文與西崑派詩文，控制宋初文壇，成爲科舉制度取士之標準。故唐代古文運動只限於文，北宋革新運動亦兼及於詩。此外，由「慶曆正學」發展而來之「太學體」古文，亦盛行於士子間，「太學體」之古文，艱澀怪僻，實有革新之必要。〔註2〕方是時，儒學思想之復興，確立復古重道之目標，一方面加速北宋古文運動之發展，另一方面則使古文成爲闡揚儒道之工具，具有強烈之儒學性質。

〔註 1〕清・厲鶚等輯，《宋詩紀事》（臺北：臺灣商務印書館發行，《國學基本叢書四百種》，民國 57 年 6 月臺一版）卷六，頁 139。

〔註 2〕葛曉音撰，〈歐陽修排抑太學體新探〉云：「宋仁宗嘉祐二年（1057），歐陽修知貢舉，利用考試取士的機會，對對當時學者以『險怪奇澀』相尚的文風排抑，使『場屋之習，從是遂變』（《四朝國史，歐陽修撰》）」「我認爲所謂「太學體」，主要是指慶曆中以來，因石介、孫復、胡瑗等在太學復古過當所造成的流弊。」「太學體的流行，當從仁宗慶曆中創建太學體起到嘉祐二年止，大約有十三、四年的時間。」見《北京大學學報》（西元 1983 年第五期），頁 62～頁 65。

在學術思想方面，儒學復興、理學發達，亦為詩文必須革新之重要環節。北宋初期帝王逐漸尊崇經術，諸儒以復興儒學為目標，重整中國固有傳統。中期宋學之發展，與初期迥異。先有周敦頤闡發心性義理之精微，首開理學之風氣。繼而邵雍自宇宙論轉自人生論。稍後張載以《易》為宗、以《中庸》為體，嘗語曰：「為天地立心，為生民立命，為往聖繼絕學，為天地開太平」。其撰〈西銘〉云：「乾稱父，坤稱母；予茲藐焉，乃渾然中處。故天地之塞，吾其體；天地之帥，吾其性；民吾同胞，物吾與也。」此謂天地之道，人秉之而生，故以參天地、贊化育為要，是合天地萬物為一體也；此篇旨意純粹廣大，成為二程門下之經典。至於二程之學，大體相同，程顥重人生心理之修養，程頤則強調親身求知方是眞知，故主窮此物我合一之理。以上五人，為北宋理學家之代表，於宋明理學史上，號稱「北宋五子」。方是時，「西崑體」與「太學體」無法表達思想情感，已不符學術潮流所需；夫勢窮者必變，情弊者務新，故古文適時復興。是知就文學作品之內容思想而論，北宋詩文革新運動，實為當代學術思想之復古運動。

總之，北宋詩文革新與當代社會環境、政治改革，以及文壇風氣轉變相輔相成，最後統一於士人思想文化建設之歷程上。尤其是北宋古文運動，延續唐代古文運動之成就，除完成文體改革之外，文章尙被要求具有政教實用之功能，更有重視道德之意義，亦可謂為新古文運動。

第三節　北宋詩文革新運動之發展

論及北宋詩文革新運動之發展，大抵開始於宋太祖開寶年間，結束於宋哲宗元符年間。若將北宋分成初期、中期、後期，適足與此一運動之發展過程相配合。

一、北宋詩文革新運動之第一階段

北宋詩文革新運動之第一階段，自是北宋初期。宋初文壇承繼晚唐五代餘風，盛行駢文，氣格卑弱，淪於鄙俚；幸而有柳開與王禹偁推尊韓愈，力矯「五代體」，以掃蕩五代弊習。

柳開，初名肩愈，字紹先，後改名開，字仲塗，著有《河東先生集》。柳開年少時學爲韓文，其初名「肩愈」之意，即儼然以繼承韓愈爲己任；其字紹先，亦有意克紹先人柳宗元。「尊韓紹柳」正是復興古文之基礎，宋初古文運動之所以能展開序幕，柳開可謂開先河者。其主要理論亦針對古文而言，柳開認爲學必宗經，其以推尊韓、柳爲出發點，提倡古文以明道致用，目的在恢復儒家道統。其《河東先生集》卷一〈應責〉云：「吾之道，孔子、孟軻、揚雄、韓愈之道；吾之文，孔子、孟軻、揚雄、韓愈之文也。」卷二〈補亡先生傳〉云：「將開古聖賢之道於時也，將開今之耳目使聰且明也，必欲開之爲其塗矣，使古今由於吾也。……吾欲達於孔子者也。」卷五〈上王學士第三書〉亦云：「文章爲道之筌也，筌可妄作乎？筌之不良獲斯失矣。女惡容之厚於德，不惡德之厚於容也。文惡辭之華於理，不惡理之華於辭也。」是知柳開爲文，輕忽文辭，重視文理，此文理即是古道、聖道；而道對古文有決定性之意義，古文乃明道垂教之工具。其尙且指責時文華而不實，以刻削爲工、聲律爲能，實不足爲法。柳開不愧爲扭轉宋初文風之先導。

與柳開同時而稍後之王禹偁，字元之，家世務農，家庭貧寒；正因過著如此艱苦之生活，使其更能認識社會，深刻體驗現實人生，進而爲古文創作奠定基礎。王禹偁一生僅活四十有八。其詩文作品多已散佚，唯《小畜集》存於世。其之於詩，反對晚唐以來淫放頹靡之詩風，乃要求繼承李白、杜甫、白居易之傳統。年少時，王禹偁頗愛白居易詩，及至三十歲中進士，學白居易之「元和體」，日以詩什唱酬，共作唱和詩一百餘首；然至晚年編《小畜集》，唱和之作，收錄甚少，此可證明已改變其對白居易「元和體」之看法，反而積極學習白居易「諷諭詩」之詩風，進而效法杜甫詩歌之造語與意境。其詩雖學杜甫而未至，然內容充分反映時代社會情形，以及人民生活疾苦，饒有杜詩之色彩，首開有宋一代詩歌風氣。王禹偁之於文，《小畜集》〈答張扶書〉有云：「近世爲古文之主者，韓吏部而已。」「吾觀吏部之文，未始句之難道也，未始義之難曉也。」「故吏部曰，吾不師今，不師古，不師難，不師易，不師多，不師少，惟師是爾。」其於文以韓愈爲宗，得其平易之風，故強調文應傳道而明心，句易道、義易曉，有力矯文壇頹風之心。

柳開和王禹偁可謂北宋詩文革新運動第一階段之代表人物，亦可稱爲北宋古文運動之先驅者。其明確提出文學主張，反對當時雕琢繁富、柔靡淫豔之文；可惜二人咸著力於樹立理論，創作方面成就不彰，加上知名度不高、影響力不大，是故二人推動北宋詩文革新運動時，面臨重重之困難，並未獲得其所冀望之成效。

二、北宋詩文革新運動之第二階段

進入北宋詩文革新運動之第二階段，已是北宋中期。本階段爲詩文革新運動付出心力之人頗多，而歐陽脩乃爲眾所公認之領袖。

本階段反對「西崑體」者，應首推石介。石介，字守道，號「徂徠先生」，有《石徂徠集》行於世。其曾任太學學官，嘗患當時文風之卑弱，遂正面激烈攻擊「西崑體」和楊億，世俗頗駭其言。其於《石徂徠集》〈怪說〉云：「周公、孔子、孟軻、揚雄、文中子、韓吏部之道，堯、舜、禹、湯、文、武之道也，三才九疇五常之道也。反厥常，則爲怪矣。……使天下不爲《書》之《典》《謨》、《禹》《貢》、《洪範》，《詩》之《雅》《頌》，《春秋》之《經》，《易》之《繇》、《爻》、《十翼》，而爲楊億之窮妍極態，綴風月，弄花草，淫巧侈麗，浮華纂組，其爲怪大矣。」〈尊韓〉云：「孔子爲聖人之至，韓吏部爲賢人之至。不知更幾千萬億年復有孔子，不知更幾千百年復有吏部。孔子之《易》、《春秋》，聖人來未有也。吏部〈原道〉、〈原人〉、〈原毀〉、〈行難〉、〈禹問〉、〈佛骨表〉、〈諍臣論〉，自諸子以來未有也。嗚呼，至矣。」〈上蔡副樞密書〉有云：「故兩儀，文之體也；三綱，文之象也；

五常，文之質也；九疇，文之數也；道德，文之本也；禮樂，文之飾也；孝悌，文之美也；功業，文之容也；教化，文之明也；刑政，文之綱也；號令，文之聲也。聖人，職文者也。君子章之；庶人由之。具兩儀之體，布三綱之象，全五常之質，敘九疇之數；道德以本之，禮樂以飾之，孝悌以美之，功業以容之，教化以明之，刑政以綱之，號令以聲之；燦然其君臣之道也，昭然其父子之義也，和然其夫婦之順也。尊卑有法，上下有紀，貴賤不亂，內外不瀆，風俗歸厚，人倫既正，而王道成矣。」是知石介將堯、舜、周、孔等人視爲作家典範，其尊韓愈之道，庶幾乎將韓愈與孔子相提並論，譽韓愈爲賢人之至；並宣揚三綱五常之道德，主張文章必須發揮道德教化作用。而表達拙樸簡直，內容多論道言政、指切時事，爲石介文學創作之特色。然因其性格偏激，常忿疾而無所顧忌，發而爲文，自是險怪艱澀。對於宋仁宗慶曆以後，流行以時文爲法、艱澀怪僻之「太學體」而言，石介亦得負起推波助瀾之責。

眞正革除「西崑體」與「太學體」流弊，使北宋詩文革新運動水到渠成者，歐陽脩也。上溯歐陽脩學習古文之淵源，實由穆修一傳而爲尹洙，再傳爲歐陽脩。穆修，字伯長，好論時弊，志乎古道，提倡道統。其推崇韓愈、柳宗元之古文，曾搜求校刻韓柳集，俾使時人得據以倡行古文。其強調學乎古者所以爲道，爲文應闡明仁義道德。

尹洙，字師魯，博學有識，爲文擅長議論，辭約而理精，歐陽脩深受其影響。尹洙卒時，歐陽脩爲其撰祭文與墓誌銘。若〈尹師魯墓誌銘〉云：「師魯，河南人，姓尹氏，諱洙。然天下之士識與不識，皆稱之曰師魯，蓋其名重當世。而世之知師魯者，或推其文學，或高其議論，或多其材能。至其忠義之節，處窮達，臨禍福，無愧於古君子；則天下之稱師魯者，未必盡知之。師魯爲文章，簡而有法，博學彊記，通知今古，長於春秋。」〔註3〕此謂尹洙之文，簡而有法。〈祭

〔註 3〕歐陽脩撰，〈尹師魯墓誌銘〉，《歐陽脩全集》（臺北：世界書局，民國 80 年 10 月五版）上冊，《居士集》卷第二十八《墓誌銘》，頁 199。

尹師魯文〉亦云：「嗟乎師魯！自古有死，皆歸無物，惟聖與賢，雖埋不沒。尤於文章，焯若星日。子之所為，後世師法。」〔註4〕此言尹洙之文章必傳於後世。

穆修與尹洙咸主文以明道、文以致用，且尊崇韓愈、重視散體、反對「西崑體」，二人對北宋古文運動，具有先後相傳、蔚為勢力之貢獻。至於比穆修稍後，較尹洙為早之范仲淹，與歐陽脩同為北宋政治舊黨領袖，無論政治或學術，范仲淹咸為歐陽脩志同道合、並肩作戰之同志，故范仲淹對北宋詩文革新運動，亦與有功焉。

而頗受歐陽脩推崇之蘇舜欽與梅堯臣，以詩歌創作名聞於時。蘇舜欽，字子美，好為古文與詩歌，其論詩強調詩之道德教化作用，暨警時致用功能。梅堯臣，字聖俞，工於詩。其論詩以深遠古淡為意，曾撰〈送李逢原〉云：「文章本濟時。」〈答中道小疾見寄〉亦云：「詩本道性情。」此言文學應為現實服務，並強調作品之內容思想，繼承《詩經》、《離騷》之傳統，反對空洞無物之詩歌，提倡以平淡樸質之風格，挽救當時浮豔之頹風。蘇、梅於詩文革新之觀點，與歐陽脩頗為相近，對北宋詩文革新運動而言，二人功不可沒。

論及北宋詩文革新運動之領導者，首推歐陽脩。在歐陽脩之前，諸先驅較重詩文革新理論之建設；自歐陽脩起，不特提出改革詩文之主張，並積極從事創作實踐，文學創作活動臻於高潮，展現前所未有之優越創作成果。歐陽脩，字永叔，號「醉翁」，晚更號「六一居士」。其雖於經、史、子方面，首開宋代疑古之風，影響顯著，然仍以文學成就為最大；無論古文、詩、詞，均所擅場，故得能成為北宋文壇之領袖。《宋史》卷三百一十九〈列傳〉第七十八歐陽脩本傳云：

> 蘇舜元、舜欽、柳開、穆脩輩，咸有意作而張之，而力不足。脩游隨，得唐韓愈遺稿於廢書簏中，讀而心慕焉。苦

〔註4〕歐陽脩撰，〈祭尹師魯文〉，《歐陽脩全集》（同註3），《居士集》卷第四十九《祭文》，頁336。

志探賾，至忘寢食，必欲并轡絕馳而追與之並。

歐陽脩年少時，幸得韓愈古文而讀之，即被深厚雄博之韓文所吸引，其於〈記舊本韓文後〉云：

余少家漢東。漢東僻陋無學者；吾家又貧無藏書。州南有大姓李氏者，其子堯輔頗好學，余爲兒童時，多游其家。見有敝筐貯故書在壁間，發而視之，得唐《昌黎先生文集》六卷，脱落顛倒無次序。因乞李氏以歸，讀之，見其言深厚而雄博。然予猶少，未能悉究其義，徒見其浩然無涯，若可愛。〔註5〕

李氏爲當時藏書豐富之大族，歐陽脩於其家敝筐中，得唐《昌黎先生文集》六卷，從而深深愛上古文，於思想上亦繼承韓愈提倡道統，爲北宋古文運動播下種子。宋代古文運動，至歐公始大；蘇軾〈六一居士集敘〉云：「歐陽子論大道似韓愈，論事似陸贄，記事似司馬遷，詩賦似李白。此非予言也，天下之言也。」〔註6〕此即道出歐文之特色，識者以爲知言。歐陽脩以散行古雅、簡而有法之文爲天下倡，完成韓柳未竟之功。其所謂文，必與道俱，主張「道勝而文自至」〔註7〕；其所謂詩，樸素典雅、自然平淡。換言之，歐陽脩于文取法韓愈，于詩則提倡古詩，反對宋初風行之「西崑體」。因歐陽脩於政治界、學術界咸有崇高地位，故對當代詩文革新有深遠之影響。其於〈送曾鞏秀才序〉有云：

　　有司斂群材，操尺度，概以一法，考其不中者而棄之。雖有魁壘拔出之材，其一累黍不中尺度，則棄不敢取。

　　幸而得良有司，不過反同眾人，歎嗟愛惜，若取捨非己事者。諉曰：「有司有法，奈不中何！」有司固不自任其

〔註5〕歐陽脩撰，〈記舊本韓文後〉，《歐陽脩全集》（同註3）上冊，《居士外集》卷第二十三《雜題跋》，頁536～頁537。

〔註6〕蘇軾撰〈六一居士集序〉，見《歐陽脩全集》（同註3）上冊，〈居士集〉卷首，頁1～頁2。

〔註7〕歐陽脩撰，〈答吳充秀才書〉，見《歐陽脩全集》（同註3）上冊，《居士集》卷第四十七，頁321～頁322。

責，而天下之人，亦不以責有司，皆曰：「其不中，法也！」不幸有司尺度一失手，則往往失多而得少。嗚呼！有司所操，果良法邪？何其久而不思革也？〔註8〕

上文切中時弊，指出北宋考試制度之弊端，批評主考官「概以一法」，衡量文章之標準，只重形式不重實際，致士子好爲險怪奇澀之時文；考生若不合尺度，即被黜落。對於此種不合理之科舉制度，歐陽脩痛排抑之，遂有志於革新取士之標準，以扭轉文風、振興古文。宋仁宗嘉祐二年（西元 1057 年），翰林學士歐陽脩知禮部貢舉，疾時文求深務奇之弊、痛下針砭，凡文涉雕刻者皆黜，反而將曾鞏、蘇軾、蘇轍拔在高第，皆舉進士，號爲得人，一方面有以救時文之弊，一方面則奠定宋代古文系統。

於詩歌方面，歐陽脩推崇李、杜，尤重李白。撰有《六一詩話》，提出詩窮後工、老乃天成、頻作多誦、熟能生巧、知歸啓源、意新語工等主張，並講求閒肆自然、古味淡泊之風格。北宋詩文革新運動，至歐陽脩可謂終底於成。而曾鞏服膺歐陽脩，肩任艱鉅使命，成爲北宋詩文革新運動之積極參與者。曾鞏於詩文作品中，自抒襟抱、表現情志；常流露眞摯之理與秀傑之氣。其喜怒哀樂，發之於詩，使其詩具有眞情實感，沉著和平、深婉樸素之特色，而其寫景詩，更是豁人耳目；不僅能深刻反映個人遭遇與現實狀況，且足以矯正宋初浮華空洞之詩風，對於北宋詩歌革新，亦與有功焉！

由上可知，曾鞏對於北宋詩文革新運動之貢獻，主要在此運動之第二階段；其於中國散文史上之地位，亦奠定於此期。

三、北宋詩文革新運動之第三階段

北宋詩文革新運動之第三階段，乃在歐陽脩去世之後，蘇軾繼承歐陽脩，成爲本階段之文壇領袖。

〔註 8〕歐陽脩撰，〈送曾鞏秀才序〉，見《歐陽脩全集》（同註 3）上冊，《居士集》卷第四十二《序》，頁 291。

蘇軾亦經歐陽脩拔擢，於宋仁宗嘉祐二年（西元 1057 年），與曾鞏同榜登科。蘇軾，字子瞻，號東坡居士，眉山人。其年輕時，適逢宋代思想統治最寬鬆、政治最清明之宋仁宗統治時期，此時期造就一批著名之政治家、文學家、思想家，對其一生有相當程度之影響。而宋朝重文抑武，居官者漂浮不定、閒逸多暇，亦促使才華橫溢之蘇軾，得能發揮文學長才，繼歐陽脩而爲天下文壇盟主，延續歐陽脩詩文革新之遺業。

蘇軾詩文妙天下，其詩歌不僅兼具表現自我、反映現實之特色，亦開闢古今所未有之坡仙境界；其散文如行雲流水，常行於所當行，止於所不可不止。蘇軾主張文以致用、言之有物、文貴自然，意到筆隨；其文學作品不特能闡揚儒家之道，且重視美學價值。其將文學理論與詩文創作合而爲一，故能以疏宕奔放之性格，與自由創作之精神，使其作品之藝術特徵與美感形象更爲突出。北宋之詩文，至蘇軾產生新生機、新風格；北宋詩文革新運動，至此亦由極盛而逐漸轉化，邁向另一局面。

第四節　曾鞏對北宋詩文革新運動之主張

北宋詩文革新運動之倡導者，咸反對當代華而不實之風氣〔註9〕，主張以散文取代駢文，以宋詩取代「西崑體」詩，曾鞏亦不例外。除改革文體外，曾鞏之「文道觀」繼承唐代韓愈、宋代歐陽脩以來之重道傳統，主張重視文學作品之思想性與實用性，並宣揚文學之道德作用，使詩文革新運動更加深化。

一般人公認歐陽脩爲北宋詩文革新運動之領袖，其古文理論暨作品，雖大率繼承唐之韓愈，然亦能有所創見。例如在「文」、「道」

〔註 9〕歐陽脩撰《六一詩話》謂楊大年與錢、劉數公唱和，自《西崑集》出，時人爭效之，詩體一變。而先生老輩患其多用故事，至於語僻難曉，殊不知自是學者之弊。（見《歷代詩話》，清・何文煥編輯，臺北：漢京文化事業有限公司，民國 72 年 1 月 1 日初版，頁 270）

關係方面，韓愈主張好道、志道、文以貫道，而柳宗元則主張文以明道。自宋初開始，「復古明道」思潮更深入人心。歐陽脩則主張文與道俱、道充而文自至。蘇軾〈祭歐陽文忠公文〉引歐公語云：「我所謂文，必與道俱。」〔註10〕歐陽脩於〈答吳充秀才書〉亦云：「聖人之文雖不可及，然大抵道勝者，文不難而自至也。」「此足下所謂『終日不出於軒序，不能縱橫高下皆如意』者，道未足也。若道之充焉，雖行乎天地，入於淵泉，無不之也。」〔註11〕除道勝文至、文與道俱之重要文學主張外，歐陽脩尚提出師經學韓、復古傳遠、文不鬥速、愈熟則工等文章論，並提倡寫作散行古樸、峻潔舒遲、平淡典要、簡而有法之古文。以歐陽脩爲首，一批優秀作家繞其四周，形成詩文革新運動之全盛時期。曾鞏即此批優秀作家之一。

曾鞏對北宋詩文革新之主張，主要爲古文理論，最重要者，有以下四點：

一、提出正統之儒家文學觀

曾鞏以文章受知於歐陽脩；成爲「醉翁」門下士後之曾鞏，始終積極追隨歐陽脩，深化詩文革新之觀念與主張，爲宋代古文運動之成功，作出重要且具體之貢獻。其撰〈上歐陽學士第一書〉云：

> 學士執事：夫世之所謂大賢者，何哉？以其明聖人之心于百世之上，明聖人之心于聖人之下。其口講之，身行之，以其餘者，又書存之，三者必相表裏。其仁與義，磊磊然橫天地，冠古今，不窮也。其聞與實，卓卓然軒士林，猶雷霆震而風飆馳，不浮也。則其謂之大賢，與穹壤等高大，與《詩》《書》所稱無閒宜矣。
>
> 夫道之難全也，周公之政不可見，而仲尼生於干戈之

〔註10〕蘇軾撰，〈祭歐陽文忠公文〉，見《歐陽脩全集》（同註3）下冊，《附錄》卷第一，頁1333～頁1334。

〔註11〕歐陽脩撰，〈答吳充秀才書〉，見《歐陽脩全集》（同註3）上冊，《居士集》卷第四十七《書》，頁321～頁322。

間，無時無位，存帝王之法於天下，俾學者有所依歸。……

　　鞏性朴陋，無所能似，家世爲儒，故不業他。自幼逮長，努力文字間，其心之所得庶不凡近，嘗自謂於聖人之道，有絲髮之見焉。周遊當世，常斐然有扶衰救缺之心，非徒嗜皮膚，隨波流，搴枝葉而已也。……〔註 12〕

此書先言世之所謂大賢者，應是明聖人之心于百世之上，明聖人之心于聖人之下；繼而述仲尼之道至尊且大，使學者有所依歸，此亦曾鞏心所嚮往者也；是知其具有正統之儒家文學觀，卓然絕識，高人一等。其〈講官議〉云：

　　孔子之語教人曰：不憤悱不啓發。舉一隅不以三隅反，則不告也。孟子之語教人曰：有答問者。荀子之語教人曰：「不問而告謂之傲，問一而告二謂之囋。傲，非也。君子如響。」故《禮》無往教而有待問，則師之道，有問而告之者爾。世之挾書而講者，終日言，而非有問之者也，乃不自知其強聒而欲以師自任，何其妄也！

　　古之教世子之法，太傅審父子君臣之道以示之，少傅奉世子以觀太傅之德行而審喻之。則示之以道者，以審喻之爲淺，故不爲也。況於師者，何爲也哉？正己而使觀之者化爾。故得其行者，或不得其所以行；得其言者，或不得其所以言也。仰之而彌高，鑽之而彌堅，德如是，然後師之道盡。……〔註 13〕

此以孔子、孟子、荀子教人之法，明示爲人師者，應以儒家教學方式爲指導原則。《禮記．曲禮》亦有所謂「禮聞來學，不聞往教」者，故老師無往教而有待問，先正己而後施以教化。此文論師道，先示以儒家先聖先賢教學之道，比韓愈〈師說〉與柳宗元〈答韋中立論師道

〔註 12〕曾鞏撰，〈上歐陽學士第一書〉，見《曾鞏集》（宋．曾鞏撰，陳杏珍、晁繼周點校，北京：中華書局，西元 1984 年 11 月第一版第一次印刷）上册，卷第十五《書十首》，頁 231～頁 233。

〔註 13〕曾鞏撰，〈講官議〉，見《曾鞏集》（同註 12）上册，卷第九《論議五首》，頁 149～頁 150。

書〉，有過之而不及，益彰顯曾鞏之儒家思想。

二、以聖人之道爲評文之標準

曾鞏於〈上歐陽學士第二書〉有云：

> 自少至于長，業乃以《詩》《書》文史，其蚤暮思念，皆道德之事，前世當今之得失，誠不能盡解，亦庶幾識其一二遠者大者焉。……
>
> 然此實皆聖賢之志業，非自知其材與力能當之者，不宜受此。此鞏既資緣幸知少之所學，有分寸合於聖賢之道，既而又敢不自力於進修哉，日夜克苦，不敢有愧於古人之道，是亦爲報之心也。〔註14〕

曾鞏世代爲儒，其自幼至長，熟稔《詩》《書》文史及聖賢之道，是故其文發揚中國古代散文「文以載道」之傳統，其亦以聖人之道爲評文標準。如其評張文叔之文，並爲其文集作序有云：

> 文叔爲袁州判官以死，其子仲偉集其遺文爲四十卷，自蘄春走京師，屬余序之。余讀其書，知文叔雖久窮，而講道益明，屬文益工，其辭精深雅贍，有過人者。而比三遇之，蓋未嘗爲余出也。又知文叔自進爲甚強，自恃爲甚重，皆可喜也。雖其遇於命者不至於富貴，然比於富貴而功德不足以堪之，始爲說以自恕者，則文叔雖久窮亦何恨哉？〔註15〕

張文叔，諱彥博，蔡州汝陽人；年未三十，學爲文章，喜與曾鞏論寫作之道。仁宗慶曆三年（西元1043年），張文叔爲撫州（今江西省撫州市）司法參軍時，曾鞏爲之銘父碑。迨張文叔卒，曾鞏爲其文集作序，嘉其講道益明，屬文益工，是知曾鞏評其文乃重在道，而其道自是聖人之道。

曾鞏既以聖人之道爲評文標準，其與人論作文之法，亦教之以古

〔註14〕曾鞏撰，〈上歐陽學士第二書〉，見《曾鞏集》（同註12）上冊，卷第十五《書十首》，頁233～頁234。

〔註15〕曾鞏撰，〈張文叔文集序〉，見《曾鞏集》（同註12）上冊，卷第十三《序九首》，頁213。

聖人之道。如〈送劉希聲序〉云：

> 東明劉希聲來臨川，見之。其貌勉於禮，其言勉於義，其行亦然，其久亦堅。其讀書爲辭章日盛。從予遊三年，予愛之。今年慶曆五年，還其鄉，過予別。與之言曰：東明，汴邑也。子之行，問道之所嚮者，以告子。子也一趨焉而不息，至乎爾也。苟爲一從焉，一違焉，雖不息，決不至也。子也好問，聖人之道，亦如是而已矣。五月四日序。〔註16〕

此爲臨別贈言，言簡意賅，允爲曾鞏贈序中之佳篇。仁宗慶曆五年（西元1045年），劉希聲將還鄉，曾鞏藉贈序施以機會教育，勉其進德修業、自強不息，永不違背聖人之道，方可達成求道之願望。劉希聲有志於古道，其言行亦合於道，曾鞏乃嘉許其讀書爲辭章日盛。是知曾鞏以聖人之道評文，且常與人爲善、追求古道也！

三、重經術而不排斥辭章

曾鞏頗重視人才之培育，其對於學習及舉士之內容，主張以以熟稔儒家經典爲先，如〈上歐陽舍人書〉云：

> 至於學者策之經義當矣。然九經言數十萬餘，注義累倍之，旁又貫聯他書，學而記之乎，雖明者不能盡也。今欲通策之，責人之所必不能也。苟然，則學者必不精，而得人必濫。欲反之，則莫若使之人占一經也。夫經於天地人事，無不備者也，患不能通，豈患通之而少邪？〔註17〕

曾鞏與歐陽脩過從甚密，藉書信向歐陽脩表達其三大政見：即聽賢、裕民、力行；其後提出學者策之經義當矣，然最好使之專通一經，是知其頗重儒家經術。然其一方面強調取法儒家經典，以明聖人之心，另一方面亦不排斥辭章。如〈寄歐陽舍人書〉云：

〔註16〕曾鞏撰，〈送劉希聲序〉，見《曾鞏集》（同註12）上冊，卷第十四《序九首》，頁222。

〔註17〕曾鞏撰，〈上歐陽舍人書〉，見《曾鞏集》（同註12）上冊，卷第十五《書十首》，頁235～頁238。

而其辭之不工，則世猶不傳。於是又在其文章兼勝焉。故曰非畜道德而能文章者無以爲也。豈非然哉？〔註 18〕

此書行文紆徐百折，博大幽深之旨，溢於言外，不愧爲南豐得意書之一。而「畜道德而能文章」乃曾鞏之重要文學主張，所謂「畜道德」，乃在養根俟實、加膏希光，而欲將儒家經術付諸實踐，仍須托之於辭章。由此可知曾鞏強調先道後文，其重經術之同時，亦不排斥辭章，以求文道合一。

曾鞏認爲作者必須同時具備道德與藝術修養，否則提筆爲文，將有失眞亂實、析理不通、設辭不善之缺點，故其評論作品，往往將經術與辭章相提並論。如〈答孫都官書〉云：

提刑都官閣下：伏承賜書，及示盛製六編，凡三千首，盛矣哉！文之多，工之深，且專以久也。其於君臣、父子、兄弟、夫婦、朋友、天地、三辰、鬼神、山川、地理、四夷、中國、風俗、萬物、治亂、善惡、通塞、離合、憂歡、怨懟，無不畢載，而其語則博而精，麗而不浮，其歸要不離於道。視昔以文名天下者，夫豈易至於是邪？〔註 19〕

此文讚譽孫都官之文富業成，作品造語博而精，麗而不浮，內容要旨亦不離於道，庶幾臻於至善。又如〈謝吳秀才書〉中，曾鞏亦稱讚吳秀才：「發而觀之，足下之學多矣，見於文辭亦多矣！」〔註 20〕〈回傅權書〉亦云：

鞏啓：辱惠書及古律詩、雜文，指意所出，義甚高，文辭甚美。以鞏有鄉人之好，又於聞道有一日之先，使獲承重貺，幸甚。

足下論古今學者，自好者少，苟合者多，則固然矣。

〔註 18〕曾鞏撰，〈寄歐陽舍人書〉，見《曾鞏集》（同註 12）上冊，卷第十六《書十八首》，頁 253～頁 254。

〔註 19〕曾鞏撰，〈答孫都官書〉，見《曾鞏集》（同註 12）上冊，卷第十六《書十八首》，頁 260。

〔註 20〕曾鞏撰，〈謝吳秀才書〉，見《曾鞏集》（同註 12）上冊，卷第十六《書十八首》，頁 262～頁 263。

因以謂如鄙劣者，能知所守，則豈敢當？抑足下欲勉之至此，則豈敢怠？足下之材，可謂特出，自強不已，則道德之歸，其孰可禦？恨不相從，不能一一具道。能沿牒至此一相見否？荒隅之中，孤拙寡偶，欽企欽企。春暄，餘保愛保愛。不宣。〔註21〕

由是觀之，曾鞏強調作者欲有傳世之作，除須以儒家經術修其德、進其業外，仍應加強藝術素養，方能使作品旨意與文辭兼美。古有所謂「立德」、「立功」、「立言」三不朽，曾鞏並重「立德」與「立言」，故能重經術而不排斥辭章。

四、道不可變而行文之法度可變

曾鞏撰〈戰國策目錄序〉云：

蓋法者所以適變也，不必盡同；道者所以立本也，不可不一，此理之不易者也。〔註22〕

此文提出必須於「合於先王之意」之前提下，立可行於當今治世之法，強調爲政者須有「合於時」之治理。以此觀點論文章，曾鞏亦主張文章內容須合於聖人之道，此不可變之理。至於行文之法度，則可變通也。〈洪範傳〉亦云：

則知二帝三王之治天下，其道未嘗不同。其道未嘗不同者，萬世之所不能易，此九疇之所以爲大法也。〔註23〕

是知古先王之道乃萬世之所不能改易者，古先王之道即聖人之道。

曾鞏自言其取法古人，一心向學；至於仕進已置之度外，如云：

至於仕進之說，則以鞏所考於書，嘗謂古之仕者，皆道德明備，己有餘力，而可以治人，非苟以治人而不足於己。故子使漆雕開仕，對曰：「吾斯之未能信。」子說。然

〔註21〕曾鞏撰，〈回傅權書〉，見《曾鞏集》（同註12）上冊，卷第十六《書十八首》，頁267。

〔註22〕曾鞏撰，〈《戰國策》目錄序〉，見《曾鞏集》（同註12）上冊，卷第十一《序十一首》，頁183～頁185。

〔註23〕曾鞏撰，〈洪範傳〉，見《曾鞏集》（同註12）上冊，卷第十《傳序二首》，頁155～頁169。

> 世不講此久矣。故當孔子之時，獨顏子者未嘗仕，而孔子稱之曰「好學」。其餘弟子見於書者，獨開之言如此。若鞏之愚，固己不足者，方自勉於學，豈可以言仕不仕邪？就使異日有可仕之道，而仕不仕固自有時。古之君子，法度備於身，而有仕有不仕者是也，豈爲呶呶者邪？
>
> 然鞏不敢便自許不應舉者，鞏貧不得已也。亦不敢與古之所謂爲貧者比，何則？彼固所謂道德明備而不遇於世者，非若鞏之鄙，遽捨其學而欲謀食也，此其心愧於古人。然鞏之家苟能自足，便可以處而一意於學。鞏非好進而不知止者，此其心固無愧於古人。〔註 24〕

曾鞏謀道不謀食，憂道不憂貧，其將古人之道德、法度備於身，用之則行，捨之則藏，可以仕則仕，可以隱則隱。爲文亦如此，取材是非得失皆取決於聖人之道。故其讚許揚雄云：

> 鞏自度學每有所進，則於雄書每有所得。介甫亦以爲然。則雄之言，不幾於測之而愈深、窮之而愈遠者乎？故於雄之事有所不通，必且求其意。況若雄處莽之際，考之經而不繆，質之聖人而無疑，固不待議論而後明者也。〔註 25〕

因揚雄之文合於聖人之道；聖人之道乃曾鞏爲文之根本，不可動搖。郭紹虞云：「所謂古文家之文論，只有歐陽一派足以當之，固也。然即在歐陽一派中，其主張也微有差異。三蘇用力於文者多，曾鞏致力於道者深。」「所以由文學批評而言，曾與歐近，而與三蘇實遠。曾氏論文，殆無不可以看作歐陽文論之發揮者。歐陽脩論文以爲充於中者實，則發爲文者輝光。」〔註 26〕良有以也！

因曾鞏重聖人之道，故有「文原《六經》」之文學主張，其散文

〔註 24〕曾鞏撰，〈答袁陟書〉，見《曾鞏集》（同註 12）上冊，卷第十六《書十八首》，頁 261～頁 262。

〔註 25〕曾鞏撰，〈答王深父論揚雄書〉，見《曾鞏集》（同註 12）上冊，卷第十六《書十八首》，頁 265～頁 267。

〔註 26〕郭紹虞撰，《中國文學批評史》（臺北：文史哲出版社，民國 71 年 9 月再版）頁 334～頁 335。

講究義理；然其並未忽視行文法度，其爲文一方面毫釐不失法度，另一方面亦能通變。其謂「法度之所設，其言至約，其體至備」「并與其深微之意而傳之，小大精粗無不盡也，本末先後無不白也。使誦其說者如出乎其時，求其旨者如即乎其人。是可不謂明足以周萬事之理，道足以適天下之用，知足以通難知之意，文足以發難顯之情者乎？」〔註 27〕易言之，曾鞏強調之法度，除設辭須善之外，尙求析理能通，如此方能適天下之變，方能使作品傳之久遠。

總而言之，北宋古文運動之發生，正是儒學復興、力求經世致用之時代，曾鞏生逢其時，在古文創作方面，乃本於儒家經術，繼求法度之通變，最後歸於治道。其主張寫作形式平正、內容務實之古文，不僅使作品合於正統之儒家思想，且能通經致用、推陳出新。

第五節　結　語

北宋自宋太祖趙匡胤立國（西元 960 年）以來，歷經宋太宗、宋眞宗、宋仁宗、宋英宗、宋神宗、宋哲宗，以至金兵攻入汴京爲止（西元 1126 年），共一百六十七年；其間治亂相乘、重文輕武，勢足以表徵盛衰、殷鑒興廢。歐陽脩與曾鞏等人所推行之北宋詩文革新，即因社會政治、詩文風氣產生變化而發展。

宋仁宗年間，社會經濟穩定發展，文化生活逐漸豐富，學術思想面臨轉型，益賜予文學革新運動大好時機。因政府內部之衝突，俾使政治革新反映於文學領域中，加上時文與西崑體皆不符市井小民之所需，古文與宋詩遂取而代之，成爲時代社會之產物。

此外，宋代出版印刷業之發達，使當時之文化事業迅速發展，提供北宋詩文革新運動良好之文化背景。而眾多優秀人才之參與，亦是北宋詩文革新運動水到渠成、獲得成功之重要因素。歐陽脩獲曾鞏、

〔註 27〕曾鞏撰，〈《南齊書》目錄序〉，見《曾鞏集》（同註 12）上冊，卷第十一《序十一首》，頁 187～頁 189。

王安石、三蘇之共襄盛舉，一面復古，一面創新，致力於詩文改革，非但爲古文創作締造極其輝煌時期，完成歷史性文學革新使命，且對當代暨後世文壇咸有深遂之影響。

曾鞏提出正統之儒家文學觀，畢生潛心於儒家經典之研究，其不僅以聖人之道爲評文標準，寫作古文亦揭示文學「尊經明道」之目的。基於北宋當時之歷史條件與文學背景，曾鞏成爲崇儒尊經之古文家，承繼唐代韓愈、宋代歐陽脩之理念。文道觀之一致，乃北宋古文復興之重要因素，亦直接影響詩風革新，而加速當代詩文革新運動之成功。

文原《六經》係曾鞏文學創作之中心思想，此一中心思想，不僅強調文章與經書之關係，更深化北宋古文運動「文以載道」觀念，對當代儒學復興有極大之幫助，加以其重經術卻不排斥辭章，繼承傳統之道而求通變，對北宋詩文革新運動，更是產生重要作用。

第六章　後世學者對曾鞏文學及其與北宋詩文革新之評價

第一節　前　言

文學創作可謂各師成心，其異如面。曾鞏於散文寫作方面，不特隨事立體，而且設情有宅、置言有位，敘事簡潔，說理精要，議論鋒利，使作品內容與形式密切配合；其衣披後世，非一代也。其詩歌作品雖遜於散文，然亦能含不盡之意，狀難寫之景，呈現豐富多彩之內涵。曾鞏之文學觀與詩文作品，對北宋詩文革新運動而言，實有倡導暨轉變文風之功，故而後世學者對於其人其文，頗多評價。

第二節　有評論曾鞏其人者

古有所謂蓋棺論定，是故由哀祭文可知後人對曾鞏之看法。如沈遼〈祭曾舍人〉云：

> 維年月日，餘杭沈某，謹以清酒牲牢，敢昭告於故友子固舍人兄之靈。嗚呼！昔有以相知者，世豈復知？公今逝矣，而吾方寄死於衰羸，欲矢諸文辭以抒哀兮：空皎皎，其何爲？吾聞聰明正直，歿將爲神，尚何疑？……。

沈遼爲北宋著名書法家，與曾鞏關係密切；其言曾鞏資質聰敏，爲人正直，卒後必能爲神。蘇轍《欒城集》卷十三〈曾子固舍人挽詞〉云：

> 少年漂泊馬光祿，末路騫騰朱會稽。儒術遠追齊稷下，文詞近比漢京西。平生碑版無容繼，此日銘詩誰爲題。試數盧陵門下士，十年零落曉星低。

此推崇曾鞏之儒術、文詞，且明言其爲廬陵歐陽脩之門下士。孔武仲〈祭曾子固文〉亦云：

> 惟公文爲世表，識在人先。憤道之息，志於必傳。絕眾超群，自其少年。況有宗工，援引於前。雷動風興，聲薄於天。匪獨好古，窮探簡編。……威爲秋肅，施爲春妍。時輩謂公，德業之全。外將六州，晚直西垣。商盤周誥，日代帝言。樞庭鈞府，眾曰必遷。壽柄誰操，付與何偏？山摧玉折，反掌之間。士亡宗師，國失能賢。我少方蒙，公發其源。長仕岱陰，從以周旋。決疑辨惑，一語不捐。或鉤其細，毫積絲聯。或究其大，苞方括圓。面獎所是，奪其不然。粗若有之，公賜多焉。公方擇隱，在湓之壖。我亦於此，謀安一廛。謂當優游，從公于田。幽明隔矣，所志不宣。茫茫太空，孰招以還。或當上浮，追躡列仙。決不沒沒，凡魂比肩。公名播後，不待銘鐫。公子俱秀，當復大官。今當會哭，阻以山川。東南悠悠，不見新阡。歛不造帷，窆不持棺。徒有傷悲，爲涕漣漣。

此對曾鞏之文章、學識、傳道，以及德業各方面，咸予以肯定。

一、關於品德修養方面

王稱撰《東都事略》卷四十八列傳三十一〈曾致堯　鞏、肇〉云：

> 鞏少孤，奉母孝，鞠養群弟妹，甚友愛。宦學婚嫁一出鞏力。
>
> ……
>
> 呂公著嘗告神宗，以鞏爲人行義不如政事，政事不如文章，鞏以此不大用云。

此言曾鞏事母至孝，且友愛弟妹，可謂孝悌者也。因其個性剛直，易得罪人，故於做人行事方面，不如政治上之成就，而政治成就，又不如其文章方面之成就。

二、關於學術思想方面

關於曾鞏之學術思想，時人與後世學者評價頗高，如趙抃〈寄酬齊州曾鞏學士二首〉之一云：

訟庭無事鈴齊樂，聊屈承明侍從人。樂天當日詠東吳，一半勾留是此湖。歷下莫將泉石戀，而今天子用眞儒。

沈遼〈子固挽詞〉云：

江左老儒宗，鴻名五紀中。晚方參法從，久已冠群公。緌服始去位，仙丹浩無功。古人稱不朽，終不愧軻雄。典學蚤名世，緒餘爲吏師。剛嚴終不倚，亮宜欲誰欺。疾惡太阿刃，立言黃絹辭。平生游舊意，流涕向豐碑。

陳師道曾從曾鞏學古文，其撰〈曾子固挽詞〉二首云：

早棄人間世，眞從地下游。丘原起無日，江漢有東流。身世從違裏，功名取次休。不應須禮樂，始作後程仇。

精爽同長夜，衣冠出廣庭。勳庸留琬琰，形像付丹青。道喪餘篇翰，人亡更典型。侯芭才一足，白首《太玄經》。

此言曾鞏爲文，本原《六經》，折衷於大道，使明朝唐宋派古文家有所遵循。論其爲文宗旨，主張「畜道德而後能文章」，首先強調作家道德修養之重要，繼而以古文傳聖人之道，順其古道，施其教化；其次繼承自周公、孔子、孟子、荀子，以至韓愈、歐陽脩之古文文統，提倡合於儒家道統之文，使人由文入道，思想統一於聖人。

曾鞏之「明道說」使古文義法萌芽，首先爲唐宋派古文家所推崇。蓋明朝王愼中、唐順之、歸有光、茅坤諸人，心折於唐宋諸大家古文，尤貴根其道，繼承唐宋古文運動「文以載道」之說，被世人稱爲唐宋派散文家；諸人潛心研究曾鞏散文之法。《明史・王愼中傳》云：

愼中爲文，初主秦、漢，謂東京下無可取。已悟歐、曾作文之法，乃盡焚舊作，一意師倣，尤得力於曾鞏。

王慎中，字道思，最推崇曾鞏，其於《王遵巖先生文集》卷十六〈與汪直齋〉云：

> 至曾南豐〈宜黃〉、〈筠州〉二記，王荊公〈虔州〉、〈慈溪〉二記，文詞義理並勝，當爲千古絕筆。

此譽曾鞏〈宜黃縣縣學記〉、〈筠州學記〉理正法嚴，文詞義理並勝。

茅坤編選《唐宋八大家文鈔・南豐文鈔》，引王慎中語頗多，如《唐宋八大家文鈔》卷九十七，《南豐文鈔》一云：

> 王遵岩曰：「董仲舒、劉向、揚雄之文，不過如此。若論結構法則，漢猶有所未備。而其氣厚質醇，曾遠不迨董、劉矣！惟揚雄才艱而又不能大變於當時之體，比曾爲不及耳！」

《唐宋八大家文鈔》卷一百〇六，《南豐文鈔》十，引王慎中評〈講官議〉云：

> 王遵岩曰：「此文根據經訓，以爲掊擊之地，而措詞嚴健，復存委曲，是絕好文字。」

王慎中認爲曾鞏散文原本經訓，會通聖人之旨，思出於道德，且別出機軸，不爲諛悅淺近之言，而其議論饒富忠藎進戒之義，昭然與三代、兩漢比盛，此眞作者之法也！且自西漢而下，莫盛於有宋慶曆、嘉祐之間，而能自名其家者，南豐曾鞏也！

茅坤亦受曾鞏之影響，其於《茅鹿門先生文集》〈復唐荊川司諫書〉嘗云：

> 文以載道，道也者，庖犧氏以來不易之旨也。孔、孟沒而聖學微，于是六藝之旨，散逸不傳。漢興鑒秦，招亡經，求學士，雖不敢望聖學，秦之所燔始稍稍出，共爲因言析義，考究異同，故西京之文號爲爾雅。而魏晉以還，惟唐韓昌黎愈、柳柳州宗元，宋歐陽學士修，及蘇氏父子兄弟、曾鞏、王安石輩之八君子者，賦材不同，然要之并按古六藝及西京以來之遺響而揣摩之者，其在孔門，不敢當游、夏列，而大略因文見道，就中擘裡。蓋嘗就世之所稱正統者論之，《六經》者，譬則唐虞三王也。

就「明道說」而言，曾鞏散文對於明朝之影響，實遠超過「唐宋八大家」之其他諸家。

何喬新〈萬曆查溪本南豐先生元豐類稿跋〉有云：

> 先生之生，當洛學未興之前，而獨知致知誠意正心之説，館閣諸序，藹然道德之言，其學粹矣。

朱彝尊〈與李天生書〉亦云：

> 僕之深契夫韓、歐陽、曾氏之文者，以其折衷六藝，多近道之言，非謂其文之過於秦、漢也。

以上皆就曾鞏具有儒家思想，爲文折衷於經術而言。清人惲敬撰〈大雲山房文稿二集自序〉亦云：

> 韓退之自儒家、法家、名家入，故其言峻而能達；曾子固、蘇子由自儒家、雜家入，故其言溫而定；柳子厚、歐陽永叔自儒家、雜家、詞賦家入，故其言詳雅有度；杜牧之、蘇明允自兵家、縱橫家入，故其言縱厲；蘇子瞻自縱橫家、道家、小説家入，故其言逍遙而震動。

此言曾子固自儒家、雜家入，實則其最重儒家經典。清人袁枚撰《小倉山房文集》卷三十〈與程蕺園書〉云：「六經三傳，古文之祖也，皆作者也。」「嘗謂古文家似水，非翻空不能見長。果有其本矣，則源泉混混，放爲波瀾，自與江海爭奇。」此謂古文源於《六經》、《三傳》。與曾鞏看法一致。

三、關於師承關係方面

關於曾鞏之師承關係，曾肇撰〈亡兄行狀〉云：

> 公生於末俗之中，絕學之後，其於剖析微言，闡明疑義，卓然自得，足以發六藝之蘊，正百家之謬，破千載之惑。其言古今治亂得失是非成敗，人賢不肖，以至彌綸當世之務，斟酌損益，必本於經，不少貶以就俗，非與前世列於儒林及以功名自見者比也。至其文章，上下馳騁，愈出而愈新，讀者不必能知，知者不必能言。蓋天材獨至，若非人力所能，學者憊精覃思，莫能到也。世謂其辭於漢唐可

> 方司馬遷、韓愈，而要其歸，必止於仁義，言近指遠，雖《詩》、《書》之作者未能遠過也。

蓋自揚雄以後，士罕知經，施於政事，亦皆卑近苟簡，故道術寖微。曾鞏散文繼承司馬遷、韓愈之傳統，復直接學文於歐陽脩，可謂有所師承者矣！歐陽脩門下士，多以曾鞏得其散文之眞傳，歐陽脩提倡簡潔流暢、樸質有力之古文，曾鞏古文作品自是典型之作。林希撰〈曾鞏墓誌〉云：

> 由慶曆至嘉祐初，公之聲名在天下二十餘年，雖窮閻絕徼之人，得其文手抄口誦，惟恐不及，謂公在朝廷久矣。
>
> ……
>
> 公於取舍去就必應禮義，未始有所阿附。治平中，大臣嘗議典禮，而言事者多異論，歐陽公方執政，患之。公著議一篇，據經以斷眾惑，雖親戚莫知也。後十餘年，歐陽公退老于家，始出而示之，歐陽公謝曰：「此吾昔者願見而不可得者也。」

是知歐陽脩十分讚賞曾鞏之文。宋人蘇軾撰〈送曾子固倅越得燕字〉云：

> 醉翁門下士，雜遝難爲賢。曾子獨超軼，孤芳陋群妍。昔從南方來，與翁兩聯翩。

是知曾鞏之文名於當時響徹雲霄，且爲時甚久。

《宋史》卷三百一十九〈列傳〉第七十八末有云：

> 論曰：曾鞏立言於歐陽脩、王安石間，紆徐而不煩，簡奧而不晦，卓然自成一家，可謂難矣。宋之中葉，文學法理，咸精其能，若劉氏、曾氏之家學，蓋有兩漢之風焉。

曾鞏立言於歐陽脩、王安石之間，然究其師承，仍是學自歐陽脩。南宋・呂祖謙《古文關鍵》評曾文云：「專學歐，比歐文露筋骨。」可見歐陽脩與曾鞏之間，師承關係相當密切，此亦可謂學統也！

四、關於生活交遊方面

曾鞏生活樸實，其雖交遊甚廣，然欲逢知音，千載其一；而梅堯臣、王安石與之交情匪淺。如梅堯臣〈逢曾子固〉云：

> 前出在秦淮來，船尾偶攙燕。遽傳曾子固，願欲一相見。順風吹長帆，舉手但慕羨。楊子東園頭，下馬情眷眷。昔始知子文，今始識子面。吐辭亦何嚴，白晝忽飛霰。我病不飲酒，烹茶又非善。冷坐對寒流，蕭然未知倦。

梅堯臣在反對「西崑體」，以及倡導北宋詩文革新運動二方面，較歐陽脩稍早，與蘇舜欽齊名，時稱「蘇梅」。由上詩「遽傳曾子固，願欲一相見」，可知梅堯臣對曾鞏文名早已耳聞，如今相逢，遂以詩會友。

至於王安石與曾鞏之間，二人亦互評。如《東都事略》卷第四十八列傳三十一〈曾致堯　鞏、肇〉云：

> 初與王安石友善，安石稱其文辭，以譬「水之江漢星之斗」。神宗嘗問鞏：「卿與王安石最密，安石何如人？」鞏曰：「安石文學行誼，不減揚雄，以吝故不及。」神宗遽曰：「安石輕富貴，不吝也。」鞏曰：「臣謂吝者，安石勇於有爲，吝於改過耳。」神宗頷之。

此段言曾鞏對王安石之看法，在《宋史》亦有記載，只是文字略有不同。

第三節　有評論曾鞏文學者

一、有總評其著作者

關於曾鞏之著作，林希撰〈曾鞏墓誌〉云：

> 所著《元豐類稿》五十卷，《續元豐類稿》四十卷，《外集》十卷。性嗜書，家藏至二萬卷，集古今篆刻，爲《金石錄》又五百卷，出處必與之俱。平生論事甚多，與夫所下條教可以爲世法者，不可悉著。

韓維撰〈曾鞏神道碑〉云：

> 公生而警敏，自幼讀書爲文，卓然有大過人者。……。

> 公平生無所好，惟藏書至二萬卷，皆手自讎定。又集古今篆刻爲《金石錄》五百卷，出處必與之俱。既歿，集其遺稿，爲《元豐類稿》五十卷，《續元豐類稿》四十卷，《外集》十卷。

曾鞏學富行茂，幼即大成；發爲文章，一世大驚。其著作繁富，藏書至二萬餘卷，仕宦於他鄉，仍書不離身、手不釋卷。曾鞏卒後，後人整理其著作，輯爲《元豐類稿》五十卷，《續元豐類稿》四十卷，《外集》十卷。其文集於元明清三代有多種刻本，然亦有不少作品佚而不傳，十分可惜。

劉克莊《續稿跋》云：

> 曾南豐《元豐類稿》五十卷、《續稿》四十卷，末後數卷，如越州開湖頃畝丁夫、齊州糶米斗斛户口、福建調兵尺籍員數，條分件例，如甲乙帳微，而使院行遣呈覆之類，皆著於編。豈非儒學、吏事，粗言細語，同一機捩，有不可得而廢歟？

宋人楊仲良編《續資治通鑑長編紀事本末》卷第八十一〈神宗皇帝修兩朝國史〉云：

> 元豐元年七月庚寅，知禮院大理寺丞集賢校理曾肇兼修國史院編修官。肇奏：「臣史學不如臣兄。」鞏乞回所授，不聽。
>
> 四年七月己酉，詔朝散郎直龍圖閣。曾鞏素以史學見稱士類，方朝廷敘次兩朝大典，宜使與論其間，以信其學於後。其見修兩朝國史將畢，當與三朝國史通修成書，宜以鞏充史館修撰，專典史事，取三朝國史先加考詳。後兩朝國史成，一處修定，仍詔鞏管句編修院。鞏所爲文章，句非一律，雖開闔馳騁，應用不窮。然言近指遠，要其歸必止於仁義，至其行不能逮其文也。呂公著常評鞏，以爲人不及議論，議論不及文章。
>
> 八月庚申史館修撰曾鞏，兼同判太常寺，詔鞏專典史事，更不預修兩朝史。……。

十月甲子，史館修撰曾鞏言：「臣誤被聖恩付以史事，祖宗積累功德，非可形容。……。」

此載曾鞏北被詔修國史之事，此亦其著作也。至於評其文「開闔馳騁，應用不窮。然言近指遠，要其歸必止於仁義」與《東都事略》所評相同。

二、有總評其散文者

陳襄〈熙寧經筵論薦司馬光等三十三人章稿、尚書祠部員外郎集賢校理權知洪州曾鞏〉云：

以文學名於時，人皆稱其有才，然其文詞近典雅，與軾之文各爲一體。二人者皆詞人之傑，可備文翰之職。

陳襄因曾鞏文之傑出，而薦之以文翰之職。趙抃〈寄酬齊州曾鞏學士二首〉之一云：

太守文章聳縉紳，兩湖風月助吟神。

曾鞏對趙抃之治績，推崇備至，曾撰〈越州趙公救災記〉，以彰顯其救災之功。而上述詩句，乃趙抃就曾鞏知齊州時，詩文作品絕佳而言，所評公允。秦觀曾向曾鞏請教寫作古文之道，曾鞏卒，撰〈曾子固哀詞〉云：

皇受命而熙洽兮，實千祀而一時。協氣鬱而四塞兮，與盛德其俱升。麟鳳出而旁午兮，猶氤氳而扶輿。篤生我公兮，以文章爲世師。公神禹之苗裔兮，肇子爵而鄫封。逮去邑而爲氏兮，季葉汨其南征。祖騫翔而續著兮，考踸踔而文鳴。公既生而多艱兮，踵祖武而好修。既輕車又良御兮，遂大放乎厥詞。發天人之奧秘兮，約六藝而成章。元氣含而未泄兮，洞芒芴而窅冥。挽天河而一瀉兮，物應手而華昌。揖揚、馬使先路兮，咸告公曰不敢。彼崔、蔡之紛紛兮，孰云窺其藩翰。辰來遲兮而去速兮，固前修以跋疐。方盤礴而上征兮，遽相羊而補外。皇揆公之忠誠兮，即商墟而賜環。紬史牒乎東觀兮，裁誥命乎西垣。典章絕而復作兮，世爭睹而快先。正經緯乎終古兮，配維斗而昌然。

變化詭而難常兮，雖司命其或昧。忽遭艱而去國兮，遂御哀而即世。述作紛其具存兮，悵靈爽之焉詣。信百年纔斯須兮，遽電滅而猋逝。……。矧不肖以薄技兮，早獲進於門牆。路貫江而修阻兮，曾莫奠乎酒漿。悲塡膺而茀鬱兮，聊自託於斯文。

曾鞏散文源於《六經》，文道合一，且善於敘事及議論說理，語言樸實凝煉，下字鍊句運意，皆有法度可觀。其散文極能掌握論辯技巧，一方面強調主觀之思想見解，另一方面亦不失客觀事實，允爲眞性情、眞道義之文也！

同爲「唐宋八大家」之王安石，作〈贈曾子固〉詩給予曾鞏散文極高之評價。其稱譽曾鞏曰：

曾子文章眾無有，水之江漢星之斗。挾才乘氣不媚柔，群兒謗傷均一口。吾語群兒勿謗傷，豈有曾子終皇皇。借令不幸賤且死，後日猶爲班與揚。

宋人李塗《文章精義》有云：

曾子固文學劉向。……但劉向老，子固嫩;劉向簡，子固繁;劉向枯槁，子固光潤耳。

此言曾鞏爲文學劉向，然風格與劉向迥然不同。

何焯《義門讀書記》卷四四云：

內府所賜大臣《古文淵鑒》，有在集外者六篇，則《書魏鄭公傳》、《邪正辨》、《說用》、《讀賈誼傳》、《上田正言書》、《上歐蔡書》也。《書魏鄭公傳》既爲公傑出之文，其五篇則皆公之少作，亦唯《上歐蔡書》差善，而詞雖激昂，氣實輕淺。

曾鞏之聲譽，至南宋而不衰。如南宋朱熹，對於古文家頗爲不滿，卻極稱讚曾鞏散文。其〈曾南豐年譜序〉云：

丹陽朱熹曰：予讀曾氏書，未嘗不掩卷廢書而歎，何世之知公淺也？蓋公之文高矣，自孟、韓子以來，作者之盛未有至於斯。夫其所以重於世者，豈苟而云哉？然世或徒以是知之，故知之淺也。知之淺則於公之事論之猶不能無所牴牾，而況於公之所以爲書者？宜其未有知之也。然則世之自以知公者，非淺而妄與？其可歎也已！

朱熹《朱子語類》卷一百三十云：

曾南豐議論平正。

《朱子語類》卷一百三十九《論文上》云：

曾南豐文字又更峻潔，雖議論有淺近處，然卻平正，好。

南豐擬制內有數篇，雖雜之三代誥命中亦無愧。

南豐作〈宜黃〉、〈筠州〉二學記好，說得古人教學意出。

人要會做文章，須取一本西漢文，與韓文、歐陽文、南豐文。

因曾鞏議論說理之文頗具道學氣，是故朱熹撰《朱子語類》，對曾鞏散文多所稱譽，朱熹欣賞曾鞏文之態度，對當時學文者有顯著之影響。朱熹〈跋曾南豐帖〉亦云：

余年二十許時，便喜讀南豐先生之文而竊慕效之，竟以才力淺短，不能遂其所願。今五十年，乃得見其遺墨，簡嚴靜重，蓋亦如其爲文也。

可知曾鞏文在宋代文壇上，頗受當世推重。其明道說更加深化，且成爲義法說之先導，對當代暨後世產生極大影響。

茅坤曾編選《唐宋八大家文鈔》一百六十四卷，此書於當時盛行海內，鄉里小生無所不知。「唐宋八大家」之稱，亦至茅坤而確立。其於〈唐宋八大家文鈔論例〉云：

曾之大旨近劉向，然逸調少矣！王之結搆裁翦極多，鑱洗苦心處，往往矜而嚴、潔而則，然較之曾，特屬伯仲，須讓歐一格。……

曾南豐之文，大較本經術，祖劉向，其湛深之思、嚴密之法，自足以與古作者相雄長，而其光燄不外爍也。故於當時稍爲蘇氏兄弟所掩，獨朱晦菴亟稱之。歷數百年，而近年王道思始讀而酷好之，如渴之飲金莖露也。

茅坤認爲曾鞏與王安石之散文，特伯仲之間爾！然較之以歐陽脩，二公咸略遜一籌。

此外，明朝尚有唐順之深受王愼中之影響，亦改宗歐陽脩與曾鞏，遂成爲明朝唐宋派古文家。唐順之，字應德，一字義修，著有《荊川集》及《文編》等。《唐宋八大家文鈔》卷九十八，《南豐文鈔》二，引唐順之評曾鞏〈上歐蔡書〉云：

唐荊川云：「敍論紆徐有味。」

降至清朝，方苞、劉大櫆、姚鼐等桐城派古文家，從講求文章義法角度出發，將曾鞏推尊爲文章宗師，置於八家之首，且以「義法說」爲桐城派古文之基本理論。方苞乃桐城派古文家之初祖，其最先推崇曾鞏。方苞字鳳九，一字靈皋，老年自號望溪，桐城人。其於〈古文約選凡例〉中，舉出曾鞏序群書目錄，出於司馬遷《史記》，並以「義法精深變化」讚揚之。曾鞏散文所建立之法度，使清朝桐城派古文「義法」有所承繼。方苞門人王兆符撰〈望溪文集序〉云：

吾師曰：「此天之所爲，非人所能自任也。學行繼程朱之後，文章介韓歐之間，孰是能仰而企者。」……吾師質行，經學、古文，後世自能懸衡，兆符不敢置一辭，恐不知者以爲阿其所好也。

「學行繼程朱之後，文章介韓歐之間。」誠爲方苞之治學理念。方苞之文，循韓歐之軌跡，運以《左傳》、《史記》義法；凡筆墨所涉，莫不有六籍之精華寓焉，無一不補於道。其認爲文章者，道藝之餘也，士若能宿道，而民胥效焉，可使風教興盛，此即倡導「文道合一」之觀念。是知方苞亦以儒家經典爲文章之極則，其由經書、《左傳》、《史記》及唐宋八大家文，學得古文法度與文道合一觀念，然其對義法要求甚嚴，曾鞏等人亦被其譏閒有不合，因其強調「義法」之「法」乃活法；方苞於古文義法方面之主張，可謂學自曾鞏。

姚鼐桐城三祖之一，字姬傳，一字夢穀，學者稱之爲「惜抱先生」，著有《惜抱軒全集》；其復編選《古文辭類纂》，乃後人學習古文之範本。例如《古文辭類纂》選曾子固〈宜黃縣學記〉末，載桐城三祖評語云：

> 方望溪曰：「觀此等文，可知子固篤於經學，頗能窺見先王禮樂教化之意，故朱子愛而傚倣之。」
> 劉海峰曰：「源流備悉，抒寫明暢，是大文字。」
> 姚氏曰：「隨筆曲注，而渾雄博厚之氣，鬱然紙上。」

以上皆可證明曾鞏文原本經術，長於道古，饒有法度，行文紆曲，傾向陰柔之美。

桐城派以儒家爲宗，《六經》、《語》、《孟》爲法，初祖方苞首揭義法，倡行文道合一之雅潔文章，劉大櫆、姚鼐繼而究其閫奧，曾鞏乃在溯源歸趨之列。此派流衍久廣，號爲清代古文正宗，俾使天下文章，盡在桐城；由此可見曾鞏對清代文人之影響。爾後旁支遂起，如湘鄉派曾國藩之學，亦出於桐城。曾國藩，字滌笙，號伯涵，諡文正，湖南湘鄉人。其文由姚鼐啓迪，論文亦以姚鼐爲基礎，著有《曾文正公詩文集》，並輯錄《經史百家雜鈔》。認爲曾鞏惟目錄序能化，實能深入古人妙處。《經史百家雜鈔》卷八〈序跋之屬一〉云：

> 凡序跋類以遷、固、柳、歐、曾、馬爲宗。

《經史百家雜鈔》卷九《序跋之屬二》，選有曾鞏〈先大夫集後序〉、〈中論目錄序〉、〈戰國策目錄序〉、〈新序目錄序〉、〈列女傳目錄序〉，可見曾國藩十分讚賞曾鞏之目錄序，此亦足以反映清朝文人義理、考據、詞章三合一之文學觀。

桐城人吳闓生，以姚鼐鄉里後進，從湘鄉遊，編纂《古文範》一書；其中選有曾鞏〈列女傳目錄序〉、〈范貫之奏議集序〉二篇。〈列女傳目錄序〉題下有云：

> 子固經術湛深，文氣渾穆寬博，味之不盡，在宋諸家固爲桀出者。此二篇皆涵泳意旨於語句之外，尤得古人三昧，可稱妙遠。

清人劉熙載撰《藝概》卷一〈文概〉云：

> 曾文窮盡事理，其氣味爾雅深厚，令人想見碩人之寬。

曾鞏散文力謀文與道之融合，使其文呈現淳古明潔之特色，故能與歐陽脩並駕，進而與王安石、蘇軾齊驅；並爲清朝桐城派古文家，播下古文義法之種子。

三、有總評其詩歌者

關於曾鞏之詩歌，歷來褒貶不一。例如曾受曾鞏提攜器重之學生秦觀與陳師道二人，即認爲曾鞏不會作詩。《東坡題跋》卷三云：

> 秦少游言人才各有分限，杜子美詩冠古今，而無韻者殆不可讀。曾子固以文名天下，而有韻者輒不工，此未易以理推之也。

秦觀詩擅長抒情，對古樸清淡之曾鞏詩，自是直言其不工。陳師道撰《後山詩話》亦云：

> 世語云：「蘇明允不能詩，歐陽永叔不能賦。曾子固短於韻語，黃魯直短於散語。蘇子瞻詞如詩，秦少游詩如詞。」

秦觀與陳師道皆曾從曾鞏學散文，然二人論詩主張與詩歌創作理念，與曾鞏截然不同，故以「不工」與「短」批評曾鞏詩。羅大經撰《鶴林玉露》丙編卷二亦云：

> 曾子固之古雅，蘇老泉之雄健，固亦文章之傑，然皆不能作詩。

羅大經亦主曾鞏不會作詩。此後眾說紛紜，成爲中國文學史上之公案。

凡物不得其平則鳴，自南宋起，即有人挺身而出，爲曾鞏翻案，肯定曾鞏之詩歌造詣。如宋人劉克莊《後村詩話・後集》卷一云：

> 曾子固〈明妃曲〉云：「丹青有跡尚如此，何況無形論是非。」諸家之所未發。〈哭尹師魯〉云：「悲公尚至千載後，況復悲者同其時。」意甚高。〈挽丁元珍〉云：「鵩來悲四月，鶴去遂千年。」尤精切。〈北歸〉絕句云：「江海多年似轉蓬，白頭歸拜未央宮。堵牆學士爭相問，何處塵埃瘦老翁。」極似半山。誰謂子固不能詩耶？

劉克莊指出曾鞏詩歌亦不乏高而精切者，最後爲曾鞏抱不平：「誰謂子固不能詩耶！」元·方回《瀛奎律髓》亦認爲曾鞏非不能詩，誠乃詩掩於文。《瀛奎律髓》卷十六云：

> 子固詩一掃崑體，所謂餖飣刻畫咸無之，平實清健，自爲一家。

大陸學者李慶甲教授輯《瀛奎律髓彙評》，卷十六〈上元〉方回評：「洪覺範妄誕，著其兄彭淵才之說，以爲曾子固不能詩。學者不察，隨聲附和。今淵才之詩無傳，而子固詩與文終不朽。……大抵文名重，足以壓詩名。」洪覺範即宋朝釋惠洪，字覺範，一字德洪，係北宋中晚期詩僧，善評江西詩派，其撰《冷齋夜話》一書，卷九著錄彭淵才恨子固不能詩之語；而李慶甲教授輯方回之說，認爲曾鞏詩適足與文永垂不朽。

何喬新〈萬曆查溪本南豐先生元豐類稿跋〉云：

> 至其發之賦詠，平實雅健，昌黎之亞也。世或謂其不能詩者，非妄耶？

清人王士禎《帶經堂詩話》卷一《品藻類》亦云：

> 彭淵才恨曾子固不能詩，今人以爲口實。今觀《類稿》中諸篇，亦荊公之亞，但天分微不及耳。若皇甫持正、蘇明允、陳同父乃眞不能詩也。

王士禎謂曾鞏並非眞不能詩，第以詩之天分較差爾！而其詩亦堪稱王荊公之亞。

錢鍾書編注《宋詩選註》，選註〈西樓〉與〈城南〉二詩，並於作者介紹部分讚揚曾鞏之七言絕句云：

> 就「八家」而論，他的詩遠比蘇洵、蘇轍父子的詩好，七言絕句更有王安石的風致。

所謂天下清景，不擇閒愚而與之，實有其理；曾鞏一如屈原，幸有江山之助，不乏清新可讀之寫景詩。若〈西樓〉與〈城南二首〉咸爲作者於福州任內所作之七言絕句，每首寥寥數語，對一草一木，皆有雋永清越之致；以其情眞而語秀，且能與風光景物共憂樂，是故深得絕句妙境；益顯自然親切，洵屬曾鞏晚年成熟詩風之代表作。

《孟子・萬章》云：「說詩者不以文害辭，不以辭害志；以意逆志，是謂得之。」平心而論，曾鞏詩歌確實較缺乏波瀾起伏與奇思壯采，未能臻於杜甫所謂「筆落驚風雨，詩成泣鬼神」之境，比不上當代蘇舜欽、梅堯臣、歐陽脩、蘇軾、王安石等第一流詩人之作；縱然如此，因曾鞏生平得力于經術，有經國濟世之用，故其詩不僅能得其理趣，表達其感情傾向，亦有反映社會現實之作用。而其絕句和律詩，就風格及特色而言，仍有獨到之處；尤其是後期之寫景詩，狀難寫之景如在目前，更是難能可貴。

《宋十五家詩選、南豐詩選》陳訏評：

> 南豐詩……如孤峰天外，卓立萬仞，其氣格在少陵、昌黎之間。按彭淵才謂曾子固不能詩，竟與海棠無香同恨。

姚瑩〈論詩絕句〉云：

> 文掩詩名曾子固，論才合與亞歐王。南豐《類稿》從頭讀，遺恨何人比海棠。

姚瑩乃桐城派姚鼐之長輩，清道光年間人。其肯定曾鞏之詩才，第以文掩詩名而較不被人重視；至若彭淵才將曾鞏詩比作海棠，外表空有美麗顏色卻無香味，姚瑩認爲此說實不妥當。故知曾鞏並非完全不能詩，充其量只能謂其文掩詩名，或詩不如文。此亦證詩文非一體，鮮能備善；而作者之才，更不可力強以致。

四、有總評其對北宋詩文革新貢獻者

宋初學者宗「西崑體」，詩文多偶儷，嗣歐陽脩出，以唐・韓愈爲宗，力振古學。宋之文教，歐陽脩持之，主張文、道統一，俾宋之儒學大闡，文教愈昌明。而曾鞏以理明辭達、平淡自然之詩文，羽翼歐陽脩推行詩文革新，其對當代詩文革新運動，實有邃遠之影響，故眾所矚目之焦點，係其對北宋詩文革新之貢獻。

（一）在北宋古文運動方面

曾鞏生當北宋中葉，文學發生重大變革時期，其遂自理論及創作二方面，與歐陽脩等人一起推動古文運動。所謂古文，乃針對於當時流行之今文——駢文相對之名稱。中國文學史上，唐、宋兩代先後發生古文運動，宋代古文運動平息駢文蕩漾之餘波，使古文再度成爲文壇主流。曾鞏之於古文，確實不失爲第一流作者，其文名在當時早已響徹雲霄；而曾鞏正是推動宋代古文運動主要人物之一。韓維撰〈曾鞏神道碑〉云：

> 自唐衰，天下之文變而不善者數百年。歐陽文忠公始大正其體，一復於雅。其後公與王荊公介甫相繼而出，爲學者所宗，於是大宋之文章，炳然與漢唐侔盛矣！

元人王構著《修辭鑑衡》卷二 引《童蒙訓》云：

> 曾子固文章，紆餘委曲說盡事情，加之字字有法度，無遺恨矣。

王構明白道出曾鞏散文之特色。清人編《古文約選．曾文約選》，方苞評曾鞏〈移滄州過闕上殿箚子〉云：

> 自唐以前，頌美之文皆琢雕字句，文采豐蔚，以本無義理故也。最上者如〈封禪書〉，亦不過氣格校古而已。是篇所稱引，皆應於義理，而又緣飾以經術，遂覺特出於眾，後世文體有跨越前古者，此類是也。子固作此以示人曰：「視班固典引何如？」而不敢以擬長卿。」古人之不自欺如此，使韓子爲之，則必高出長卿之上矣。

是知曾鞏爲文排斥雕琢儷句，不僅應於義理，尚且緣飾以經術，對當代駢儷之文風，頗有力挽狂瀾之功；而其創作態度，自謙如此，更値得後人學習。

臺大何寄澎教授著《唐宋古文新探》一書，於〈唐宋古文運動中的文統觀〉一章中，先謂曾鞏之文統觀爲「孔——孟——荀——揚——韓」。而後就曾鞏文說明，認爲曾鞏：

> 以韓、歐繼孔、孟，爲純正之文統，荀、揚已不與矣。
> 以這個觀點來看，雖亦徐幹「能獨六藝，推仲尼、孟軻之旨，述而論之，求其辭，時若有小失者，要其歸不合於道

者少矣。」似已無須列於文統。由是曾鞏之文統觀固與蘇洵無異，同爲「孔——孟——韓——歐」此一新文統觀。

曾鞏除上述以「道」爲準外，固亦重「文」。

此謂曾鞏之文統觀實爲「孔——孟——韓——歐」，且曾鞏重道亦重文，所言不僅說明曾鞏之文統觀，且提及曾鞏於文統上之特殊地位。

劉一沾、石旭紅《中國散文史》〈第四章 北宋散文〉云：

在散文寫作方面，曾鞏與歐陽修一起，以平易自然的文風抵制了堆砌雕琢的不良風氣。……曾鞏的散文在當時受到了歐陽修的褒揚：「其大者固已魁壘，其於小者亦可以中尺度」。由於他文章的醇儒特徵，南宋以後直到明清都很受重視，對朱熹等人均發生過影響。

程杰著《北宋詩文革新研究》一書，於〈第九章 王安石、曾鞏等淮南、江西文人與詩文革新的深化〉亦云：

曾鞏以文章受知於歐陽修，比歐陽修更嚴守周孔之志，他自稱「家世爲儒，故不業他，自幼逮長努力於文字間。其心所得庶不凡近，嘗自謂於聖人之道有絲髮之見焉。」其一生所言，多屬儒家修身治人之方，主張「本之以先王之法度，推之以化育之方」，尤重在發揮《大學》、《中庸》「誠意正心修身，治國家天下之道本於學」之義。這與歐陽修籠統地講「復古明道」，「覆之以身，施之於事，見之於言」略有不同，於先儒修身治人之道有了更細緻的見地。劉壎《隱居通義》卷二說：「南豐說理則精於其師」，這雖是從理學的立場而言，但從一個側面反映了曾鞏言理希聖，「必本於經」的思想特徵。

王師更生著《歐陽脩散文研讀》，於〈參、導言 三、歐陽脩與北宋詩文革新運動〉云：

至於北宋蘇軾、蘇轍、蘇洵、王安石、曾鞏的散文作品，能夠在我國文學史上大放異彩，直可與兩漢古文、唐代詩歌爭容比豔。這些成就，首先得力於歐陽脩的改革文體，它從制度上給宋代詩文革新運動掃清了障礙，有益於

> 大批作家走上文壇。其次，得力於歐陽脩闡發的文學主張，指導三蘇、王安石、曾鞏的散文，豐富和發展了這些觀點。……
>
> 由於歐、蘇、王、曾等的文藝理論和詩文作品經久不竭地占據北宋文壇，因而唐末「五代體」、宋初「西崑派」爲之望風披靡。同時，這些文學主張又給以後文學的發展提供了先例。

宋初承襲晚唐五代之染習，駢儷之作終亦不衰，時人乃以劉筠、楊大年之作爲體。楊、劉體以雕鐫偶儷爲工，謹守四字六字律令，其弊類俳語可鄙。歐陽脩甚惡之，每每思革宿弊，其於嘉祐中知貢舉時，凡文涉浮靡者，一皆黜落，獨取深醇渾厚之作，並以古文爲天下倡，文體自是一變，漸復古雅之風。曾鞏、王安石與三蘇父子亦繼出而羽翼之，終除四六之習、偶儷之氣，古文爲之復興。曾鞏文工學富，粹然一出於儒家正統，其擅長議論說理，以敦厚凝重之古文擅天下，猶如秦碑漢鼎，足以名家，並對北宋古文之復興，竭盡心力，而獲得具體之成果；其地位與貢獻咸爲後人所稱道。

（二）在北宋詩歌革新運動方面

宋初流行晚唐五代以來卑靡浮豔之詩風。當時主盟詩壇之詩人，有楊億、劉筠、錢惟演等人，諸公不好五代詩風，崇尚晚唐李商隱之唯美主義，專事雕琢粉飾之技巧，講究曼麗浮華之詞藻，淫侈隱晦之用典，以及巧妙工麗之對仗。當時與楊、劉相酬唱之詩人，約有十餘人，楊億將其互相唱和之詩作，編輯成冊，命名爲《西崑酬唱集》，此後「西崑體」聳動天下。北宋詩歌革新運動，即反「西崑體」詩之運動。當時先有蘇舜欽、梅堯臣二人，起而反抗作「西崑體」詩，宋代詩風爲之一變。而宋代詩歌革新運動之領袖，自是歐陽脩。歐陽脩無論是詩或文，皆主復古；思無邪及溫柔敦厚之詩教，令其極欲矯正「西崑體」詩之標新立異與粉飾淫靡。而曾鞏正是歐陽脩倡行詩文革新運動旗幟下之人物，自然以推翻「西崑體」詩爲己任。

雖然曾鞏詩名遠不如文名，然而其詩歌之最大優點，乃絕無宋初西崑體浮豔虛薄之習。《瀛奎律髓彙評》卷十六〈上元〉方回評云：

> 子固詩一掃「崑體」，所謂餖飣刻畫咸無之。平實清健，自爲一家。

誠如方回所云，子固詩一掃崑體，自成一家；其乃盡全力使「西崑體」之風氣銷聲匿跡，大力支持當代詩歌革新。宋人楊萬里著《誠齋詩話》一卷云：

> 四六有作華潤語而重大者，最不可多得。……曾子固云:「鈎陳太微，星緯咸若;崑崙渤澥，波瀾不驚。」

曾鞏所處之時代，「西崑體」藻飾之習氣尚存，而曾鞏年少時或多或少受其影響；幸有歐陽脩導向正軌，使其詩漸爲收斂，不用粉飾之字，罕爲美刺之篇，其辭脫口而出，絕無妝束之態。其敘事寫景者，必豁人耳目；其言情述感者，必沁人心脾。其詩風與西崑體截然不同，正可消除「西崑體」之餘毒。

曾鞏詩現存四百餘首，較重思想內容，而不重華麗之形式，如此既可矯「西崑體」詩之弊，益使其詩內涵豐富。其中非但有憂國憂民情操之傾向，亦明顯表現宋詩議論化、散文化之共同特點。以文爲詩，固自韓愈始，然大盛於宋朝。宋詩重議論、散文化之特色，充分體現於曾鞏詩中。第以詩人之憂世精神，俾其以韓、歐爲宗，力振古學，致力於詩歌革新運動，使「西崑體」之餘風銷聲匿跡。其非特以詩攄己感人，且於詩歌作品中，表現關心國家朝政與民生疾苦，饒有時代意義。其詩復將自我之生活體驗化爲藝術作品，偏重社會寫實，體現求實精神，極具歷史客觀性，乃研究宋代社會之重要史料；曾鞏對當代詩歌之革新，肩負責無旁貸、任重道遠之神聖使命。將其推動詩歌革新與散文革新之態度相比較，誠有過之而無不及。

自古以來，中國詩歌作家或作品，與其時代、社會，有密不可分之關係，此乃必然之事，故而社會現實之生活，往往爲創作之最佳題材。自《詩經》開始，即有對統治者暴政進行批判之詩歌，至唐朝杜甫「三吏」、「三別」等詩，以及白居易諷諭詩，已達此類作品之創作高峰。宋代因天災人禍造成人民流離失所，令憂國憂民之曾鞏擔心不已。或謂宋代消失社會寫實風氣，其實宋代社會派詩人或許少於唐代，然並非全無。若曾鞏歷練甚多、眼界頗大，有很多詩篇以社會現實爲題材，與當時歷史背景、國家政局、社會情勢息息相關。不僅反映廣泛之社會現實，體現唐代杜甫、白居易等社會派詩人之寫實主義精神。曾鞏詩呈現善陳時事之特色，適足以反映社會現實；而其詩亦具有溫柔敦厚、沉著和平之風格，眞正發揚自古以來騷、雅之優良傳統。

曾鞏未入仕前，其生活於窮困潦倒之環境中，個性較爲消極，常以詩歌描寫當時場屋之習，以抒發自古材大難爲用之情。入仕之後，任地方官之時間甚長，對社會各階層觀察細膩，親眼目睹天下蒼生之苦難，促使其積極爲貧苦人民仗義直言。由關心民生疾苦，進而批評爲政者與朝政，順勢敘述自己之政治理念與抱負；偶爾對個人在任上之優良治績，亦自我歌詠一番。不管前期或後期作品，曾鞏皆以樸實無華之詩歌，採敘事兼議論之方式，以日常生活眞實之事物，或喜怒哀樂之情爲題材，抒發眞情實感，反映時代、社會之悲情，泰半充滿現實主義精神，其對國家、社會、歷史、人民之影響，可謂廣泛而深遠。如前述〈追租〉、〈胡使〉、〈邊將〉等詩，出之以古文筆法，主於議論，允爲典型之宋詩風格。曾鞏於歐陽脩指導下，置身於當代詩歌改革與創作行列中，對北宋詩歌之發展奉獻心力，其歷史地位及功績，自不可等閒視之。

五、有分評各篇作品者

關於曾鞏之文學作品，分評單篇者不少，尤以散文爲多；其評語以明人茅坤編《唐宋八大家文鈔》爲最集中。而明、清二代以至近代，評論曾鞏單篇作品者實不勝枚舉。茲略舉數例，以見一斑。

（一）評〈熙寧轉對疏〉

明·茅坤《唐宋八大家文鈔》卷九十七，《南豐文鈔》評曾鞏〈熙寧轉對疏〉云：

> 勸學二字，公之所見正，所志亦大，而惜也才不足以副之，故不得見用於時。姑錄而存之，以見公之概。

此說所謂「勸學」者，即曾鞏〈熙寧轉對疏〉所云：「臣觀《洪範》所以和同天人之際，使之無閒，而要其所以爲始者，思也；《大學》所以誠意正心修身，治其國家天下，而要其所以爲始者，致其知也。故臣以謂正其本者，在得之於心而已。得之於心者，其術非他，學焉而已矣。此致其知所以爲大學之道也。古之聖人，舜禹成湯文武，未有不由學而成，而傅說、周公之輔其君·未嘗不勉之以學。……自周衰以來，道術不明。爲人君者，莫知學先王之道以明其心；爲人臣者，莫知引其君以及先王之道也。……今去孔孟之時又遠矣，臣之所言，乃周衰以來千有餘年，所謂迂遠而難遵者也。……得之於心，則在學焉而已者。」〔註1〕明·茅坤又引王愼中語云：

> 王遵岩曰：「董仲舒、劉向、揚雄之文，不過如此。若論結構法，則漢猶有所未備，而其氣厚質醇，曾遠不迨董、劉矣！惟揚雄才艱，而又不能大變於當時之體，比曾爲不及耳。」

王愼中認爲曾鞏此文，西漢董仲舒、劉向、揚雄諸人，亦不過如此。南宋·黎靖德編《朱子語類》卷一百三十云：「南豐文卻近質。他初只是學爲文，卻因學文漸見些子道理，故文字依傍道理做，不爲空言。只是關鍵緊要處，也說得寬緩不分明。緣他見處不徹，本無根本工夫，所以如此。但比之東坡，則較質而近俚，東坡則華豔處多。」卷一百三十九云：「東坡文字明快，蘇老文雄渾，盡有好處。如歐公、曾南豐、韓昌黎之文豈可不看？」又云：「韓文高。歐陽文可學。曾文一字挨一字，謹嚴，然太迫。」又云：「文字到歐、曾、蘇，道理到二程，方是暢。荊公文暗。」又云：「東坡文說得透，南豐亦說得

〔註1〕曾鞏撰，〈熙寧轉對疏〉，見《曾鞏集》（宋·曾鞏撰，陳杏珍、晁繼周點校，北京：中華書局，西元1984年11月第一版第一次印刷）下冊，卷第二十九，《疏一首　劄子一首》，頁433～頁436。

透，如人會相論底，一齊指摘說盡了。歐公不盡說，含蓄無盡，意又好。」誠如大陸學者張覺選注《曾鞏散文精選》講評此篇云：「其文從揭示現實到分析對策，正面論述到反面貶抑，從回顧歷史到關注當今，鋪張揚厲，氣勢非凡，甚有戰國策士游說君主、抵掌而談之餘韻。」是知曾鞏〈熙寧轉對疏〉於議論方面，具有正反對照之特色。

（二）評〈移滄州過闕上殿疏〉

明．茅坤《唐宋八大家文鈔》卷九十七，《南豐文鈔》評曾鞏〈移滄州過闕上殿疏〉云：

> 曾公此劄，欲附古作者雅頌之旨，陳上功德，宣之金石，而其結束歸於勸戒。

《曾鞏集》中有〈移滄州過闕上殿劄子〉云：「臣聞基厚者勢崇，力大者任重，故功德之殊，垂光錫祚，舄奕繁衍，久而彌昌者，蓋天之理，必至之符。然生民以來，能濟登茲者，未有如大宋之隆也。……臣愚區區之心，誠不自揆，欲以庶幾詩人之義，惟陛下之所擇。」〔註2〕茅坤殆就此而評之。

清．沈德潛《唐宋八家文讀本》卷二十七云：「原本經術，氣質醇厚，宜下筆時不知有劉向，無論韓愈也。」清．袁枚《小倉山房文集》卷三十〈書茅氏八家文選〉云：「三蘇之文，如出一手，固不得判而為三；曾文平純，如大軒駢骨，連綴不得斷，實開南宋理學一門，又安得與半山、六一較伯仲也？」清．高嵣《唐宋八大家鈔》卷八云：「第一段籠括全局，端凝渾厚。第二段歷敘前代廢亂，以跌起本朝。第三段入本朝，歷述祖宗之休烈，提振今上之銳興。雖敘事徵實，止是立案。真宗澶淵之盟，為中外盛衰關頭，故原始特敘。入今上，摹寫神宗銳意有為，創興政令，不著事迹，而筆有主張。第四段總承前文，推原本朝之所以盛，乃以前世之所以衰歷歷形起，脈縷極細，不獨推崇有體。第五段單頌本朝，用極整極練之筆揚邦隆上治之象。一

〔註2〕曾鞏撰，〈移滄州過闕上殿劄子〉，見《曾鞏集》（同註1）下冊，卷第三十，《劄子六首》，頁440～頁444。

路委蛇而來，到此精采煥發，文勢一振。後又回合前世，襯出本朝，作前路一大收束。以上皆是案，以下揭進札之旨。第六段援古詩以引今疏，稱紀功德，備舉美戒。蓋以成王望今上，而自擬於《雅》、《頌》也。第七段卸入今上，就頌美側到規戒，即《風》、《雅》詩歌之旨也。」所言確鑿。

（三）評〈請減五路城堡劄子〉

明・茅坤《唐宋八大家文鈔》卷九十七，《南豐文鈔》評曾鞏〈請減五路城堡箚子〉云：

> 似亦名言，惜也篇末措注亦欠發明。

所謂「名言」者，應指曾鞏〈請減五路城堡箚子〉:「夫將之於兵，尤弈之於棋。善弈者置棋雖疏，取數必多，得其要而已。故敵雖萬變，塗雖百出，而形勢足以相援，攻守足以相赴，所保者必其地也。非特如此，所應者又合其變，故用力少而得筭多也。不善弈者，置棋雖密，取數必寡，不得其要而已。故敵有他變，塗有他出，而形勢不得相援，攻守不能相赴，所保者非必其地，故立城不多，則兵不分，兵不分，則用士少，所應者又能合其變，故用力少而得筭多，猶之善弈也。不得其要者，所保非必其地，故立城必多，立城多，則兵分，兵分則用士眾，所應者又不能合其變，故用力多而得筭少，猶之不善弈也。」〔註3〕一段。元・劉壎《隱居通議》卷二十一〈駢儷一・總論〉:「宋初，承唐習，文多儷偶，謂之『昆體』。至歐陽公出，以韓爲宗，力振古學，曾南豐、王荊公從而和之，三蘇父子又以古文振於西州。舊格遂變，風動景隨，海內皆歸焉。然朝廷制誥，縉紳表啓猶不免作對，雖歐、曾、王、蘇數大儒皆奮然爲之，終宋之世不廢。」清・何焯《義門讀書記》卷四十三云:「文法率用雙行。」以上乃自各角度評之。

〔註3〕曾鞏撰，〈請減五路城堡箚子〉，見《曾鞏集》（同註1）下冊，卷第三十，《箚子六首》，頁440～頁444。

（四）評〈明州擬辭高麗送遺狀〉

明・茅坤《唐宋八大家文鈔》卷九十七，《南豐文鈔》評曾鞏〈明州擬辭高麗送遺狀〉云：

> 極爲通達國體之言。

曾鞏〈明州擬辭高麗送遺狀〉云：「臣愚竊欲自今高麗使來，贄其所有以爲好於邦域之臣者，許皆以詔旨還之。其資於官用以爲酬幣已有故事者，許皆以詔旨與之如故。惟陛下詳擇之。如可推行，願更著於令。蓋復其贄以及於恐其力之不足，厚其與以及於察其來之不易，所謂尙之以義，綏之以仁。中國之所以待蠻夷，未有可以易此者也。其國粗爲有知，歸相告語，必皆心服誠悅慕義於無窮，此不論而可知也。臣愚非敢以是爲廉，誠以拊接蠻夷，示之以輕財重禮之義，不可不先。庶幾萬分之一，無累於陛下以德懷遠人之體。是以不敢不言，惟陛下裁擇。謹具狀奏聞，伏候敕旨。」〔註 4〕此主張對高麗國使者贈予地方長官之禮物，一律據詔旨退還。清・何焯《義門讀書記》卷四十三評此篇云：「有體有要，西漢之文。」大陸學者張覺選注《曾鞏散文精選》講評此篇云：「文章一疑一論，將道理說透，再將其意見道出，水到渠成。接著進一步論述了這種尙之以義，綏之以仁的還贄制度將產生的國際影響，並申述了自己的本意是爲皇上以德懷遠人著想，而並非博取廉潔之名。如此反覆陳說，一再致意，頗合上書之體。」因曾鞏知書達禮，故其疏狀類作品亦能「通達國體」。

（五）評〈請令州縣特舉士劄子〉

明・茅坤《唐宋八大家文鈔》卷九十七，《南豐文鈔》評曾鞏〈請令州縣特舉士劄子〉云：

> 子固按古者三代及漢興，令郡國各舉賢良者以聞，甚屬古意。世之君相未必舉行，而不可不聞此議，予故錄之。

曾鞏〈請令州縣特舉士劄子〉云：「其舊制科舉，以習者既久，難一

〔註 4〕曾鞏撰，〈明州擬辭高麗送遺狀〉，見《曾鞏集》（同註 1）下冊，卷第三十五，《奏狀三首》，頁 500～頁 502。

日廢之，請且如故事。惟貢舉疏數，一以特舉爲準，而入官試守選用之敘，皆出特舉之下。至夫教化已洽、風俗既成之後，則一切罷之。如聖意以謂可行，其立法彌綸之詳，願詔有司而定議焉。」〔註 5〕清·張伯行《唐宋八大家文鈔》卷十一云：「特舉之典可以補科舉所不及，然行之須得其人。倘不得其人，安知鑽營奔競之弊。不有甚於科舉者乎？此論者常有意於復古而未能也。子固此論欲漸變科舉之法，而行特舉以爲之兆。中間需嚴舉主之賞罰，使舉者不敢妄舉，其法甚善，縱科舉卒難即罷，而此法即行，人人有所激動，亦必有純良傑出之材，爲國家用者也。」大陸學者張覺選注《曾鞏散文精選》講評此篇云：「曾鞏認爲當今的科舉制度，只是課無用之空文，與古代注重德行的選士制度大異其趣，所以必須改革。……如果有德才非凡的人，可特舉。特舉的選士主張，是對科舉選士制度的徹底否定。」是知曾鞏此文別有創見。

（六）評〈上范資政書〉

明·茅坤《唐宋八大家文鈔》卷九十八，《南豐文鈔》，評曾鞏〈上范資政書〉云：

> 按此書曾公既自幸爲范文正公所知，竊欲出其門;又恐文正公或賤其人，故爲紆徐曲折之言，以自通于其門。而行文不免蒼莽沉晦，如揚帆者之入大海，而茫乎其無畔已。若韓昌黎所投執政書，其言多悲慨;歐公所投執政書，其言多婉曲;蘇氏父子投執政書，其言多曠達而激昂。較之子固，醒人眼目，特倍精爽。

此言曾鞏散文紆徐曲折，足以醒人眼目。曾鞏〈上范資政書〉云：「然閣下之位可謂貴矣，士之願附者可謂眾矣，使鞏不自別於其間，豈非鞏之志哉？亦閣下之所賤也。故鞏不敢爲之。不意閣下欲收之而教焉，而辱召之。鞏雖自守，豈敢固於一邪？故進於門下，而因自敘其

〔註 5〕曾鞏撰，〈請令州縣特舉士箚子〉，見《曾鞏集》（同註 1）下冊，卷第三十，《箚子六首》，頁 447～頁 449。

所願與所志，以獻左右，伏惟賜省察焉。」〔註6〕清・張伯行《唐宋八大家文鈔》卷十二云：「曾公此書，以爲公之應事，本於《易》之變化，而欲親炙門下，以承其教。其於學問之意，蓋惓惓焉，與投書獻啓以干王公大人者，相去遠矣。讀者詳之。」大陸學者張覺選注《曾鞏散文精選》講評此篇云：「范仲淹爲北宋著名的政治家、文學家。他通曉《六經》，尤其擅長《周易》，他任秘閣校理時，學者都向他求教。曾鞏此信雖向他求教《易》理，但寫法卻較別致。……這些議論，猶如一篇學術論文，它表明曾鞏對《周易》已有了相當的認識，進一步深造是有相當基礎的。這種求教時先顯示自己深厚根柢的寫法，很容易受到賜教者的青睞。文中所表達出來的自謙、志高以及對對方的崇揚，也都爲求教者應有的姿態。」是知曾鞏此書足爲登門求教或毛遂自薦者所取法。

（七）評〈與撫州知州書〉

宋・黃震《黃氏日抄》卷六十三云：

〈與撫州知州書〉言心之獨得。

清・何焯《義門讀書記》卷四十二，評〈與撫州知州書〉云：

多用韓文腔子，是亦少作也。

此言曾鞏散文，淵源自韓愈，故此文有韓文腔子。曾鞏〈與撫州知州書〉云：「士有一時之士相參錯而居，其衣服食飲語默止作之節無異也。及其心有所獨得者，放之天地而有餘，斂之秋毫之端而不遺。望之不見其前，躡之不見其後。……聲名嚴威，列之乎公卿徹官而不爲泰，無匹夫之勢而不爲不足。天下吾賴，萬世吾師，而不爲大；天下吾違，萬世吾異，而不爲貶。」〔註7〕大陸學者張覺選注《曾鞏散文精選》講評此篇云：「前一段的論述，則以一連串富有文采的對偶排

〔註6〕曾鞏撰，〈上范資政書〉，見《曾鞏集》（同註1）下冊，卷第十五，《書十首》，頁243～頁244。

〔註7〕曾鞏撰，〈與撫州知州書〉，見《曾鞏集》（同註1）下冊，卷第十五，《書十首》，頁245～頁246。

比句，將高尚、博大、光輝、超脫的道德情操，刻畫得入木三分，使一個崇高端莊、仁厚善良、胸懷正道、氣度恢宏、雍容大雅、傲士出塵的高士形象躍然紙上。此信寫得文情並茂，立意高遠。」然子固有一段自別於眾人處之意，而又有所難言，故其文迂蹇，不甚精爽，非其佳者。曾鞏此書有類韓文腔子之處在此。

（八）評〈與孫司封書〉

清・何焯《義門讀書記》卷四十二，評〈與孫司封書〉云：

> 反覆馳驟，于作者逼最有光燄之文，殆不減退之〈張中丞傳後敘〉也。

此謂曾鞏〈與孫司封書〉，可媲美韓愈〈張中丞傳後敘〉。曾鞏致書之意，在白孔宗旦先告儂智高之亂，與其終不投降叛賊而死節之事，爲孔宗旦雪冤。如云：「則宗旦之事，豈可不汲汲載之天下視聽，顯揚褒大其人，以驚動當世耶？……以閣下好古力學，志樂天下之善，又方使南方，以賞罰善惡爲職，故敢以告。其亦何惜須臾之聽，尺紙之議，博問而極陳之。使其事白，固有補於天下，不獨一時爲宗旦發也。」〔註8〕大陸學者吳功正等編著《曾鞏散文精品選》評此篇云：「全文夾敘夾議，以敘述爲基礎展開議論，盤旋用筆，議論風發，作者一改溫柔敦厚的文風，時露鋒芒，金剛怒目。文章極富邏輯性，推理嚴密，很有說服力。而文章氣勢充沛，不平則鳴，爲死者鳴冤，爲命運不公者叫屈，有時簡直拍案而起，怒目戟指，因此又很有感染力。」此可印證何焯謂曾鞏此文不減韓愈〈張中丞傳後敘〉，其爲書反覆千餘言，句句字字嗚咽涕淚，可與傳記相表裏，所言不虛。

（九）評〈寄歐陽舍人書〉

宋・黃震《黃氏日抄》卷六十三云：

> 〈寄歐陽舍人書〉，公謝其爲先祖銘墓也。理密文暢，可觀。

〔註8〕曾鞏撰，〈與孫司封書〉，見《曾鞏集》（同註1）下冊，卷第十五，《書十首》，頁246～頁248。

清・何焯《義門讀書記》卷四十三，評〈寄歐陽舍人書〉云：

> 文法多本諸韓。

曾鞏散文近承歐，遠紹韓愈，故謂曾鞏文法多本諸韓。曾鞏〈寄歐陽舍人書〉云：「及世之衰，爲人之子孫者，一欲褒揚其親而不本乎理。故雖惡人，皆務勒銘以誇後世。立言者既莫之拒而不爲，又以子孫之所請也，書其惡焉，則人情之所不得，於是乎銘始不實。後之作銘者，常觀其人。苟託之非人，則書之非公與是，則不足以行世而傳後。故千百年來，公卿大夫至於里巷之士，莫有不銘，而傳者蓋少。其故非他，託之非人，書之非公與是故也。」〔註9〕呂晴飛編《散文唐宋八大家新賞》《曾鞏》評此篇云：「〈寄歐陽舍人書〉可視爲曾鞏的最佳之篇，……本文可看作是曾鞏風格的代表之作。」此書紆徐百折，而感慨嗚咽之氣，博大幽深之識，溢於言外。是知此篇之價值與重要性。

（十）評〈洪範傳〉

明・歸有光《震川先生集》卷一云：

> 昔王荊公、曾文定公皆有洪範傳，其論精美，遠出二劉、二孔之上。然予以爲先儒之說亦時有不可廢者，因頗折衷之，復爲此傳。

曾鞏〈洪範傳〉云：「五行五者，行乎三材萬物之間也，故『初一曰五行』。其在人爲五事，故『次二曰敬用五事』。……凡此者，皆人君之道，其言不可雜，而其序不可亂也。推其類則有九，要其始終則猶之一言而已也。學者知此，則可以知〈洪範〉矣。」〔註10〕曾鞏於經學方面之著作極少，而〈洪範傳〉爲曾鞏散文中，唯一直接論述經學之作；文中強調經始其義於彼，而終其效於此，以明上之所以王者如是，而帝王之治天下，其道未嘗不同，皆聖人之道也！全篇洋洋灑灑，

〔註9〕曾鞏撰，〈寄歐陽舍人書〉，見《曾鞏集》（同註1）下冊，卷第十六，《書十八首》，頁253～頁254。

〔註10〕曾鞏撰，〈洪範傳〉，見《曾鞏集》（同註1）上冊，卷第十，《傳序二首》，頁155～頁170。

依經立論；歸有光謂「其論精美」，實獨具慧眼。

（十一）評〈《戰國策》目錄序〉

宋・呂祖謙《古文關鍵》卷二云：

> 此篇節奏從容和緩，且有條理，又藏鋒不露。初讀若太羹元酒，當仔細味之。若他練字好，過換處不覺，其間又有深意存。

明・歸有光《文章指南》評〈《戰國策》目錄序〉云：

> 文章意全勝者，辭愈樸而文愈高。意不勝者，辭愈華而文愈鄙。如此序，無一奇語，無一狂字，讀之如太羹玄酒，不覺至味存焉，眞大手筆之文也。

曾鞏〈《戰國策》目錄序〉云：「劉向所定《戰國策》三十三篇，《崇文總目》稱第十一篇者闕，臣訪之士大夫家，始盡得其書，正其誤謬而疑其不可考者，然後《戰國策》三十三篇復完。敘曰：……或曰：『邪說之害正也，宜放而絕之，則此書之不泯其可乎？』對曰：『君子之禁邪說也，固將明其說於天下，使當世之人皆知其說之不可從，然後以禁，則齊；使後世之人皆知其說之不可爲，然後以戒，則明，豈必滅其籍哉？放而絕之，莫大於是。是以孟子之書，有爲神農之言者，有爲墨子之言者，皆著而非之。至於此書之作，則上繼春秋，下至楚漢之起，二百四五十年之間，載其行事，固不可得而廢也。』」〔註11〕此序與〈新序〉相類，而此篇英爽軼宕；大旨與〈新序〉相近，有根本，有法度。歸有光稱此文爲「眞大手筆之文」，可謂極其推崇。

（十二）評〈《南齊書》目錄序〉

清・康熙《御選古文淵鑒》卷五十二云：

> 臚陳得失，當與劉知幾《史通》並傳。

清・張伯行《唐宋八大家文鈔》卷十四云：

> 史者是非得失之林，古之良史，取其可法可戒而已。

〔註11〕曾鞏撰，〈《戰國策》目錄序〉，見《曾鞏集》（同註1）上册，卷第十一，《序十一首》，頁183～頁185。

清·惲敬《大雲山房文稿》卷三云：

> 古文，文中之一體耳，而其體至正，不可餘，餘則支；不可盡，盡則敝；不可爲容，爲容則體下。
>
> 若是，則所謂爲支、爲敝、爲體下，皆其薄、其瑕、其小爲之；如能盡其才與學以從事焉，則支者如山之立，敝者如水之去腐，體下者如負青天之高，於是積之而爲厚焉，斂之而爲堅焉，充之而爲大焉，且不患其傳之盡失也。然所謂才與學者何哉？曾子固曰：「明必足以周萬事之理，道必足以適天下之用，智必足以通難知之意，文必足以發難顯之情。」如是而已。

惲敬認爲曾鞏〈《南齊書》目錄序〉所謂「明必足以周萬事之理，道必足以適天下之用，智必足以通難知之意，文必足以發難顯之情。」〔註12〕亦爲古文家必備之才與學，更加彰顯曾鞏之史學主張。大陸學者吳功正等編著《曾鞏散文精品選》評此篇云：「只有具備上述素質的史官，寫歷史才不致出現『失其意』、『亂其實』、『析理不通』、『設辭不善』的缺憾。」此之謂也！王煥鑣《曾南豐先生年譜》云：「章實齋（學誠之字）〈刪定曾南豐南齊書目錄序〉云：『古人序論史事，無若曾氏此篇之得要領者，蓋其窺於本源者深，故所發明，直見古人之大體也。先儒謂其可括十七史之統序，不止《南齊》一書而作。』其說洵然。」本篇記史家得失處，猶易如反掌。

（十三）評〈《梁書》目錄序〉

明·茅坤《唐宋八大家文鈔》卷一〇〇，《南豐文鈔》四引唐順之評云：

> 唐荊川曰：「通篇俱說聖人之內，而所以攻佛者不過數句。」

茅坤又引王慎中云：

> 〈原道〉文字雄健傑特，亙古無論矣。

清·康熙《御選古文淵鑒》卷五十二云：

〔註12〕曾鞏撰，〈《南齊書》目錄序〉，見《曾鞏集》（同註1）上冊，卷第十一，《序十一首》，頁187～頁189。

說理極爲精湛，其言大而有本。

清・何焯《義門讀書記》卷四十一云：

此篇立論原本《中庸》，皆有次序條理可觀。

曾鞏〈《梁書》目錄序〉云：「《梁書》六本紀、五十列傳，合五十六篇，唐貞觀三年詔右散騎常侍姚思廉撰。思廉者，梁史官察之子，推其父意，又頗采諸儒謝、吳等所紀，以成此書。臣等既校正其文字，又集次爲目錄一篇，而敘之曰：……能致其知者，察三才之道，辨萬物之理，小大精粗，無不盡也。此之謂窮理，知之至也。」〔註13〕因曾鞏具有儒家思想，故此篇多言聖人之道。以上諸家之評論，將曾鞏散文內在之經術思想，顯微闡幽。大陸學者張覺選注《曾鞏散文精選》講評此篇亦云：「由此可見，由以上闡明儒道來抵排梁代所泛濫的佛教，實在是論梁代之得失，這當然與讀《梁書》者密切相關。」是知曾鞏此文重在捍衛儒道。

（十四）評〈太祖皇帝總序〉

明・茅坤《唐宋八大家文鈔》卷一〇〇，《南豐文鈔》四引唐順之評云：

唐荊川曰：「此等大文字，當看其布置處。南豐有〈滄州上殿劄子〉，皆與此意同，并可與歐公〈仁宗御集序〉參之。」

清・何焯《義門讀書記》卷四十一云：

起數語中，尚宜明點生民之困一語，則「以生民爲任」句承得有根，而結處户口之多少一段，亦愈有力矣。

此評道出曾鞏散文善於布置之特色。曾鞏〈進太祖皇帝總序　并狀〉云：「宋興，太祖開建鴻業，更立三才爲帝者首。陛下所以命臣顯揚褒大之意，固以謂太祖雄才大略，千載以來特起之主，國家所繇興，無前之烈，宜明白暴見，以覺悟萬世，傳之無窮。……太祖爲天下所載，踐尊位，以生民爲任，故勸農桑，薄賦斂，緩刑罰，除舊政之不

〔註13〕曾鞏撰，〈《梁書》目錄序〉，見《曾鞏集》（同註1）上冊，卷第十一，《序十一首》，頁177～頁179。

便民者，詔令勉核相屬，推其心，無一日不在百姓也。」〔註 14〕文中一再布置，論述宋太祖之政績，由此可印證唐荊川之評語。

（十五）評〈送丁琰序〉

明・茅坤《唐宋八大家文鈔》卷一〇二，《南豐文鈔》六評〈送丁琰序〉云：

> 篇中所見遠，而其行文轉調處，似不免樸遬紆蹇之病，故不英爽。子固本色自在，子固所爲本色不足處亦在。

明・茅坤又引唐順之評云：

> 唐荊川曰：「南豐之文，大抵入事以後，與前半議論照應，不甚謹嚴。」

清・康熙《御選古文淵鑒》卷五十二云：

> 南豐之文，每一發議，必根柢大中至正之道，如此言人才盛衰，由於學校勸懲之法，可云探見本原也。

三說對此篇皆有褒有貶。曾鞏〈送丁琰序〉云：「守令之於民近且重，易知矣。予嘗論今之守令，有道而聞四方者，不過數人。……故今之賢也少。賢之少，則自公卿大夫，至於牛羊倉廩賤官之選，常不足其人焉，獨守令哉？是以其求之無不至，其法日以愈密，而不足以爲治者，其原皆此之出也已。噫！奚重而不更也。」〔註 15〕此文至此皆論述得賢與愛才之重要；以下方敘述丁琰之事蹟。唐順之認爲前半議論與後半敘人入事，照應不甚謹嚴。大陸學者張覺選注《曾鞏散文精選》講評此篇則云：「文章的寫法頗具特色。如第一段層層深入，轉折自然。……第二、第三段對比鮮明，使其經驗教訓較然著明。……文末由勉勵丁君推廣至勉天下之凡爲吏者，更使此文深意無窮。如此之類，均可見曾文之神韻。」可謂推崇備至，有異於唐順之略有貶抑之評語。

〔註 14〕曾鞏撰，〈進太祖皇帝總序　并狀〉，見《曾鞏集》（同註 1）上冊，卷第十，《傳　序二首》，頁 170～頁 175。

〔註 15〕曾鞏撰，〈送丁琰序〉，見《曾鞏集》（同註 1）上冊，卷第十四，《序十一首》，頁 228～頁 230。

（十六）評〈贈黎安二生序〉

明・茅坤《唐宋八大家文鈔》卷一〇二，《南豐文鈔》六評曾鞏〈贈黎安二生序〉云：

> 子固作文之旨，與其所自任處並已概見，可謂文之中尺度者也。

明・茅坤引唐順之語云：

> 唐荊川曰：「議論謹密。」

清・何焯《義門讀書記》卷四十一何焯評云：

> 荊川云：「議論謹密。」欲爲古之文者，當志乎古之道，道不至，則文蓋未也。曾公本欲規而進之，正言若反，使自求諸言外。此文最善學韓，結處暗用范滂語，翻案文勢，抑揚反覆，可謂圓健。

清・張伯行《唐宋八大家文鈔》卷十四云：

> 聖賢之道平易近情，而世多目之爲迂闊，古今同概也。子固借題自寫，且願與有志者擇而取之，眞維持世教之文。

曾鞏〈贈黎安二生序〉云：「夫世之迂闊，孰有甚於予乎？知信乎古而不合乎世，知志乎道而不知同乎俗，此余所以困於今而不自知也。」〔註16〕此乃曾鞏散文重視法度、志乎古道、取法韓愈之一證也！

（十七）評〈送蔡元振序〉

明・茅坤編《唐宋八大家文鈔》卷一〇二，《南豐文鈔》六評曾鞏〈送蔡元振序〉云：

> 才燄少宕，特其所見，亦有可取。

明・茅坤引唐順之語云：

> 唐荊川曰：「此文入題以後，照應獨爲謹密，異于南豐諸文。」

是知曾鞏之文才，爲茅坤所肯定。而唐順之亦讚譽曾鞏文於題目上照應謹密，此乃曾鞏爲文之一貫作風。曾鞏〈送蔡元振序〉云：「臨川君從事於汀，始試其爲政也。汀誠爲治州也，蔡君可拱而坐也；誠未

〔註16〕曾鞏撰，〈贈黎安二生序〉，見《曾鞏集》（同註1）上冊，卷第十三《序九首》，頁217～頁218。

治也，人皆觀君也，無激也，無同也，惟其義而已矣。蔡君之任也，其異日官於朝，一於是而已矣，亦蔡君之任也。可不懋歟？其行也，來求吾文，故序以送之。」〔註 17〕清・何焯《義門讀書記》卷四十一云：「此文反近李習之。」又云：「淡古」。清・劉熙載《藝概・文概》云：「昌黎文意思來得硬直，歐、曾來得柔婉。硬直見本領，柔婉正復見涵養也。」大陸學者張覺選注《曾鞏散文精選》講評此篇則云：「全文先開後合，由放而收，都緊扣蔡元振任職之行潑墨，曾文構思之妙，由此可見一斑。」此乃褒揚曾文構思之評語。

（十八）評〈筠州學記〉〈宜黃縣縣學記〉

南宋・黎靖德編《朱子語類》卷一百三十九云：

> 南豐作〈宜黃〉、〈筠州〉二學記好，說得古文教學意出。

清・姚鼐《古文辭類纂》，評〈筠州學記〉云：

> 〈宜黃〉、〈筠州〉二記，論學之旨皆精，然〈宜黃記〉隨筆曲注，而渾雄厚博之氣，鬱然紙上，故最爲曾文之盛者。〈筠州記〉體勢方幅，而氣勢亦稍弱矣！

明・茅坤《唐宋八大家文鈔》卷一〇三，《南豐文鈔》七評〈宜黃縣縣學記〉云：

> 子固記學，所論學之制，與其所以成就人材處，非深於經術者不能，韓、歐、三蘇所不及處。

是知〈筠州學記〉與〈宜黃縣縣學記〉二文，皆曾鞏論學之佳篇。曾鞏〈筠州學記〉云：「今之士選用於文章，故不得不篤於所學。至於循習之深，則得於心者，亦不自知其至也。由是觀之，則上有所好，下必有甚者焉，豈非信歟！」〔註 18〕大陸學者吳功正等編著《曾鞏散文精品選》評此篇云：「就是由于朝廷選拔人才的標準和方法有所偏頗，導致人才的道德教育和知識教育出現了斷裂。」此評係就教育觀

〔註 17〕曾鞏撰，〈送蔡元振序〉，見《曾鞏集》（同註 1）上冊，卷第十四《序十一首》，頁 227～頁 228。

〔註 18〕曾鞏撰，〈筠州學記〉，見《曾鞏集》（同註 1）上冊，卷第十八《記十三首》，頁 300～頁 302。

點評之。

（十九）評〈襄州宜城縣長渠記〉

明・茅坤《唐宋八大家文鈔》卷一〇三，《南豐文鈔》七，評云：

千年鄢水，本末如掌，而通篇措注，一一有法。

明・茅坤引王愼中語云：

王遵岩曰：「二堂及此記，皆絕佳。」

清・姚鼐《古文辭類纂》評云：

作考證文字，可以爲法。

清・林紓《春覺齋論文》第十四條云：

勘災、浚渠、築塘，語務嚴實，必舉有益於民生者，始矜重不流於佻。

曾鞏〈襄州宜城縣長渠記〉云：「蓋鄢水之出西山，初棄於無用，及白起資以貨楚，而後世顧賴其利。酈道元以謂溉田三千餘頃，至今千有餘年，而曼叔又舉眾力而復之，使並渠之民，足食而甘飲，其餘粟散於四方。」〔註 19〕由上可見曾鞏不僅擅長敘事，亦長於考證。大陸學者夏漢寧著《曾鞏》一書，於〈曾鞏的生平〉〈艱辛坎坷的前途〉一節評此篇云：「這篇記以記事爲主，但夾以議論和抒情，寫得含蓄蘊藉，委婉周全，有較強的文學性。」是知曾鞏〈襄州宜城縣長渠記〉於敘事與考證之時，亦兼顧文學色彩。

（二十）評〈墨池記〉

明・茅坤《唐宋八大家文鈔》卷一〇四，《南豐文鈔》八評云：

看他小小題，而結構卻遠而正。

清・姚鼐《古文辭類纂》載王文濡評註云：

神韻酷似永叔，子固集中所不多見者。

清・乾隆《御選唐宋文醇》卷五十六云：

寥寥短章，而使人味之雋永。此曾、王之所長也。

〔註 19〕曾鞏撰，〈襄州宜城縣長渠記〉，見《曾鞏集》（同註 1）上册，卷第十九《記九首》，頁 309～頁 311。

清・沈德潛《唐宋八大家文讀本》卷二十八云：

小中見大，可以暗藏，可以說破。此則說破「深造道德」意，不以一格拘也。

同卷又云：

用意或在題中，或出題外，令人徘徊賞之。

清・何焯《義門讀書記》卷四十二云：

能與學兩層到底。因其地爲州學舍，而求文記之者即教授，故推而論之，非若今人腔子之文也。

同卷又云：

「義之之書晚乃善」，上敘過墨池，以下發論。

同卷又云：

「況欲深造道德者」，脫出正意。

同卷又云：

「今爲州學舍」，此句一篇眼目。

同卷又云：

此篇如放筆數千言，即無味也。詞旨高遠，後人無此雄厚。

清・張伯行《唐宋八大家文鈔》卷十五云：

小中見大，得此意者，隨處皆可悟學。

王師更生《曾鞏散文研讀》一書中，《雜記文選讀》部分評〈墨池記〉云：

〈墨池記〉正是曾鞏橫瀾未斂、水漫百川的早期作品。

對有心從事寫作或仿作「雜記」小品者言，曾鞏〈墨池記〉，無論是全篇的結構、文章的修辭、思路的開拓、意境的深遠，在在都是一篇可圈可點的範文。

〈墨池記〉確實爲曾鞏散文作品中，甚爲著名之一篇，後世選家多著錄。〔註 20〕包敬第、陳文華注譯《曾鞏散文選》評此篇云：「文中用了不少反問句，似論辯，實勸勉，使文章顯得委婉而發人深思。」允

〔註 20〕曾鞏撰，〈墨池記〉，見《曾鞏集》（同註 1）上冊，卷第十七《記十二首》，頁 279～頁 280。原文見於第四章第三節。

爲至評。

（二十一）評〈清心亭記〉

明・茅坤《唐宋八大家文鈔》卷一〇五，《南豐文鈔》九，評曾鞏〈清心亭記〉云：

> 此記與醒心亭記，所謂說理之文。子固於諸家尤擅所長。

明・茅坤引唐順之評云：

> 唐荊川曰：「程朱以前，此等議論亦少。」

清・張伯行《唐宋八大家文鈔》卷十五云：

> 不累於物而能應物，方非守寂之學。其於「清心」二字，大有擴充。曾公學有本原，於此可見。

三家皆認爲曾鞏爲文，常於敘事之後加以議論，使敘事、議論、說理，混合爲一，不露痕跡。曾鞏〈清心亭記〉云：「嘉祐六年，尙書虞部員外郎梅君爲徐之蕭縣，改作其治所之東亭，以爲燕息之所，而名之曰清心之亭。是歲秋冬，來請記於京師，屬余有亡妹殤女之悲，不果爲。明年春又來請，屬余有悼亡之悲，又不果爲。而請猶不止。至冬乃爲之記曰：夫人之所以神明其德，與天地同其變化者，夫豈遠哉？生於心而已矣。若夫極天下之知，以窮天下之理，於夫性之在我者，能盡之，命之在彼者，能安之，則萬物之自外至者，安能累我哉？……」〔註21〕大陸學者張覺選注《曾鞏散文精選》講評此篇云：「此文寫于嘉祐七年（1062），雖題爲《清心亭記》，但其寫法則與曾鞏的大多數記一樣，不在記亭，而在議論清心。……曾鞏在此既強調了虛其心的崇高境界，又強調了齋其心的實用價值，把它們看作爲修身治國時不可偏廢的兩個重要方面，剖析得十分精到。」所言確切。

（二十二）評〈南軒記〉

宋・黃震《黃氏日抄》卷六十三云：

> 〈南軒記〉說隨所處而樂之意，淡靜有味。

〔註21〕曾鞏撰，〈清心亭記〉，見《曾鞏集》（同註1）上冊，卷第十八《記十三首》，頁296。

明．茅坤《唐宋八大家文鈔》卷一〇五，《南豐文鈔》九，評云：

子固所自爲學，具見篇中矣！

明．茅坤引王愼中評云：

王遵岩曰：「〈學舍〉、〈南軒〉二記，與〈筠州〉、〈宜黃〉兩學記，皆謂之大文字矣！」

清高宗乾隆御選《唐宋文醇》卷五十六，清高宗評云：

韓愈而下，至於曾鞏，類皆天資英妙，絕類離群;而於聖道之要，學而有得，唯李翱與鞏，翱又未及鞏之粹也。其言「養吾心以忠，約守而恕行之。其過也改，趨之以勇，而至之以不止」。其言有本末矣！不學者求一言之幾於道而不可得，能如是言之，有本末乎？果若其言，設誠而致行之，其於孔子不難升堂入室，豈徒文之雄哉！

清．浦起龍《古文眉詮》卷七十二云：

安於學古，歸於順天，一篇大指也。

此言曾鞏深知經義，是知曾鞏散文，備受宋、明、清三代文人之推崇。曾鞏〈南軒記〉云：「吾窺聖人旨意所出，以去疑解蔽，賢人智者所稱事引類，始終概以自廣，養吾心以忠，約守而恕行之。」〔註 22〕大陸學者高克勤選注《曾鞏散文選集》評此篇云：「本文雖題爲記，實則是借題發揮，盡情議論。……作者博覽群書，而以儒家經典爲準則，注重修身理人，國家天下治亂安危存亡之致，表現出作者不是拘執不化的泥古迂儒，而是注視現實、涉獵廣泛的通儒。」此乃評本文亦評曾鞏者也！

（二十三）評〈學舍記〉

元．劉壎《隱居通議》卷十八〈經文妙出自然〉云：

經文所以不可及者，以其妙出自然，不由作爲也。左氏已有作爲處，太史公文字多自然，班氏多作爲也。韓有自然處，而作爲處亦多。柳則純乎作爲。歐、曾俱出自然，東

〔註 22〕曾鞏撰，〈南軒記〉，見《曾鞏集》（同註 1）上冊，卷第十七《記十二首》，頁 285～頁 286。

坡亦出自然，老蘇則皆作爲也。

明・茅坤《唐宋八大家文鈔》卷一〇五，《南豐文鈔》九，引王愼中評云：

王遵岩曰：「此亦是先生獨出一體，在韓、歐未有。然大意亦自〈醉翁亭〉、〈眞州東園〉二篇體中變出，又自不同也。」

曾鞏〈學舍記〉歷道其少長出處，與夫好慕之心。〔註 23〕曾鞏爲文，得自歐陽脩眞傳，然其亦能將所學靈活運用，加以變化。大陸學者王琦珍著《曾鞏評傳》第一章〈曾鞏的生平與文學道路〉云：「其次，廣博的知識積累，爲他後來在文學上的成功，奠定了相當雄厚的基礎。儘管爲生計所迫，不得專力盡思，琢雕文章，但他非常勤奮，對創作，依然是爲之有不暇（〈學舍記〉），因而作品也相當豐富。」王師更生《曾鞏散文研讀》一書中，《雜記文選讀》部分評〈學舍記〉云：「全篇以『遂其志而有待』爲宗旨，由學舍之外，寫到學社之內，由學、舍分述，寫到合爲一處，文章不落俗套，而別具一格。文末，又以『遂歷道其少長出處』收束全文，尤見作者運筆的用心。」可知〈學舍記〉爲了解曾鞏生平爲學之重要資料。

（二十四）評〈講官議〉

明・茅坤《唐宋八大家文鈔》卷一〇六，《南豐文鈔》十，評云：

嚴緊而峻，必因當時伊川爭坐講，故有此議。

明・茅坤引王遵岩評云：

此文根據經訓，以爲掊擊之地，而措詞嚴健，復存委曲，是絕好文字。

曾鞏〈講官議〉云：「故《禮》無往教而有待問，則師之道，有問而告之者爾。」〔註 24〕清・張伯行《唐宋八大家文鈔》卷十七云：「上半篇論講非師道。謂其不待問而告，則疑於強聒也。後半篇論坐講不

〔註 23〕曾鞏撰，〈學舍記〉，見《曾鞏集》（同註 1）上冊，卷第十七《記十二首》，頁 284～頁 285。

〔註 24〕曾鞏撰，〈講官議〉，見《曾鞏集》（同註 1）上冊，卷第九《論議五首》，頁 149～頁 150。

足以爲尊師之禮，而不當以作自請也。其辨甚峻，然觀其意有似乎激而過者。」清・何焯《義門讀書記》卷四十一云：「文甚緊潔。」大陸學者張覺選注《曾鞏散文精選》謂此篇「充分體現曾鞏的深厚學養」。蓋因「文原六經」之文學主張，亦實踐於其創作中，各家所言甚是。

（二十五）評〈襄州與交代孫頎啟〉

清・何焯《義門讀書記》卷四十三，評云：

> 已出吏部之後。

書啓一體，主要指朋友之間書信往來，一般用來向朋友傾吐情懷，進而發表自己之文學見解，亦可向權貴們投獻求荐。曾鞏〈襄州與交代孫頎啓〉云：「右鞏啓：伏念講聞譽望，積有歲時。歷下分符，已出吏師之後；漢南守土，又居仁政之前。」〔註25〕其中提及韓愈與仁政，此亦曾鞏散文學習韓愈、推崇儒家仁政之一證也！

（二十六）評〈刑部郎中張府君神道碑〉

清・何焯《義門讀書記》卷四十四，評云：

> 此篇敍事頗爲生色。

曾鞏所撰神道碑、墓表之類碑祭文，十分出色。如〈刑部郎中張府君神道碑〉云：「爲天下之道，本諸得人。公卿內庸，諸侯部使者外治，其體兩重也，易知矣。……如府君鍾材甚美，而進也得其時，自守及使，緒行既卓矣，使極其設修，可勝言耶？」〔註26〕此文非特不虛美，且事信言文，而符合「史筆」之簡要，可知曾鞏事多實敍、不苟毀譽。

（二十七）評〈贈職方員外郎蘇君墓誌銘〉

清高宗乾隆御選《唐宋文醇》卷五十七評此文云：

> 鞏金石文字簡貴得史法如是，則其他語複詞重，人所病爲

〔註25〕曾鞏撰，〈襄州與交代孫頎啓〉，見《曾鞏集》（同註1）下冊，卷第三十六《啓二十一首》，頁510。

〔註26〕曾鞏撰，〈刑部郎中張府君神道碑〉，見《曾鞏集》（同註1）下冊，卷第四十七《碑銘三首　行狀一首》，頁645～頁647。

多者，蓋亦必有義矣。昔人謂古文者有二弊，一爲減字法，一爲換字法，切中貌古者之病。鞏豈不能爲減字耶？

墓誌銘以記述死者生平事蹟爲主，易流於繁瑣，故取材必須加以剪裁取捨。《唐宋文醇》評曾鞏此篇金石文字，十分簡潔凝煉，實爲難能可貴。曾鞏〈贈職方員外郎蘇君墓誌銘〉云：「及其後，眉之學者至千餘人，蓋自蘇軾始。而君之季子洵果奮發力學，與其子軾、轍皆以文學名天下，爲學者所宗。蓋雖不用於世，而見於家、稱於鄉里者如此，是不可以無傳也已。」〔註 27〕此文乃曾鞏爲蘇軾祖父所寫之墓誌銘，銘文雖短，卻言簡意賅，且章法嚴謹，結構無缺。

後人對曾鞏單篇作品之評價甚夥，以上乃就著名篇目加以摘錄。綜觀後人對曾鞏其人其文之評價，以總評散文及分評散文單篇作品者較夥，而多爲譽揚之詞也！

第四節　結　語

宋興五季之後，國初文章，視唐益下，氣體卑弱，猶有五代餘習。其能振而復古以繼昌黎韓愈者，則有歐陽文忠公焉，曾鞏從而和之，斯文始近於古。

曾鞏經術古茂，誠德、業之全者也！其一生專學古文，最得歐陽脩之深致，其散文本於經術，止於仁義，故能精工博大、獨超眾類，足與「唐宋八大家」之其他諸家相頡頏，此古人早有定論。曾鞏散文簡潔流暢、溫雅純粹，紆徐委備、沉著之致，或謂曾文逐層牽引，如春蠶抽絲；此比喻極能說明曾文風格。自宋代以至清代桐城派諸人，習古文者多以曾鞏古文爲圭臬，良有以也！

後人對曾鞏詩歌有所抑揚，今觀其詩作，仍有值得肯定之處，應予客觀之評價。曾鞏於齊州之詩歌創作，論質論量咸佳，尤其是娛情

〔註 27〕曾鞏撰，〈贈職方員外郎蘇君墓誌銘〉，見《曾鞏集》（同註 1）下冊，卷第四十三《誌銘八首》，頁 586～頁 588。

寫物、體物言情之風景詩，以自然之眼觀物，以自然之舌寫景，既重內容與意境，亦注重形式美，適足以引人入勝。而其許多饒有寫實精神之詩歌，如詩史一般，具有極大之意義與價值。

至於詞之創作，因現存曾鞏詞作只有一、二闋，而詞境並不佳。陳師道《後山詩話》曾謂「曾子固短於韻語」，此言若用於批評曾鞏詞，更爲恰當。

曾鞏以古文鳴於宋朝，故其文學成就，以及其對北宋文學革新運動之貢獻，主要在古文，其次方爲詩歌。王國維著《人間詞話》亦云：「境非獨謂景物也。喜怒哀樂，亦人心中之一境界。故能寫眞景物、眞感情者，謂之有境界。否則謂之無境界。」曾鞏誠能寫眞景物、眞感情者也！其詩文雖精實有餘、超逸不足，然因其風骨甚高、尤重內美，詩文題材與境界亦皆十分廣闊，躍然紙墨間，形成閎深曲摯、風調高古之特色；對宋初舊有詩文風氣，確有革故鼎新之功績。是故後世學者對曾鞏及其文學之評價，多所褒揚；尤其是明、清二代之古文家，視曾鞏爲古文宗師！

第七章　結　論

宋代文學於中國文學史上，具有重要地位。而宋代復古革新思潮，起初以古文運動爲先導，而政治改革、文學復興與詩文革新亦風起雲湧、互相配合。北宋詩文革新運動之成功，益使有宋一代文學碩果纍纍；而曾鞏之功，雖不能謂偉於歐陽脩，然其對當代文學革新運動之發展，亦有深邃之影響。

古文至宋而體備，至宋而法嚴，至宋而本末源流遂能與聖賢合，此亦古文發展演變之勢。蓋唐之興，承五代剖分，王政不綱，文弊質窮。至貞元、元和間，愈遂以《六經》之文爲諸儒倡。自唐之韓愈、柳宗元大振古文，至宋興且百年，而文章體裁，猶仍五季餘習。士因陋守舊，論卑氣弱。蘇舜元、舜欽、柳開、穆脩輩，咸有意作而張之，而力不足。幸有歐陽脩、蘇洵、蘇軾、蘇轍、王安石、曾鞏六人，起而振興，推行北宋古文運動，使散文體制更加完備，法度更加完密。明人茅坤編選韓愈、柳宗元、歐陽脩、蘇洵、蘇軾、蘇轍、王安石、曾鞏此八人作品爲《唐宋八大家文鈔》時，確立「唐宋八大家」之名稱，爲後人所公認。〔註1〕

〔註 1〕「唐宋八大家」之說，始見於明初朱右編選《八先生文集》，可惜此書失傳。後人認爲確立「唐宋八大家」之名稱者，乃明朝嘉靖年間古文家茅坤。

「唐宋八大家」才藝縱橫，能文能詩，爲時間上綿延甚久、影響至深之中國文學史人物。「唐宋八大家」中，有六大家爲宋人，此於中國文學史上堪稱一絕。北宋文壇領袖歐陽脩之提攜曾鞏，適時挽救百川之頹波，平息千古之邪說，使斯文之正氣，可以羽翼大道，扶持人心，加速北宋詩文革新運動之成功。《孟子・萬章》云：「頌其詩，讀其書，不知其人可乎？」由本論文第二章〈曾鞏之生平及其交遊〉，可知曾鞏於北宋真宗天禧三年（西元 1019 年），誕生於建昌軍南豐縣，即今江西省撫州地區南豐縣。其受先人儒家思想之薰陶，爲人溫厚儒雅，澹泊寧靜，個性坦率耿直，不慕高官顯爵，實是中國傳統士人之典範；而此一典範之塑造，泰半歸功於家學淵源與家庭教育。且鞏性孝友，嚴謹正直，事奉雙親、照顧手足，必以孝悌，待人接物，亦必應忠信禮義；父亡，奉繼母益至，撫四弟、九妹於委廢單弱之中，宦學昏嫁，一出其力。其完美之人格、氣質，充分體現於文學作品中，呈現與眾不同之特色，故其年甫弱冠，即名聞四方。然其參加科舉考試十分不順，仕途亦坎坷艱辛；甘爲親民之地方官甚久，仁民愛物，憂國憂民，所至之處，皆爲民興利除害，造福百姓、繁榮地方，凡事以百姓福祉爲考量，從不計自身之利害得失。然因其閱世頗深，文學作品之材料甚豐，且幸而遇時，獲得歐陽脩之賞識及教導，故極有成就。歐陽脩常與曾鞏言前古聖人之至德要道，俾曾鞏薰蒸漸漬，斂收橫瀾，使其文形成典雅平正之風格。易言之，曾鞏於散文方面，即承繼歐陽脩散文風格，發揚而光大之，文風與歐陽脩相近，淳古典重，樸實平易，足以傳歐陽脩之衣缽，故自古以來，即以「歐曾」並稱，致其文學成就遠大於政治成就，此乃曾鞏成爲偉大文學家之重要關鍵。除歐陽脩外，曾鞏交遊甚廣，其中以王安石與之往來密切，影響亦深，故而《宋史》曾鞏本傳曰：「曾鞏立言於歐陽脩、王安石間，紆徐而不煩，簡奧而不晦，卓然自成一家，可謂難矣。」允爲公正之評論。

文學之興廢，與時代氣運之隆替，息息相關。曾鞏正處於北宋文運大盛之時，其文學成就主要爲散文。曾鞏之古文思想與理論，近則尊歐、遠則尊韓，可謂一脈相承。其儒家衛道思想甚濃，乃以《六經》爲創作之中心思想，強調文章本原《六經》，不僅尊經明道，且主先道後文，反對離道爲文，此即所謂「畜道德而能文章」。〔註2〕是知其於重道之同時，亦重視文采，俾文章之文、道兼勝。此外，曾鞏論政之文頗多，重視朝政之餘，一方面積極宣揚儒家民本思想，一方面呼籲在位者以修身爲中心、濟世爲目的，使文章發揮經世致用之功能，此乃其重要之文學主張，俾唐宋古文運動「文以載道」之理論，更加鞏固。其爲文也，多因事而發，長於說理，議論透闢，講究章法；且常以敘出論，寓理於敘事中，甚至論重於記。其敘事雖紆徐曲折，然紛而不亂，細而不瑣，布局嚴謹，筆法精警，文字雅潔。如〈墨池記〉一文，即以小中見大之筆法爲之。因其前有所承，樹立古文典式，故而後有所繼，不特對當代文壇有至深之影響，對後學亦有所啓發。宋代秦觀、陳師道、朱熹等人，明代唐宋派古文家，如王愼中、唐順之、歸有光、茅坤，暨清代桐城派古文家，如方苞、劉大櫆、姚鼐，都曾師法曾鞏，且譽揚甚隆。尤其是明代中期以後，歸有光之抒情小品文，情感眞摯，文筆流暢，深得歐陽脩與曾鞏文章之風神。清代方苞、姚鼐等桐城派古文，講究雅潔、神韻、義法，風格偏重陰柔，與歐、曾文風一脈相承。由此可知，後世領文壇風騷之代表人物，師法曾鞏文章者甚多；曾鞏之散文作品，洵屬一代之絕作，適足以藏之名山、傳諸其人，其成就確實不容等閒視之。宋・王安石《王安石文集》卷四十三〈贈曾子固〉云：「曾子文章眾無有，水之江漢星之斗。挾才乘氣不媚柔，群兒謗傷均一口。吾語群兒勿謗傷，豈有曾子終皇皇。借令不幸賤且死，後日猶爲班與揚。」允爲至高無上之評語。

就中國文學史或詩歌歷史角度視之，曾鞏之詩名不盛，其詩歌並

〔註2〕曾鞏撰，〈寄歐陽舍人書〉，見《曾鞏集》（宋・曾鞏撰，陳杏珍、晁繼周點校，北京：中華書局，西元1984年11月第一版第一次印刷）上冊，卷第十六《書十八首》，頁253～頁254。

不傑出，故而定位亦不明確。雖然如此，因曾鞏《元豐類稿》收詩作約四百餘首，是知其詩作具有相當之數量，其中以知齊州時之詩歌作品最多；無論於外在形式或內容思想上，仍具個人特色。尤其是樸素平實之敦厚意境，暨上憫國難、下痛民窮之深刻內涵與偉大情操，咸應予以肯定。而曾鞏每到一處，凡優美山河、名勝古蹟，均是歌詠之對象；特別是知齊州以後，其常以生花妙筆寫景，取材於自然，著力塑造「詩中有畫」之意境美，故寫景詩甚佳，此類描繪自然風光之詩，鮮活而有生氣，頗多情景交融之作，意境清新，饒有風致，足見曾鞏後期詩歌之成熟。是知先生並非不能詩，不得謂非詩家，殆文掩詩名，或其詩比不上散文作品之完美。至若曾鞏於詞體方面之創作，今所流傳者只有一、二闋，爲數甚少，論質論量均不足道！若謂曾鞏短於韻語，並非通才，應就詞而言，畢竟曾鞏只爲兼擅詩文之作家，並非擅長塡詞之詞人。

宋代古文雖延續唐代古文之文道觀，然於風格方面，大抵宋文較傾向自然平直，與唐文之凝蓄曲峭有異。自然平易之文，恰能表達確切且明白易曉，故曾鞏跟隨歐陽脩，好學信古，取捨必度於古道，提倡寫作古文，反對俗下流行之時文，努力排除宋初掇華摛藻之文風，去其華而取其實，重視文章內容思想之呈現。清人袁枚撰〈覆家實堂〉云：

> 從來風運所趨，歷代不一。西漢尊經，東漢窮經，魏、晉清談，六朝駢麗，唐尚詩賦，宋尚理學，元尚詞曲，明尚時文，本朝尚考據，趨之者如一群之貉，累萬盈千其中。忽有韓、柳、歐、曾爲古文於舉世不爲之時，此外亦無他名家歷歷鼎峙，蓋其道本至難，其境亦最狹故也。『形而上者謂之道，形而下者謂之器。』古文，道也；考據，器也。器易而道難。「作者之謂聖，述者之謂明。」古文，作也；考據，述也。述易而作難。〔註3〕

〔註3〕清・袁枚撰，〈覆家實堂〉，見《小倉山房尺牘》（清・乾隆刻本）卷三。

此將曾鞏與韓愈、柳宗元、歐陽脩三人並列，是知曾鞏倡行古文之功甚偉。

北宋除推行古文運動外，尚兼及詩歌之革新，故稱爲「北宋詩文革新運動」。而曾鞏亦重視詩歌之內容，不僅對宋初「西崑體」詩予以致命打擊，亦能充分表現宋詩好言理、多議論之特色，其對北宋詩文革新運動，竭盡最大之心力。是故後世學者對曾鞏其人其文之評價甚高，由這些評價亦可見曾鞏之文學成就，及其對當代文學革新運動之貢獻。

曾鞏於中國文學家中，享譽盛名，其建言修辭，莫不宗經，故文學作品枝葉峻茂，餘味日新。劉熙載《藝概・文概》云：「韓文學不掩才，故雖『約《六經》之旨以成文』，未嘗不自我作古。至歐、曾則不敢直以作者自居，較之韓若有『智崇禮卑』之別。」〔註4〕曾鞏本爲平淡平實、不忮不求、不鋒芒外露之儒者，此以「智崇禮卑」評曾鞏，允爲篤論。曾鞏非特「約《六經》之旨以成文」，且推仲尼、孟子之旨；其文以道爲本，以法適變，約文申義，敷暢厥旨，文格高，文品尊，文法嚴，可謂臻於美善之境矣！曾鞏修辭以達遠，要使遠近易誦，古今易傳；故而其創作散文之精神，以及作品中之思想意義，自宋代以至清代，始終備受推崇，手抄口誦者大有人在，可謂卓絕千古。《史記・孔子世家》云：「太史公曰：《詩》有之：『高山仰止，景行行止。』雖不能至，然心鄉往之。」〔註5〕今之學者不學古文則已，苟欲爲之，對於曾鞏之散文作品，誠不可不取法焉！是故個人對本論文之寫作，自各角度研究曾鞏，尤其在曾鞏之文學主張及散文藝術方面，多所用心，冀能凸顯曾鞏之散文造詣；至於〈後世學者對曾鞏文學及其與北宋詩文革新之評價〉一章，乃擇其要者陳述之，以印證曾

〔註 4〕清・劉熙載撰，〈文概〉，見《藝概》（臺北：華正書局，民國 74 年 6 月初版）卷一，頁 31。

〔註 5〕漢・司馬遷撰，《史記》〈孔子世家第十七〉，見《史記會注考證》（日本・瀧川龜太郎考證，臺北：洪氏出版社出版，民國 70 年 10 月十日初版）卷四十七，頁 765。

鞏之文學成就，及其對北宋詩文革新之貢獻。個人研究曾鞏之文學作品，其目的本冀望提高曾鞏在文學史上之地位，並引起學者廣泛重視曾鞏，用備學文者稽焉。而自己經由探析曾鞏作品之過程中，亦獲得寫作技巧上之啓發，對本論文之寫作，裨益良多；進而效法曾鞏爲文之方，使自我得以「畜道德而能文章」，克服重重困難，心平氣和完成本論文，此誠乃個人最大之收穫也！

重要參考書目暨引用資料

以下爲本論文重要參考書目暨引用資料，其排列順序之原則有二：一、「曾鞏原著及有關論述」置前，分爲「曾鞏原著」、「與曾鞏有關之專書」、「與曾鞏有關之學位論文與單篇論文」三部分。二、其他著述部分，分爲「專書」、「學位論文與單篇論文」二部分，均依經、史、子、集四部分類法排列；四部中之各小類，同性質排列在一起，原著在前，後人研究在後，再以出版日期先後爲序。集部中之著述，則以先散文、後詩、詞爲原則。若有一書跨二類之情形，則以書名先提及之類別爲分類標準。茲臚列如后：

壹、曾鞏原著與有關論述

一、曾鞏原著

1. 《南豐曾子固先生集》全三冊，宋・曾鞏撰，《古逸叢書》三編之十，影印金代平陽刻本，現藏北京圖書館，北京中華書局影印，西元1985年)。
2. 《元豐類藁》全八冊，宋・曾鞏撰（《善本叢書》，景印元大德刊本，國立故宮博物院印行出版，原書庋藏國立故宮博物院，民國77年6月初版)。
3. 《元豐類藁》，宋・曾鞏撰（景印文淵閣《四庫全書》本，第一〇九八冊，集部三十七，別集類，原書庋藏國立故宮博物院，臺北：臺灣商務印書館發行，民國 75 年 3 月初版）。

4. 《元豐類稿》全十二冊，宋・曾鞏撰（宋・陳師道編輯，影印清乾隆刊本，江蘇，廣陵古籍刻印社影印出版，西元 1988 年 12 月印刷）。
5. 《元豐類稿》全四冊，宋・曾鞏撰（《國學基本叢書》四百種本（王雲五主編），臺北：臺灣商務印書館發行，民國 57 年 9 月臺一版）。
6. 《曾鞏集》上、下冊，宋・曾鞏撰（陳杏珍、晁繼周點校，北京，中華書局，西元 1984 年 11 月第一版，西元 1984 年 11 月北京第一次印刷）。
7. 《曾鞏文》，宋・曾鞏撰、曾棗莊、劉琳主編，《全宋文》第二十九冊（四川：四川大學古籍整理研究所編，巴蜀書社出版，1992 年 8 月第一版，西元 1992 年 8 月第一次印刷）。
8. 《唐宋八大家散文全集——曾鞏散文全集》，宋・曾鞏撰、曾棗莊、劉琳主編（北京 今日中國出版社出版發行，1996 年 3 月第一版，西元 1996 年 3 月第一次印刷）。
9. 《曾鞏詩》，宋・曾鞏撰、閻光華、王世厚責任編輯，《全宋詩》第八冊（北京大學古文獻研究所編，北京大學出版社出版，西元 1992 年 6 月第一版，西元 1992 年 7 月第一次印刷）。

二、與曾鞏有關之專書

1. 《曾鞏年譜》，李震著（蘇州：蘇州大學出版社，西元 1997 年 12 月第一版第一次印刷）。
2. 《曾鞏評傳》，王琦珍著（《江西歷史人物研究系列》之一，南昌：江西高校出版社，西元 1990 年 1 月第一版第一次印刷）。
3. 《曾鞏》，夏漢寧著（北京：中華書局，西元 1993 年 4 月第一版，北京第一次印刷）。
4. 《曾鞏傳》，宋友賢著（《唐宋八大家傳》，廣州：廣東教育出版社，西元 2000 年 12 月第一版第一次印刷）。
5. 《曾鞏研究論文集》，江西省文學藝術研究所編（南昌：江西人民出版社出版，西元 1986 年 12 月第一版，西元 1986 年 12 月第一次印刷）。
6. 《曾鞏紀念集》，江西省社聯、江西省文學藝術研究所、撫州地區社聯、撫州地區文聯、南豐縣紀念曾鞏辦公室合編（西元 1987 年 4 月）。
7. 《曾鞏》，呂晴飛主編（《散文唐宋八大家新賞》第九冊，臺北：地球出版社，民國81年11月第一版）。

8. 《曾鞏散文精品選》，吳功正等編著（西安：陝西人民出版社，西元1995年12月第一版第一次印刷）。
9. 《曾鞏卷》，馬萬昌注釋，瞿承楷評譯（《唐宋八大家名篇賞析與譯注》，北京：經濟日報出版社，西元1997年1月第一版第一次印刷）。
10. 《曾鞏散文選集》，包敬第、陳文華編撰（上海古籍出版社、香港：三聯書店聯合出版，西元1997年4月第一版第一次印刷）。
11. 《曾鞏散文選集》，高克勤選注（天津：百花文藝出版社出版，西元1997年8月第一版第一次印刷）。
12. 《曾鞏散文精選》，張覺選注（《唐宋八大家精選叢書》，上海：東方出版中心，西元1998年4月第一版第一次印刷）。
13. 《唐宋八大家文鈔校注集評——南豐文鈔》，高海夫主編（西安：三秦出版社，西元2004年10月第一版第二次印刷）。
14. 《曾鞏散文研讀》，王師更生編著（《唐宋八大家叢刊》五，臺北：文史哲出版社，民國95年6月初版）。
15. 《曾鞏詩文選譯》，祝尚書譯注（《古代文史名著選譯叢書》四川：巴蜀書社出版，西元1990年6月第一版，臺北：錦繡出版社，民國81年11月初版）。

三、與曾鞏有關之學位論文與單篇論文

（一）學位論文

1. 《曾鞏學術思想研究》，羅克洲撰（國立高雄師範大學國文學系博士論文，民國92年）。
2. 《曾鞏散文研究》，廖素卿撰（東海大學中國文學研究所碩士論文，民國75年5月）。
3. 《曾鞏散文研究》，金容杓撰（國立臺灣大學中國文學研究所博士論文，民國83年）。
4. 《曾鞏館閣期散文研究》，簡彥妗撰（中國文化大學中國文學研究所碩士論文，國94年）。
5. 《曾鞏詩研究——以「破體爲詩」爲例》，丁慧娟撰（國立中山大學中國文學研究所碩士論文，民國85年6月）。

（二）單篇論文

1. 〈王煥鑣「曾南豐先生年譜」詩文繫年辨誤與補正〉，鄒陳惠儀撰（《大

陸雜誌》(臺北)國 89 年 2 月,總第一○○卷第二期),頁 1～11。
2. 〈曾鞏的生平及其文學〉,熊翹北撰(《江西圖書館館刊》(江西)民國 23 年 11 月第一期),頁 41～44。
3. 〈曾鞏散文之評價問題〉,王師水照撰,《唐宋文學論集》(濟南:齊魯書社,西元 1984 年 7 月第一版第一次印刷),頁頁 207～頁 228。
4. 〈《曾鞏集》輯佚〉,涂水木撰(《撫州師專學報》社會科學版(江西:撫州師專)西元 1988 年第四期,總第十九期),頁 8。
5. 〈曾鞏之歷史命運——代序〉,王師水照撰(《撫州師專學報》社會科學版(江西:撫州師專),西元 1988 年第四期,總第十九期),頁 1～頁 5。
6. 〈曾鞏傳〉,陳聖撰(《撫州師專學報》社會科學版(江西:撫州師專),西元 1988 年第四期,總第十九期),頁 51～頁 80。
7. 〈曾鞏的儒學心態初步描述〉,黃振林撰(《撫州師專學報》社會科學版(江西:撫州師專),西元 1988 年第四期,總第十九期),頁 17～頁 23。
8. 〈曾鞏「道統」思想的價值內涵〉,閆樹立撰(《紹興文理學院學報》,(紹興),西元 2005 年第六期),頁 60～頁 64。
9. 〈論曾鞏的人才思想〉,夏老長撰(《撫州師專學報》社會科學版(江西:撫州師專),西元 1988 年第四期,總第十九期),頁 24～頁 28。
10. 〈曾鞏的心理機制及其對散文的影響〉,陳曉芬撰(《撫州師專學報》社會科學版(江西:撫州師專)西元 1988 年第四期,總第十九期),頁 9～頁 16。
11. 〈曾鞏知福州的政績和文學創作〉,鄒自振撰(《撫州師專學報》社會科學版(江西:撫州師專)西元 1988 年第四期,總第十九期),頁 42～頁 45。
12. 〈曾鞏文學思想與其散文創作實踐〉,鄒自振撰(《社科縱橫》,總第二十一卷第四期),頁 99～頁 100。
13. 〈從《越州趙公救災記》看曾鞏散文成就〉,畢倬撰(《撫州師專學報》社會科學版(江西:撫州師專),西元 1988 年第四期,總第十九期),頁 46～頁 48。
14. 〈蓄道德而能文章,察時弊而敢諫諍——曾鞏雜著閱讀札記〉,朱尚賢撰(《吳中學刊》社科版,西元 1991 年 4 月),頁 3 之 133～頁 3 之 137。
15. 〈曾鞏散文的藝術特徵論略〉,梁靜撰(《中州學刊》西元 1992 年第六期),頁 94～頁 97。

16. 〈曾鞏文之體類區分及其意義〉，王基倫撰（《臺北師院學報》第八期，（臺北：國立臺北師範學院），民國 84 年 6 月），頁 139～168。

17. 〈試論曾鞏雜記文的特色〉，王正兵撰（《鹽城師範學院學報》人文社會科學版（鹽城），西元 2001 年第三期），頁 81～頁 84。

18. 〈墨池記的「豈」句分析〉，劉崇義撰（《中國語文》（臺北），民國八十七年第二期，總第八十二卷第二期，總第四八八期），頁 50～52。

19. 〈曾鞏墨池記賞析〉，陳嘉英撰（《中國語文》（臺北），民國 90 年第一期，總第八十九卷第一期，總第五二九期），頁 71～78。

20. 〈曾鞏詩歌內容膚說〉，涂木水撰（《撫州師專學報》社會科學版（江西：撫州師專），西元 1988 年第四期，總第十九期），頁 35～頁 41。

21. 〈一幅春末風光畫——讀曾鞏的《城南》詩〉，劉福龍撰（《撫州師專學報》社會科學版（江西：撫州師專）西元 1988 年第四期，總第十九期），頁 49～頁 50。

22. 〈論曾鞏詞〉，馬興榮撰（《撫州師專學報》社會科學版（江西：撫州師專），西元 1988 年第四期，總第十九期），頁 6～頁 8。

23. 〈曾鞏與王安石異同論〉，高克勤撰（《撫州師專學報》社會科學版（江西：撫州師專）西元 1988 年第四期，總第十九期），頁 29～頁 34。

24. 〈曾鞏與王安石關係剖析〉，鄒陳惠儀撰（《嶺南大學中文系系刊》（香港）西元 1998 年 6 月，第五期），頁 73～106。

貳、其他著述

一、專　書

【經部】

1. 《尚書正義》，漢・孔安國傳，唐・孔穎達等正義，《十三經注疏》本，臺北：東昇出版事業公司，民國 69 年）。

2. 《尚書釋義》，屈萬里著（臺北：中國文化大學出版部，民國 69 年重排版）。

3. 《毛詩正義》，漢・毛公傳，漢・鄭玄箋，唐・孔穎達等正義，《十三經注疏》本（臺北：東昇出版事業公司，民國 69 年）。

4. 《詩本義》，宋・歐陽脩撰（景印四部善本叢刊，臺北：臺灣商務印書館，民國 60 年 8 月）。

5. 《歐陽修詩本義研究》，裴普賢撰（臺北：東大圖書公司，民國 70

年 7 月初版)。

6. 《詩經勝境及其文化品格》,許志剛著(臺北:《大陸地區博士論文叢刊》57(西元 1986 年東北師大博士論文)臺北:文津出版社,民國八十二年 12 月初版)。
7. 《禮記正義》,漢・鄭玄注、唐・孔穎達等正義,《十三經注疏》本(臺北:東昇出版事業公司,民國 69 年)。
8. 《三經新義輯考彙評》——《尚書》、《詩經》、《周禮》宋・王安石撰、程元敏彙評(臺北:國立編譯館,民國 75 年 9 月初版)。
9. 《論語注疏》,魏・何晏等注、宋・邢昺疏,《十三經注疏》本(臺北:東昇出版事業公司,民國 69 年)。
10. 《四書集註》,宋・朱熹集註(臺北:世界書局出版,民國 68 年 8 月)。
11. 《經學歷史》,皮錫瑞撰(臺北:藝文印書館,民國 76 年 10 月二版)。
12. 《宋代經學之研究》,汪惠敏著(臺北:師大書苑公司,民國七十八年 4 月第一版)。

【史部】

1. 《史記會注考證》,漢・司馬遷撰(日本・瀧川龜太郎考證,臺北:洪氏出版社出版,民國 70 年 10 月 10 日初版)。
2. 《舊唐書》,後晉・劉昫等撰(臺北:鼎文書局,民國 67 年 9 月)。
3. 《新唐書》,宋・歐陽修、宋祁等撰(臺北:鼎文書局,民國 67 年 9 月)。
4. 《續資治通鑑長編紀事本末》一百五十卷,宋・楊仲良編(清光緒十九季秋廣雅書局本,臺北:海文出版社印行,《宋史資料萃編》第二集(趙鐵寒教授主編),民國 56 年 11 月臺初版)。
5. 《東都事略》,宋・王稱撰(景印文淵閣《四庫全書》本,原書度藏國立故宮博物院,民國 75 年 3 月初版)。
6. 《新校本宋史并附編三種》,元・脱脱等撰、楊家駱主編《中國學術類編》(臺北:鼎文書局,民國 67 年 9 月初版)。
7. 《中國社會史研究概述》,馮爾康等編著(臺北:谷風出版社,民國 77 年 12 月第一版)。
8. 《中國文化史》,孫同勛等編著(臺北:大中國圖書公司,民國 85 年 8 月一版二刷)。
9. 《宋代興亡史》,張孟倫著(《人人文庫》九六二,臺北:臺灣商務印書館，民國 58 年 2 月臺一版）。
10. 《宋代中央政治制度》，楊樹藩著（《岫廬文庫》八，臺北：臺灣商務印書館，民國 66 年 7 月初版）。
11. 《北宋文化史述論》，陳植鍔著（北京：中國社會科學出版社，西元 1992 年 3 月出版。
12. 《兩京夢華——宋代卷》，汪盛鐸著（臺北：書泉出版社，西元 1992 年 10 月初版）。
13. 《宋史研究論集》，王德毅著（《新人人文庫》31，臺北：臺灣商務印書館，民國八十二年 7 月修訂版第一次印刷）。
14. 《北宋黨爭研究》，羅家祥著（《大陸地區博士論文叢刊》54，（西元 1989 年北京大學博士論文），臺北：文津出版社，民國 82 年 11 月初版）。
15. 《宋遼金卷》，陳凡主編（高杜策劃，《二十四史人物與故事叢書》之一，太白文藝出版社出版發行，西元 1984 年 8 月第一版，西元 1994 年 8 月第一次印刷）。
16. 《北宋武將群體與相關問題研究》，陳峰編著（北京：中華書局，西元 2004 年 6 月初版）。

【子部】

1. 《朱子語類》，宋・黎靖德編（臺北：文津出版社，民國 75 年 12 月）。
2. 《朱子語類輯略》，清・張伯行輯訂，《國學基本叢書》四百種（王雲五主編）（臺北：臺灣商務印館，民國 57 年 3 月臺一版）。
3. 《黃氏日抄》，宋・黃震著（臺北：大化書局，民國 73 年）。
4. 《隱居通議》，元・劉壎著（臺北：新文豐出版公司《叢書集成新編》，總類第八冊，民國 74 年 3 月初版）。
5. 《義門讀書記》，清・何焯著、崔高維點校（北京：中華書局出版）。
6. 《宋元學案》，清・黃宗羲撰、全祖望補修、陳金生、梁運華點校（北京：中華書局，西元 1989 年 7 月，第一版第二次印刷）。
7. 《宋明理學概述》，錢穆著（臺北：臺灣學生書局印行，民國 66 年 4 月修訂重版，民國 81 年 2 月第四次印刷）。
8. 《宋代學術思想研究》，金中樞著（臺北：幼獅文化事業公司，民國 78 年 3 月）。
9. 《北宋中期儒學復興運動》，劉復生著（臺北：文津出版社，民國 80 年 7 月）。

【集部】

(1) 文

【總集類】

1. 《文選》，梁・昭明太子編、唐・李善注（臺北：藝文印書館民國 68 年 3 月九版）。
2. 《全宋文》，曾棗莊、劉琳主編（四川：四川大學古籍整理研究所編（巴蜀書社出版，1992 年 8 月第一版，西元 1992 年 8 月第一次印刷）。
3. 《宋文選》等二種，宋・不著編人，景印文淵閣《四庫全書》本，第一三八三冊到一三八五冊，集部五二二，總集類，原書度藏國立故宮博物院（臺北：臺灣商務印書館發行，民國 75 年 7 月初版）。
4. 《宋人題跋》上、下冊，楊家駱主編（臺北：世界書局，民國 81 年 3 月四版）。
5. 《宋代散文選注》，王師水照選注（臺北：建宏出版社，民國 85 年初版）。
6. 《唐宋八大家文鈔》，明・茅坤編（臺北：臺灣商務印書館發行，景印文淵閣《四庫全書》本，第一三八三冊到一三八五冊，集部三二二到三二四，總集類，原書度藏國立故宮博物院，民國 75 年 3 月初版）。
7. 《唐宋八大家文鈔》，清・張伯行重訂（北京：中華書局，西元 1985 年）。
8. 《唐宋八大家文格纂評》，明・唐順之、應德逋選，川西潛士龍編次，片山勒子業纂評（臺北：新文豐出版公司，民國 64 年 3 月初版）。
9. 《唐宋八家文讀本》，清・沈德潛選評（合肥：安徽文藝出版社，西元 1998 年）。
10. 《唐宋八大家古文修辭偶疏舉要》，鄭子瑜著（北京：教育科學出版社，西元 1992 年 11 月初版）。
11. 《唐宋散文選》，葉楚傖主編（臺北：正中書局，民國 49 年 11 月）。
12. 《唐宋文舉要》，高步瀛選注（上海：上海古籍出版社，西元 1985 年 11 月）。
13. 《唐宋散文選評》，楊義主編、陳鐵民、陳才智選評（臺北：大安出版社，西元 2006 年 5 月第一版）。
14. 《唐宋八大家文章精華》，劉禹昌、熊禮匯譯注（湖北人民出版社，西元 1987 年 5 月第一版，西元 1994 年 4 月第三次印刷）。

15. 《唐宋八大家》，張健編撰（臺北：時報文化出版公司，西元 1994 年 4 月二版一刷）。
16. 《譯注唐宋八大家文選》，陳霞村、閻鳳梧譯注（臺北：建宏出版社，西元 1994 年 4 月初版一刷）。
17. 《唐宋八大家散文鑑賞》，陳友冰著（臺北：五南圖書出版公司出版，民國 86 年 11 月初版一刷）。
18. 《古文眉詮》，清．浦起龍輯注（清乾隆三吳書院刊本）。
19. 《古文約選》，清．和碩輯（臺北：臺灣中華書局，民國 58 年 3 月臺一版）。
20. 《大字本評註古文辭類纂》，清．姚鼐編纂，王文濡評註（臺北：華正書局，民國 69 年 9 月初版）。
21. 《經史百家雜鈔》，清．曾國藩輯（臺北：臺灣中華書局，民國 73 年 12 月臺四版）。
22. 《古文範》，吳闓生纂（臺北：臺灣中華書局，民國 59 年 3 月臺一版）。
23. 《古文鑑賞集成》全三冊，《唐宋金元古文鑑賞之部》，吳功正主編（臺北：文史哲出版社，民國 80 年 3 月初版）。
24. 《中國近代文學論著精選》，郭紹虞著（臺北：華正書局發行，民國 74 年 11 月二版）。
25. 《中國古代文學名家選介》，劉渼、許應華、林淑雲編著（臺北：空中大學，民國 95 年 12 月）。

【別集類】

1. 《唐宋八大家散文全集——韓愈散文全集》，曾棗莊、劉琳主編（北京：今日中國出版社，西元 1996 年 3 月第一版第一次印刷）。
2. 《唐宋八大家文鈔校注集評——昌黎文鈔》，高海夫主編（西安：三秦出版社，西元 2004 年 10 月第一版第二次印刷）。
3. 《韓昌黎文集校注》，唐．韓愈撰（清．馬其昶（通伯）校注（臺北：華正書局，民國 71 年 2 月初版）。
4. 《韓文選析》，胡楚生編著（臺北：華正書局，民國 72 年 12 月）。
5. 《韓愈文》，莊適、臧勵龢選著（《人人文庫》一一五二、一一五三，臺北：臺灣商務印書館印行，民國 74 年 7 月臺五版）。
6. 《韓昌黎文彙評》，葉百豐編著（臺北：正中書局，民國 79 年 2 月臺初版）。
7. 《韓愈文集導讀》，錢伯城著（四川：巴蜀書社出版發行，西元 1993

年 6 月第一版，西元 1993 年 6 月第一次印刷）。

8. 《韓愈散文研讀》，王師更生編著（《唐宋八大家叢刊》1，臺北：文史哲出版社，民國 82 年 11 月初版）。
9. 《唐宋八大家散文全集——柳宗元散文全集》，曾棗莊、劉琳主編（北京：今日中國出版社，西元 1996 年 3 月第一版第一次印刷）。
10. 《唐宋八大家文鈔校注集評——柳州文鈔》，高海夫主編（西安：三秦出版社，西元 2004 年 10 月第一版第二次印刷）。
11. 《柳宗元散文研讀》，王師更生編著（《唐宋八大家叢刊》2，臺北：文史哲出版社，民國 83 年 7 月初版）。
12. 《范仲淹的修養與作風》，湯承業著（《岫廬文庫》六，臺北：臺灣商務印書館印行，民國 71 年 6 月二版）。
13. 《唐宋八大家散文全集——歐陽修散文全集》，曾棗莊、劉琳主編（北京：今日中國出版社，西元 1996 年 3 月第一版第一次印刷）。
14. 《唐宋八大家文鈔校注集評——廬陵文鈔》，高海夫主編（西安：三秦出版社，西元 2004 年 10 月第一版第二次印刷）。
15. 《歐陽脩全集》（上、下），宋・歐陽脩撰（臺北：世界書局，民國 80 年 10 月五版）。
16. 《歐陽永叔文》，黃公渚選註，《人人文庫》特五一（臺北：臺灣商務印書館印行，民國 72 年 11 月臺三版）。
17. 《歐陽修》（上、下），呂晴飛主編（臺北：地球出版社，民國 81 年 11 月第一版）。
18. 《歐陽修詩文選註》，宋心昌選注（臺北：建宏出版社，民國 85 年 2 月初版）。
19. 《歐陽脩散文研讀》，王師更生編著（《唐宋八大家叢刊》3，臺北：文史哲出版社，民國 85 年 5 月初版）。
20. 《歐陽脩散文研究》，黃一權著（上海：華東師範大學出版社，西元 2003 年 11 月第一版第一次印刷）。
21. 《復古與創新——歐陽脩散文與古文復興》，東英壽著、王振宇、李莉等譯（上海：上海古籍學出版社，西元 2005 年 8 月第一版第一次印刷）。
22. 《唐宋八大家散文全集——王安石散文全集》，曾棗莊、劉琳主編（北京：今日中國出版社，西元 1996 年 3 月第一版第一次印刷）。
23. 《唐宋八大家文鈔校注集評——臨川文鈔》，高海夫主編（西安：三秦出版社，西元 2004 年 10 月第一版第二次印刷）。
24. 《王安石全集》，宋・王安石撰（臺北：河洛圖書出版社，民國 63

年初版）。

25. 《臨川文集》，宋・王安石撰（臺灣商務印書館發行，景印文淵閣《四庫全書》本，第一一〇五冊，集部四十四，別集類，原書度藏國立故宮博物院，民國75年3月初版）。
26. 《王安石》（上、下），呂晴飛主編（臺北：地球出版社發行，民國81年11月第一版）。
27. 《王安石詩文選註》，高步瀛選注（臺北：建宏出版社，民國85年1月初版）。
28. 《王荊公散文研究》，方元珍撰（臺北：文史哲出版社發行，民國82年3月初版）。
29. 《三蘇選集》，曾棗莊、曾濤選注（哈爾賓：黑龍江出版社，西元1993年5月第一版）。
30. 《唐宋八大家散文全集——蘇洵散文全集》，曾棗莊、劉琳主編（北京：今日中國出版社，西元1996年3月第一版第一次印刷）。
31. 《唐宋八大家文鈔校注集評——老泉文鈔》，高海夫主編（西安：三秦出版社，西元2004年10月第一版第二次印刷）。
32. 《唐宋八大家散文全集——蘇軾散文全集》，曾棗莊、劉琳主編（北京：今日中國出版社，西元1996年3月第一版第一次印刷）。
33. 《唐宋八大家文鈔校注集評——東坡文鈔》，高海夫主編（西安：三秦出版社，西元2004年10月第一版第二次印刷）。
34. 《蘇軾散文研讀》，王師更生編著（《唐宋八大家叢刊》4（臺北：文史哲出版社，民國90年2月初版）。
35. 《蘇軾散文選注》，王師水照選注（臺北：建宏出版社，民國85年1月初版）。
36. 《蘇軾詩詞選注》，王師水照選注（臺北：建宏出版社，民國85年1月初版）。
37. 《唐宋八大家文鈔校注集評——潁濱文鈔》，高海夫主編（西安：三秦出版社，西元2004年10月第一版第二次印刷）。
38. 《欒城集》全三冊，宋・蘇轍撰、曾棗莊、馬德富校點（上海：上海古籍出版社，西元1987年3月第一版第一次印刷）。
39. 《蘇轍集》全四冊，宋・蘇轍撰、陳宏天、高秀芳點校（北京：中華書局，西元1990年8月第一版第一次印刷）。
40. 《滹南遺老集》，四十六卷，金・王若虛著（臺北：臺灣商務印書館，《四部叢刊初編》縮本，民國56年。
41. 《滹南遺老集》，四十五卷，附續詩集，金・王若虛著（《叢書集選》

本八二五〇，據商務民國 24 年 12 月初版依《畿輔叢書》本排印（臺北：新文豐出版公司，民國 73 年 6 月）。
42. 《小倉山房尺牘》，清・袁枚撰（清・乾隆刻本）。
43. 《小倉山房文集》，清・袁枚撰（清・乾隆刻本）。
44. 《惜抱軒全集》一、二冊，清・姚鼐撰（臺北：臺灣中華書局發行，民國 55 年 3 月臺一版）。
45. 《望溪文集》一、二冊，清・方苞撰（臺北：臺灣中華書局發行，民國 72 年 12 月臺一版）。
46. 《方姚文》，莊適、趙震選註，《人人文庫》二一〇一、二一〇二（臺北：臺灣商務印書館印行，民國 63 年 10 月臺一版）。

【詩文評類・文評】

1. 《文心雕龍札記》黃侃著（香港新亞書院出版，臺北：文史哲出版社印行，民國 62 年 6 月再版）。
2. 《文心雕龍斠詮》上下二冊，李曰剛著（臺北：國立編譯館中華叢書編審委員會出版，民國 71 年 5 月初版）。
3. 《文心雕龍讀本》，南朝梁・劉勰著、王師更生注譯（臺北：文史哲出版社，民國 74 年 3 月初版）。
4. 《文心雕龍研究》，王師更生著（臺北：文史哲出版社印行，民國 66 年 5 月出版，民國 68 年 5 月增訂初版）。
5. 《劉勰和文心雕龍》，陸侃如、牟世金著（上海古籍出版社，西元 1978 年 8 月，臺北：國文天地雜誌社，民國 80 年 2 月初版）。
6. 《文心雕龍文論術語析論》，王金凌著（臺北：華正書局，民國 70 年 6 月）。
7. 《文心雕龍批評論發微》，沈師謙著（臺北：聯經出版公司，民國 68 年 9 月）。
8. 《文心雕龍之文學理論與批評》，沈師謙著（臺北：華正書局，民國 79 年 7 月）。
9. 《文心雕龍新論》，王師更生著（臺北：文史哲出版社，民國 80 年 5 月）。
10. 《文心雕龍與現代修辭學》，沈師謙著（臺北：文史哲出版社，民國 81 年 5 月）。
11. 《文心雕龍選讀》，王師更生選注（臺北：國立編譯館，民國 83 年 10 月）。
12. 《中國古代文學理論的秘寶 ——文心雕龍》，王師更生著（臺北：

黎明文化公司，民國 84 年 7 月）。
13. 《古文關鍵》，宋・呂祖謙著（臺北：鴻學出版事業有限公司，民國 78 年 9 月初版）。
14. 《文則》，宋・陳騤著（臺北：莊嚴出版社，民國 68 年）。
15. 《陳騤文則新論》，蔡師宗陽著（臺北：文史哲出版社，民國 82 年 3 月）。
16. 《修辭鑑衡》，元・王構著（元至順四年集慶路儒學刊本）。
17. 《修辭鑑衡》，元・王構著（臺北：臺灣商務印書館，民國五十一年 6 月臺一版）。
18. 《修辭學研究》，陳介白等著（臺北：信誼書局出版，民國 67 年 7 月初版）。
19. 《古詩文修辭例話》，路燈照、成九田著（臺北：臺灣商務印書館，民國 76 年 10 月）。
20. 《修辭學》，黃師慶萱著（臺北：三民書局出版，大專用書民國 81 年 9 月增訂六版）。
21. 《修辭學》，沈師謙編著（臺北：國立空中大學出版，國立空中大學用書，民國 84 年元月修訂版）。
22. 《中國唯美文學之對偶藝術》，張仁青・李月啓著（臺北：明文書局，民國 80 年 7 月）。
23. 《字句鍛鍊法》，黃師永武著（《新人人文庫》六十三，臺北：臺灣商務印書館印行，西元 1995 年 3 月二版第一次印刷）。
24. 《中國修辭學通史——隋唐五代宋金元卷》，宗廷虎、李金苓著（長春：吉林教育出版社，西元 1998 年 9 月初版）。
25. 《北宋語氣詞及其源流》，羅驥著（成都：巴蜀書社，西元 2003 年 9 月初版）。
26. 《文章指南》，明・歸有光編選（臺北：廣文書局，民國 61 年 4 月初版）。
27. 《文體序說三種》（《文章辨體序說》、《文體明辨序說》、《文章緣起注》），明・吳納著（臺北：大安出版社，民國 87 年 6 月）。
28. 《評註文法津梁》，宋文蔚編（臺北：蘭臺書局，民國 72 年 7 月初版）。
29. 《藝概》，清・劉熙載撰（臺北：華正書局，民國 74 年 6 月初版）。
30. 《中國歷代文論選》，郭紹虞著（臺北：木鐸出版社發行，民國 69 年 3 月）。

31. 《中國文學批評》，張健著（臺北：五南圖書出版公司，民國 73 年 9 月）。

32. 《文學批評的視野》，龔鵬程著（臺北：大安出版社，民國 79 年 1 月）。

33. 《中國文學批評的理論與實踐》，張師雙英著（臺北：國文天地雜誌社，民國 79 年 10 月初版）。

34. 《中國古代文學理論體系——範疇論》，汪涌豪著（上海：復旦大學出版社，西元 1999 年 3 月第一版第一次印刷）。

35. 《中國古代文學理論體系——方法論》，劉明今著（上海：復旦大學出版社，西元 2000 年 2 月第一版第一次印刷）。

36. 《中國古代文學理論體系——原人論》，黃霖，吳建民，吳兆路著（上海：復旦大學出版社，西元 2000 年 5 月第一版第一次印刷）。

37. 《談文學》，朱光潛撰（臺北：萬卷樓出版公司，民國 79 年 3 月初版）。

37. 《文氣論詮》，張靜二著（臺北：五南出版社，西元 1994 年 4 月第一印 。

39. 《氣勢論：中國古代文學理論專題研究》，第環宇著（北京：民族出版社，西元 2002 年 3 月第一版，西元 2003 年 5 月第二次印刷）。

40. 《文論通說》，張方著（北京：學苑出版社，西元 2003 年 7 月第一版第一次印刷）。

41. 《傳統文論的魅力、模式與智慧》，胡大雷著（南京：鳳凰出版社，西元 2005 年 9 月第一版第一次印刷）。

42. 《北宋文論研究》，蔡芳定著（《文史哲學集成》385，臺北：文史哲出版社，民國 91 年 12 月初版）。

43. 《中國文學批評史》，郭紹虞著（臺北：文史哲出版社出版，民國 71 年 9 月再版）。

44. 《中國文學批評小史》，周勛初著（臺北：崧高書社出版，民國 74 年 7 月出版）。

45. 《中國文學批評史》，劉大杰著（臺北：文匯堂印行，民國 74 年 11 月初版）。

46. 《中國文學理論史》（隋唐五代宋元時期），黃保眞、成復旺、蔡鍾翔撰（北京：北京出版社出版，西元 1993 年 12 月初版一刷）。

47. 《中國文學理論批評史》，張少康、劉三富著（北京：北京大學出版社，西元 1995 年 6 月）。

48. 《中國古代文論史》，賴力行著（長沙：岳麓書社，西元 2000 年 11

月第一版，2003 年第五次印刷）。
49. 《校訂本中國文學發展史》，劉大杰著（臺北：華正書局發行，民國 69 年 5 月版）。
50. 《增訂中國文學史初稿》，王師忠林、左師松超、皮師述民、金師榮華、邱師燮友、黃師錦鋐、傅師錫壬、應師裕康著（臺北：福記文化圖書公司，民國 74 年 5 月修訂三版）。
51. 《中國古代文學史長編》（宋遼金卷），郭預衡主編（高等學校文科教材，北京：北京師範學院出版社出版，西元 1993 年 1 月北京第一版，西元 1993 年 1 月北京第一次印刷）。
52. 《中國文學史通覽》，中國大百科全書出版社編（上海：中國大百科全書出版社上海分社出版發行，西元 1994 年 1 月第一版，西元 1994 年 1 月第一次印刷）。
53. 《中國文學演義》，錢念孫著（《文藝演義叢書》之一，上海：上海文藝出版社出版發行，西元 1994 年 2 月第一版）。
54. 《海峽兩岸唐代文學研究》，陳友冰著（臺北：中央研究院中國文哲研究所，西元 2004 年 12 月第一版二刷）。
55. 《宋元文學史稿》，吳組緗，沈天佑著（北京：北京大學，西元 1989 年 5 月第一版，西元 1989 年 5 月第一次印刷）。
56. 《兩宋文學史》，程千帆，吳新雷著（上海：上海古籍出版社出版，西元 1991 年 2 月第一版，西元 1991 年 2 月第一次印刷）。
57. 《中國散文史》，陳柱著（《中國文化史叢書》之一，臺北：臺灣商務印書館，民國 80 年 3 月臺八版）。
58. 《中國散文簡史》，謝楚發著（武漢：長江文藝出版社出版發行，西元 1992 年 10 月第一版，西元 1992 年 10 月第一次印刷）。
59. 《中國散文史》，劉一沾、石旭紅著（《中國文化史叢書》21，臺北：文津出版社，民國 84 年 6 月初版一刷）。
60. 《萬川一月——中國古代散文史》楊民著（北京：清華大學出版社，西元 2002 年 5 月第一版，西元 2003 年第二次印刷）。
61. 《古文閒話》，陸家驥撰（臺北：臺灣中華書局發行，民國 74 年 11 月二版）。
62. 《怎樣閱讀古文》，鮑善淳著（《中國古典基本知識叢書》002 臺北：國文天地雜誌社，民國 79 年 3 月初版）。
63. 《文章例話》四冊，周振甫著（《古詩文例話輯》（二），臺北：五南圖書出版公司，民國 83 年 5 月初版一刷）。
64. 《散文技巧》，李光連著（臺北：洪葉文化事業有限公司，西元 1996

年 5 月第一版一刷，西元 2001 年第一版二刷）。
65. 《唐宋古文運動》，錢冬父著（上海：上海古籍出版社原出版，西元 1962 年 5 月第一版，臺北：國文天地雜誌社，民國 80 年 7 月初版）。
66. 《唐宋古文新探》，何寄澎著（臺北：大安出版社，西元 1990 年 5 月第一版第一印）。
67. 《唐宋古文論集》，王基倫著（臺北：里仁書局，民國 90 年 10 月第一版）。
68. 《氣與士風——唐宋古文的進程與背景》，副島一郎著、王宜瑗譯（上海：上海古籍出版社，西元 2005 年 8 月第一版第一次印刷）。
69. 《北宋古文發展初探》，伍嫣喜著（臺北：學海出版社，民國 73 年 9 月初版）。
70. 《宋代古文運動探究》，黃春貴著（臺北：八德教育文化出版社，民國 81 年 6 月二版）。
71. 《北宋的古文運動》，何寄澎著（臺北：幼獅文化事業公司，民國 81 年 8 月初版）。
72. 《大塊文章——唐宋八大家》，張健編撰（臺北：時報文化出版社，民國 70 年 3 月十日初版）。
73. 《唐宋八大家散文技法》，朱世英、郭景春著（武漢，長江文藝出版社出版，西元 1989 年 3 月第一版第一次印刷）。
74. 《唐宋八大家匯評》，吳小林編（山東：齊魯書社出版，西元 1991 年 7 月第一版第一次印刷）。
75. 《唐宋八大家》，吳小林編（臺北：里仁書局出版，西元 1999 年 12 月第一版第一次印刷）。
76. 《唐宋八大家新論》，崔際銀著（北京：中國文聯出版社 西元 1999 年 9 月第一版）。
77. 《唐宋八大家文化文章學》，周楚漢著（成都：巴蜀書社出版，西元 2004 年 12 月第一版第一次印刷）。
78. 《唐宋八大家與佛教》，劉金柱著（北京：人民文學出版社出版，西元 2004 年 12 月第一版第一次印刷）。
79. 《宋文六大家活動編年》，洪本健編著（上海：華東師範大學出版社出版，西元 1993 年 12 月第一版，西元 1993 年 12 月第一次印刷）。
80. 《古文正聲——韓柳文論》，胡楚生著（臺北：黎明文化事業股份有限公司，民國 80 年初版）。
81. 《韓柳文新探》，胡楚生著（臺北：臺灣學生書局，民國 80 年 6 月初版）。

82. 《韓柳古文新論》，王基倫著（臺北：里仁書局，民國 85 年 6 月初版）。

83. 《韓歐文探勝》，曾子魯著（北京：中國文學出版社，西元 1993 年 12 月第一版第一次印刷）。

84. 《歐陽修的生平與學術》，蔡世明撰（臺北：文史哲出版社民國 75 年 9 月修訂再版）。

85. 《歐陽脩》，王靜芝撰（臺北：國家出版社，民國 77 年 5 月）。

86. 《歐陽修研究》，劉若愚撰（臺北：臺灣商務印書館，民國 78 年 5 月初版）。

87. 《歐陽修》，郭正忠撰（臺北：群玉堂出版公司，民國 80 年 12 月初版）。

88. 《范仲淹研究論集》，范仲淹研究會編（江蘇：蘇州大學出版社出版發行，西元 1995 年 1 月第一版第一次印刷）。

89. 《蘇軾的哲學觀與文藝觀》，冷成金著（北京：學苑出版社，西元 2004 年 4 月第一版第二次印刷）。

90. 《宋金四家文學批評研究》，張健著（臺北：聯經出版公司，民國 64 年 5 月）。

91. 《桐城文派學述》，尤師信雄著（臺北：文津出版社，民國 78 年 1 月再版）。

92. 《桐城派文學思想研究》，趙建章著（北京：北京圖書館出版社，西元 2003 年 9 月第一版第一次印刷）。

93. 《文學與音律》，謝雲飛著（臺北：東大圖書公司，民國 67 年 11 月第一版）。

94. 《文化、文學與美學》，龔鵬程著（臺北：時報文化出版公司，民國 77 年 2 月初版）。

95. 《中國文學欣賞舉隅》，傅庚生著（臺北：國文天地雜誌社《國文天地叢書，文學類》〈林師慶彰主編〉，民國 79 年 4 月初版）。

96. 《中國古典文學風格學》，吳承學著（廣東：花城出版社出版發行，西元 1993 年 12 月第一版）。

97. 《宋學與宋代文學觀念》李春青著（北京：北京師範大學出版社出版，西元 2001 年 10 月第一版）。

98. 《情緣理趣展妙姿——兩宋文學探勝》，劉乃昌著（濟南：山東教育出版社，西元 2003 年 10 月第一版第一次印刷）。

99. 《中國文學精神》（宋元卷），王小舒著（濟南：山東教育出版社出版，西元 2003 年 12 月第一版第一次印刷）。

100. 《中國散文之面貌》，張高評等著（《中華文化叢書》，臺北：中央文物供應社，民國 73 年 5 月第一版）。
101. 《中國散文藝術論》，李正西著（臺北：貫雅文化事業公司，民國 80 年 1 月第一版）。
102. 《中國散文美學》一、二冊，吳小林著（臺北：里仁書局發行民國 84 年 7 月 15 日初版）。
103. 《中國古代散文研究》，陳飛主編（福州：福建人民出版社出版發行，西元 2005 年 6 月第一版，西元 2005 年 6 月第一次印刷）。
104. 《散文鑑賞入門》，魏怡著（臺北：國文天地雜誌社，民國 78 年 11 月）。
105. 《詩文鑑賞方法二十講》，周振甫等著（臺北：國文天地雜誌社，民國 78 年 11 月）。
106. 《散文鑑賞藝術探微》，馮永敏著（《文史哲學集成》382，臺北：文史哲出版社，民國 87 年 2 月初版）。
107. 《宋代散文研究》，楊慶存著（北京：人民文學出版社，西元 2002 年 9 月第一版第一次印刷）。
108. 《明清散文流派論》，熊禮匯著（武昌：武漢大學出版社，西元 2003 年 11 月第一版，西元 2004 年 3 月第二次印刷）。

（2）詩

【總集類】

1. 《唐宋詩舉要》，高步瀛選注（臺北：學海書局出版，民國 62 年初版）。
2. 《唐詩三百首詳析》，臺北：臺灣中華書局編輯部編（臺灣中華書局出版，民國 69 年 3 月）。
3. 《詩選》，簡安定編著（臺北：國立空中大學出版，民國 93 年 8 月初版）。
4. 《宋詩》，房開江著（上海：上海古籍出版社，西元 1991 年 1 月第一版）。
5. 《全宋詩》，北京大學古文獻研究所編（北京大學出版社出版，西元 1992 年 6 月第一版，西元 1992 年 7 月第一次印刷）。
6. 《宋詩別裁》張景星注（臺北：臺灣商務印書館，民國 67 年 1 月）。
7. 《宋詩選註》，錢鍾書注（臺北：木鐸出版社，民國 73 年 9 月）。
8. 《宋代的七言古詩》，王錫九著（天津：天津人民出版社，西元 1993 年 3 月）。

9. 《宋詩一百首》，上海古籍出版社編（臺北：建宏出版社，民國 85 年 1 月初版一刷）。
10. 《宋代絕句賞析》，陳友冰、楊福生著（臺北：正中書局，民國 85 年 8 月臺初版）。
11. 《宋詩紀事》，清・厲鶚等輯（臺北：臺灣商務印書館發行《國學基本叢書四百種》，民國 57 年 6 月臺一版）。
12. 《古典詩詞名篇鑑賞集》，袁行霈、劉逸生等著（北京：北京中華書局原出版，臺北：國文天地雜誌社發行，民國 78 年 12 月再版）。

【別集類】

1. 《杜詩鏡詮》，唐・杜甫撰（清・楊倫編輯箋注（臺北：華正書局，民國 70 年 5 月初版）。
2. 《王荊文公詩李壁注》，宋・王安石撰、宋・李壁注（上海古籍出版社，西元 1993 年 12 月第一版第一次印刷）。
3. 《王安石詩文選注》，高克勤選注（臺北：建宏出版社，西元 1996 年 1 月初版一刷）。
4. 《蘇軾詩詞選注》，王師水照選注（臺北：建宏出版社，民國 85 年初版）。

【詩文評類・詩文】

1. 《詩品注》，齊・鍾嶸著、汪中選注（臺北：正中書局，民國 74 年 8 月初版九刷）。
2. 《歷代詩話》一、二冊（子目從略），清・何文煥編輯（臺北：漢京文化事業有限公司，民國 72 年 1 月 1 日初版）。
3. 《續歷代詩話》上、下冊（子目從略），丁福保編訂（臺北：藝文印書館，民國 72 年 6 月 1 日四版）。
4. 《清詩話》上、下冊（子目從略），丁福保編訂（臺北：藝文印書館，民國 66 年 5 月再版）。
5. 《清詩話續編》，全三冊（子目從略），郭紹虞編（臺北：藝文印書館，民國 74 年 9 月初版）。
6. 《宋詩話輯佚》，郭紹虞輯（臺北：華正書局，民國 70 年 12 月初版）。
7. 《宋詩話考》，郭紹虞編（臺北：漢京文化事業有限公司，民國 72 年元月 20 日初版）。
8. 《漁隱叢話》，全四冊，宋・胡仔撰（臺北：廣文書局，民國 56 年 6 月初版）。
9. 《容齋詩話》，宋・洪邁著（臺北：廣文書局，《古今詩話叢編》，民國 60 年 9 月初版）。

10. 《後村詩話》上、下冊，宋・劉克莊著（臺北：廣文書局，《古今詩話叢編》，民國 60 年 9 月初版）。
11. 《碧雞漫志》，宋・王灼著（臺北：廣文書局，《古今詩話叢編》，民國 60 年 9 月初版）。
12. 《詩人玉屑》，宋・魏慶之撰（臺北：臺灣商務印書館發行，《人人文庫》特二一六，民國 72 年 9 月臺四版）。
13. 《北江詩話》，清・洪亮吉著（臺北：廣文書局，《古今詩話叢編》，民國 60 年 9 月初版）。
14. 《帶經堂詩話》，清・王士禎著（臺北：廣文書局，《古今詩話叢編》，民國 60 年 9 月初版）。
15. 《隨園詩話》，清・袁枚著（臺北：廣文書局，《古今詩話叢編》，民國 68 年 4 月再版）。
16. 《詩論分類纂要》，朱任生編著（臺北：商務印書館，民國 60 年 8 月）。
17. 《詩論》，朱光潛撰（臺北：漢京文化事業有限公司，民國 71 年 12 月 25 日初版）。
18. 《中國詩學通論》，范況著（臺北：臺灣商務印書館出版，西元 1995 年 5 月臺二版第一次印刷）。
19. 《中國詩歌的境界與情趣》，朱孟實撰（臺北：莊嚴出版社，民國 70 年 9 月）。
20. 《中國詩歌的神韻格調及性靈說》，郭紹虞撰（臺北：莊嚴出版社，民國 71 年 3 月）。
21. 《中國詩歌研究》，羅宗濤著（臺北：中央文物供應社，民國 74 年 6 月）。
22. 《中國詩書畫》，簡恩定、沈謙、吳永猛著（臺北：空中大學，國 89 年 6 月）。
23. 《中國詩史》，（日）吉川幸次郎著，高橋和巳編、蔡靖泉、陳順治、徐少舟譯、隋玉林校（山西：山西人民出版社出版，西元 1989 年 10 月第一版第一次印刷）。
24. 《詩史本色與妙悟》，龔鵬程著（臺北：臺灣學生書局，民國 75 年 4 月）。
25. 《文化詩學：理論與實踐》，蔣述卓主編（北京：人民文學出版社，西元 2005 年 11 月第一版）。
26. 《讀詩偶記》，龔鵬程著（臺北：華正書局，民國 71 年 4 月）。

27. 《讀杜新箋》，張夢機著（臺北：漢光文化事業有限公司，民國 76 年 3 月 20 日二版）。
28. 《皎然詩式研究》，許師清雲著（《文史哲學集成》180，臺北：文史哲出版社，民國 77 年 1 月初版）。
29. 《近體詩創作理論》，許師清雲著（臺北：國立編譯館主編 洪葉文化公司印行，西元 1997 年 9 月初版一刷）。
30. 《宋詩之傳承與開拓》，張高評著（《文史哲學集成》224，臺北：文史哲出版社，民國 79 年 3 月初版）。
31. 《宋詩研究》，胡雲翼著（成都：巴蜀書社發行，西元 1993 年 10 月第一版）。
32. 《宋詩臆説》，趙齊平著（北京：北京大學出版社發行，西元 1993 年 11 月第一版）。
33. 《宋代詩學研究》，周裕鍇著（成都：巴蜀書社發行，西元 1997 年 1 月第一版）。
34. 《宋代詩學中的晚唐觀》，黃奕珍著（臺北：文津出版社，西元 1998 年 4 月）。
35. 《江西詩社宗派研究》，龔鵬程著（《文史哲學集成》90，臺北：文史哲出版社，民國 72 年 10 月初版）。
36. 《北宋四大理趣詩研究》，鍾美玲著（臺北：文津出版社，民國 85 年 7 月初版一刷）。
37. 《北宋詩文革新研究》，程杰著（《大陸地區博士論文叢刊》100（西元 1994 年南京師範大學博士論文）臺北：文津出版社，民國 85 年 12 月初版）。
38. 《韓歐詩文比較研究》，汪淳撰（臺北：文史哲出版社，民國 78 年 7 月初版）。
39. 《歐、梅、蘇與宋詩的形成》，黃美鈴著（臺北：文津出版社，西元 1998 年 5 月第一版）。

【詩文評類・詩詞曲】

1. 《白雨齋詞話》，清・陳廷焯著（臺北：開明書店，民國 73 年）。
2. 《校注人間詞話》，王國維著、徐調孚校注（臺北：漢京文化事業有限公司，民國 69 年 9 月 10 日初版）。
3. 《王國維與人間詞話》，祖保泉、張曉雲著（上海：上海古籍出版社原出版，臺北：國文天地雜誌社發行，民國 82 年 6 月初版一刷）。
4. 《詩詞例話》四冊，周振甫著（臺北：五南圖書出版公司《古詩文例話輯》(一)、(二),民國 83 年 5 月初版一刷)。

5. 《唐宋詩詞賞析》,王淑玲、莊惠宜註釋(臺南:文國書局,西元 1998 年 3 月)。
6. 《詩詞曲賞析》三冊,張夢機、黃永武、沈師謙、簡安定編著(臺北:國立空中大學出版,民國 79 年 3 月初版)。

一、學位論文與單篇論文

(一)學位論文

1. 《孟子散文研究》,王基倫撰(國立臺灣師範大學國文研究所碩士論文,民國 73 年 5 月)。
2. 《韓愈之思想及其文論》,簡添興撰(國立臺灣師範大學國文研究所碩士論文,民國 67 年 6 月)。
3. 《韓文公闢佛的研究》,黎光蓮撰(國立臺灣師範大學國文研究所博士論文,民國 70 年 7 月)。
4. 《韓愈文學思想研究》,張哲鎬撰(韓國成均館大學中文研究所碩士論文,西元 1984 年 8 月)。
5. 《韓歐古文比較研究》,王基倫撰(國立臺灣大學中國文學研究所博士論文,民國 80 年。
6. 《唐代後期古文運動與經書關係之研究》張育敏撰(私立東吳大學中國文學研究所碩士論文,民國 84 年 5 月)。
7. 《唐代後期儒學的新發展》劉醇鑫撰(私立輔仁大學中國文學研究所博士論文,民國 85 年 6 月)。
8. 《宋代山水遊記研究》,陳素貞撰(國立臺灣師範大學國文研究所碩士論文,民國 75 年 5 月)。
9. 《歐陽修的生平及其文學》,江正誠撰(國立臺灣大學中國文學研究所博士論文,民國 67 年。
10. 《歐陽修古文研究》,李慕如撰(國立高雄師範大學國文研究所碩士論文,民國 79 年元月)。
11. 《王安石的經世思想》,夏長樸撰(國立臺灣大學中國文學研究所博士論文,民國 69 年。
12. 《蘇軾記遊散文研究》,高顯瑩撰(私立東吳大學中國文學研究所碩士論文,民國 80 年 5 月)。
13. 《元和詩人研究》,呂正惠撰(私立東吳大學中國文學研究所博士論文,民國 72 年 4 月)。

14. 《白居易詩探析》，林明珠撰（私立東吳大學中國文學研究所博士論文，民國 86 年 5 月）。
15. 《蘇軾意內言外詞隅測》，劉昭明撰（私立東吳大學中國文學研究所博士論文，民國 83 年 5 月）。
16. 《王構修辭鑑衡研究》，魏王妙櫻撰（私立東吳大學中國文學研究所碩士論文，民國 76 年 6 月）。
17. 《中國辭章章法析論》，仇小屏撰（國立臺灣師範大學國文研究所碩士論文，民國 86 年 5 月）。

（二）單篇論文

1. 〈經學與文學的關涉〉，林慶彰撰（《中國文學新詮釋：關涉與意涵》（臺北：立緒出版社），頁頁 25～49，民國 95 年初版。
2. 〈儒道文學理論在言意衝突中走向互補的學術文化背景〉，楊乃喬撰（《社會科學輯刊》西元 1996 年第三期），頁 124～131。
3. 〈衛儒、逆儒與異儒——唐代儒學及其貧困原因芻論〉，程遂營撰（《河南大學學報》西元 2001 年第一期（河南大學），頁頁 17～20。
4. 〈從疑傳到疑經——宋學初期疑古思潮論述〉，陳植鍔撰（《中國經學史論文選集》（下）（臺北：文史哲出版社），民國 82 年 3 月），頁 22～頁 35。
5. 〈明代的漢宋學問題〉，林師慶彰撰（《明代經學研究論集》（臺北：文史哲出版社），民國 83 年 5 月初版），頁 1～頁 31。
6. 〈論中國散文之藝術特徵〉，王師更生撰（《教學與研究》第九期，民國 76 年 6 月）。
7. 〈簡論我國散文的立體、命名與定義〉，王師更生撰《孔孟月刊》第二十五卷第十一期，民國 76 年 7 月）。
8. 〈唐宋八大家散文〉，王師更生撰（《國語日報》，民國 76 年 2 月 22 日）。
9. 〈唐宋散文作家與古文運動〉，王師更生撰（《中華文化復興月刊》第二十二卷第三期，民國 78 年 3 月）。
10. 〈唐宋八大家及其散文藝術〉，王師更生撰（《中國學術年刊》第十期，民國 78 年 2 月）。
11. 〈唐宋古文運動比較談〉，王維國撰（《攀登》西元 2005 年第四期），頁 129～130。
12. 〈唐宋古文運動復古實質初探〉，暢孝昌撰（《太原師範學院學報》西元 2002 年第二期（太原師範學院）西元 2002 年），頁 49 到 53。

13. 〈儒學復興與唐文三變〉，鄭繼猛撰（《安康師專學報》第十六卷，（安康師專），西元 2004 年），頁 31～35。
14. 〈唐文三變〉，劉眞倫撰（《山東師範大學學報》西元 2006 年第三期（山東師範大學），西元 2006），頁 14～19。
15. 〈北宋詩文革新運動的社會文化背景〉，周斌撰（《文史博覽》，西元 2006 年第三期），頁 25～27。
16. 〈論理學與宋代古文的興盛〉，許總撰（《學習與探索》西元 2000 年第三期（總第一二八期），頁頁 114～120。
17. 〈王禹偁與北宋初期的詩文革新〉，羅瑩撰（《瀋陽師範學院學報》西元 2002 年第三期（瀋陽師範學院）西元 2002 年），頁 34～36。
18. 〈種放：宋代古文運動的重要一環〉，馬茂軍撰（《齊齊哈爾大學學報》西元 2005 年第四期（齊齊哈爾大學），西元 2005 年），頁 1～4。
19. 〈韓愈原道中的道統論〉，任卓宣撰（《臺灣中華復興月刊》三卷一一期）。
20. 〈宋儒對韓愈原道篇批評及其迴響〉，羅聯添撰（《唐代文學論文集》（臺北：學生書局），1988 年 12 月）。
21. 〈韓愈對儒家文藝思想的強調與突破〉，閆永利、丁全貴撰（《濱州教育學院學報》西元 1999 年第三期（濱州教育學院），西元 1999 年），頁 14～16。
22. 〈韓愈對儒家思想的遵循與違逆〉，楊乃喬撰（《福州大學學報》西元 2005 年第四期（福州大學），西元 2005 年），頁 71～74。
23. 〈歐陽修排抑太學體新探〉，葛曉音撰（《北京大學學報》西元 1983 年第五期（北京：北京大學），西元 1983 年），頁 62～頁 65。
24. 〈歐陽修對「經學」上之貢獻〉，趙貞信撰（《中國經學史論文選集》（下），（臺北：文史哲出版社，民國 82 年 3 月初版），頁 135～頁 160。
25. 〈走向自然，領悟人生——論歐陽修前期的自然觀〉，魏玉俠撰（《學術月刊》，西元 1994 年第四期），頁 85。
26. 〈韓柳歐三家文論之異同〉，魏王妙櫻撰（《書目季刊》第二十八卷第一期（臺北：學生書局），民國 83 年 6 月），頁 67～頁 81。
27. 〈開拓中國古代文學理論的新局——從整理文話談起〉，王師更生撰（《學術月刊》，西元 1994 年第四期），頁 80～頁 83。
28. 〈『文眼』與國文教學〉，呂武志撰（《中等教育》四十五卷六期，民國 83 年 12 月）。

29. 〈自《滹南遺老集・文辨》論王若虛之文原論〉，魏王妙櫻撰《慶祝王更生教授七秩嵩壽紀念文集》(臺北：文史哲出版社，民國 86 年 7 月)，頁 259～頁 281。
30. 〈自上樞密韓太尉書論蘇轍之古文理論〉，魏王妙櫻撰（教育部第二梯次「提昇大學基礎教育計畫」《「閱讀文學」學術研討會論文集》（臺北：德霖技術學院，西元 2004 年 5 月)，頁 65～頁 80。
31. 〈劉勰文心雕龍知音論〉，魏王妙櫻撰《2004 年文心雕龍國際學術研討會論文集》(深圳 深圳大學文學院，西元 2004 年 3 月)，頁 89～頁 100。
32. 〈劉勰文心雕龍定勢論〉，魏王妙櫻撰（《楊明照先生學術思想暨文心雕龍國際學術研討會會議論文集》(重慶：四川大學、重慶師範大學出版，西元 2005 年 5 月)，頁 175～頁 186。
33. 〈古物與詩學〉，于大成撰（《理選樓論學稿》(于大成著，臺灣學生書局，民國 68 年 6 月初版)，頁 563～頁 592。